Einen Film kann man immer wieder auf Anfang spulen. Das Leben nicht.

Madita Junghans kämpft mit ihren Dämonen. Ein Lebensabschnitt ist zu Ende gegangen, sie muss sich bewegen – aber wohin? Ihr Freund Nick ist ein Kindskopf, ihre Mutter spinnt schon lange, und ihre Freunde verstehen gar nicht, dass sie immerzu Trübsal bläst. Mangels Alternativen wird Madita zu Mattie, der Detektivin. Macht sich auf – zusammen mit Nick – und sucht den Mann, der ihr ein indisches Gesicht vererbte und sofort wieder aus dem Leben ihrer Mutter verschwand.

Cut. Jetzt die Geigen …

Erinnerung: Vor mehr als zwölf Jahren landete der erste Entwurf zu diesem Roman auf meinem Verlagsschreibtisch in Hamburg. Das Manuskript las sich wie ein Drehbuch. Nein, es *war* ein Drehbuch – das ein Ariadne Krimi werden wollte. Denn Merle Kröger, die Berliner Filmemacherin, liebte Ariadne Krimis. Das ganze Projekt, an dem sie mittlerweile durch ihre innovativen Bücher einen gewaltigen Anteil hat. Mit *Cut!* begann unsere Zusammenarbeit, und wir durften herausfinden, wie gut wir einander auf Anhieb verstanden.

Damals hat mir Merle zum ersten Mal dieses Geschenk gemacht: das tiefe Staunen, das Entdecken, wie visuell man im Deutschen tatsächlich erzählen und was für eine geschmeidige, rhythmisch-sinnliche, frischgewaschene Sprache es dadurch sein kann. Dieses Staunen erfasst mich bei jedem ihrer Romane aufs Neue. Weil sie mit hochpolitischen Anliegen und düsteren Themen funkelnde, filmische, relevante Lektüre zu zaubern vermag. Ich bin ja so froh, dass Merle Kröger zum Bücherschreiben gefunden hat.

Else Laudan

Merle Kröger

CUT!

Ariadne Kriminalroman 1146
Argument Verlag

Ariadne Kriminalromane
Herausgegeben von Else Laudan
www.ariadnekrimis.de

Neuausgabe 2015

Glashüttenstraße 28, 20357 Hamburg
Telefon 040/4018000 – Fax 040/40180020
www.argument.de
Umschlag & Satz: Martin Grundmann
Fotomotiv: »Cinema« © Denis Aglichev – Fotolia.com
Druck und Bindung: CPI books GmbH, Leck
Printed in EU
Gedruckt auf säure- und chlorfreiem Papier
ISBN 978-3-86754-017-9

Für Buz und Inne

Madita Junghans	muss das Kino aufgeben und verliert sich in familiären Zeitschleifen.
Nikolaus Ostrowski	treibt sich gern in anderer Leute Leben herum und drängt seiner Freundin Madita eine Wette auf.
»Cal« Amit Mukherjee	war mal ein musikalisches Wunderkind und sieht sich ständig mit dem kolonialen Erbe konfrontiert.
Hinnarck Junghans	ist kein Mann der großen Worte und hätte seine Tochter Madita lieber in der Nähe.
Emma Junghans	gibt sich die Schuld an allem, sitzt am Küchenfenster und raucht.
Mehmet Khan	recherchiert für ein antifaschistisches Magazin und stellt die richtigen Fragen.
Charlotte Weidenkamp	trifft ihre Patentochter Madita und macht sich Sorgen um den geliebten alten Vogelfreund.
Ludwig Hauser	wohnt bei seiner Lebensgefährtin Charlotte und möchte endlich wieder schlafen.
Anand Kumar	hat Madita ein paar chemische Verbindungen und einen Haufen Fragen vererbt.
Nellie Somers	arbeitet als Sprechstundenhilfe bei Anand Kumar und wäre gern mal bei einer indischen Hochzeit dabei.
Die Songs	entscheiden über das Schicksal eines Bollywood-Films und geben Einblick in die Gefühlswelt der Protagonisten.

1 Kino

Der Mann liegt regungslos in der Badewanne. In der Hand hält er ein kleines silbernes Diktiergerät, das sein eigenes Laufgeräusch aufzeichnet. Ein kaum hörbares rhythmisches Schaben, wenn das Band über den Tonkopf läuft.

Cut. Die Kameraperspektive erfasst jetzt das gesamte Badezimmer im Weitwinkel. Der weiß gekachelte Raum, keine persönlichen Dinge, nur zwei kleine bedruckte Fläschchen für Shampoo und Duschgel und ein unbenutztes Zahnputzglas. Ein weißer Bademantel, auf dem Klodeckel abgelegt.

Cut. Die Kamera hat sich dem Boden zugewandt. Reproduktionen alter Schwarz-Weiß-Aufnahmen, einige davon so unscharf, dass man die marschierenden Soldaten darauf nur erahnen kann. Ein Moment der Privatheit, mitten im Krieg: Drei Offiziere lächeln verkrampft ins Objektiv des Fotografen. An ihren Kragen leuchten die Abzeichen der deutschen Wehrmacht. Die Kamera bleibt irritiert hängen. Einer der Männer sieht nicht aus wie ein Deutscher. Seine Haut, seine Augen, sein Haar sind dunkel. Wie bei dem Mann in der Badewanne, dessen Hand mit dem elektrischen Gerät gerade langsam über die abgerundete Kante aus weißem Porzellan rutscht.

Das Klingeln eines Mobiltelefons durchschneidet die Stille und löst eine Kettenreaktion aus. Mehmet Khan wacht auf, starrt auf seine Hand mit dem Diktiergerät, wird sich der Gefahr bewusst und wirft das Ding panisch aus der Badewanne. Mit einem unangenehmen Knirschen schlägt es auf die Fliesen. Mehmet springt auf, Wasser spritzt auf die Fotos. Er zwängt sich fluchend, astreines Britisch fluchend, in den Bademantel und schliddert aus dem Zimmer.

Cut. Die Kamera irrt suchend umher, folgt seiner Stimme und findet ihn schließlich, wie er vor dem Fenster steht und in sein Handy spricht.

»Alan! Ja, dir auch ein frohes neues Jahr. Nein, Liz ist in London, sie ist heute Morgen von Paris abgeflogen. Ich bin da in Frankreich auf etwas gestoßen –«

(Pause)

»Nein, verdammt, es ist nicht zu teuer. Ich habe den Artikel schon fast komplett. Ich brauche nur noch einen Zeitzeugen. Und ich habe einen aufgetan, hier in der Nähe von Hamburg. Ja, du hast richtig gehört. Hamburg. Alan, ich kenne unser Budget!« Er drückt eine Taste, murmelt »Idiot« und legt seinen Kopf an die kühle Scheibe.

Leichter Schneeregen hat das Fenster mit einem Schleier überzogen. Passanten ziehen Mehmets Aufmerksamkeit auf sich. Junge Deutsche. Wiedervereinigt. Ausgelassen. Über der Tür, aus der sie herausgekommen sind, leuchtet ein weißes Neonschild mit blauer Schrift. *Fritz Lang: Das indische Grabmal* entziffert er mühsam.

»Quatsch, Madita!« Du kannst Theresas hochgezogene Augenbrauen hinter der rechteckigen schwarzen Brille vor dir sehen. »Das ist doch kein Filmanfang, du musst das subtiler angehen.«

Hundertmal, tausendmal müsst ihr beiden als Letzte, bis es dämmerte, im Kino gesessen haben. Jede mit einem Bier in der einen und einer Zigarette in der anderen Hand, die Asche einfach auf den Boden, wo jemand die Kippen einer langen Filmnacht zu kleinen Häufchen zusammengefegt hatte. Ab dem dritten Bier habt ihr angefangen, Filme zu erfinden. Aber Theresa ist eben Expertin für Nouvelle Vague. Und du? *Tatort* oder was?

»Deine Vorstellungswelt ist so was von bürgerlich romantisch«, hat sie dich aufgezogen, nicht nur einmal. Du konntest nicht nachgeben. Nie. Dabei weißt du selber, dass Zufälle im Film nicht zufällig, sondern unglaubwürdig rüberkommen. Warum sollte Mehmet Khan auch ausgerechnet in dem Hotel gegenüber dem Kino gewohnt haben?

Deine Gedanken hoppeln davon, als hätte jemand *Fast*

Forward gedrückt. Wenn du die weiteren Ereignisse bedenkst, könntest du dich allerdings als Expertin für dramatische Überschneidungen des Schicksals lizenzieren lassen. Als wärt ihr alle, du, Nick und Cal, zu Darstellern in einem überspannten Bollywood-Film geworden. Drei Stunden Melodram. Acht Songs. Opulente Tanzszenen. Exotische Drehorte. Abspann.

Vor deinen Augen materialisiert sich der in Einzelteile zerlegte TK-35. Du hast Wochen gebraucht, um einen zu finden. Er ist der Klassiker unter den tragbaren Projektoren, und wer einen hat, rückt ihn nicht so schnell wieder raus. Dieser hier stammt aus einer Nachlassversteigerung und muss jahrelang außer Betrieb gewesen sein. Du hast jedes einzelne Rädchen poliert und geölt. Jetzt wartet er darauf, dass du ihn wieder zusammensetzt.

Ein Blick auf die Uhr sagt dir, dass du seit einer vollen Stunde keinen Finger gerührt hast. Damit verschiebt sich dein mögliches Scheitern doch bloß nach hinten.

Du versuchst, dich innerlich zu lockern, aber die fehlende Vertrautheit der Wohnung trifft dich wie ein Schock. Du warst noch nie gut in provisorischen Lebenszuständen. Immer brauchst du ein Geländer, an dem du dich festhalten kannst. Menschen. Gegenstände. Vertraute Wege. Willst du das alles auf einen Bus reduzieren, der dich wie ein Raumschiff durchs Universum trägt?

Um dich herum stapeln sich Kisten und Filmdosen. Nicht abschweifen! Der Projektor! Er baut sich nicht von selber zusammen, auch wenn du noch so lange wartest. Du merkst, wie sich dein Magen verkrampft.

»Reiß dich doch mal zusammen, du Schlampe!« Mensch, jetzt fängst du schon an, mit dir selbst zu reden. Ein schlechtes Zeichen. Ganz schlecht. Hat es bei Emma auch so angefangen? Du bist aber nicht Emma. Emma hatte Angst und sie hatte allen Grund dazu. Sie hat die Fäden ihrer Angst zusammengerollt und zu einem dicken Knäuel gewickelt, bis du daran gezogen hast und der ganze verfilzte Wust sich wieder aufgereppelt hat.

Du sammelst deine Gedanken auf. Es ist eine banale mechanische Angelegenheit, vor der du scheust. Wenn du es nicht bei Tageslicht zu Ende bringst, wirst du ganz andere Probleme haben. Morgen früh, in weniger als 24 Stunden, kommen Theresa und Markus, um dir zu helfen, den ganzen Krempel im Bus unterzubringen. Also mach dich an die Arbeit.

Einen Film kann man immer wieder auf Anfang spulen. Das Leben nicht.

2 Abspann

Debra Paget und Paul Hubschmid sahen sich tief in die Augen und versanken in einem endlosen indogermanischen Kuss. Nikolaus zappelte nervös hinter dem Mischpult auf und ab, die Kopfhörer schief auf einem Ohr, um seinen Einsatz nicht zu verpassen. Pauken über dem CCC-Logo. Abspann. Und los!

Während sich der Vorhang schloss, ließ er die Musik fast nahtlos auf die Boxen hinüberfließen. Fast. Die Menge im Saal hatte es nicht mitbekommen, aber er hatte wieder mal den Bruchteil einer Sekunde zu früh die Regler hochgeschoben. Unzufrieden biss er sich auf die Lippe und ließ den Beat reinknallen. Die Gesichter schossen zu ihm herum. Er musste lachen. Einige lachten zurück und setzten sich in Bewegung. Aber er entspannte sich erst, als mehr und mehr Leute sich dem Rhythmus ergaben. Er war bestimmt kein begnadeter Musiker, aber er verstand es, Effekte zu setzen. Und dies war immerhin sein Laden.

Am Anfang hatten sie versucht, alles zusammen zu planen, das Kinoprogramm, die Partys, die Bar. Aber Theresa und Madita hatten auch ohne große Gruppenentscheidungen schnell klargestellt, wer hier Kino machte und wer nicht. Sie brauchten niemand anders, um ihre endlosen Diskussionen über den Verleihkatalogen zu führen. Sie fuhren auf Festivals, knüpften Kontakte und schon im zweiten Jahr holten sie den ersten Förderpreis für die Programmgestaltung nach Hause. Annette und Markus zogen sich auf das sichere Terrain von Einkauf und Technik zurück, und er selber hatte sich mit seinen auf Filmmusik spezialisierten Clubnights seine eigene Nische geschaffen.

»Nicht mehr lange«, korrigierte er sich in Gedanken und strich sich ungeduldig die Haarsträhne aus dem Gesicht, die ihm dauernd vor den Augen hing. Abschneiden wollte er sie aber auf keinen Fall, denn er fand, so sah er weniger nett aus. Er versuchte die Datumsanzeige auf seiner Uhr zu erkennen. Sie zeigte bereits den zweiten Januar. Wie jedes Jahr hatten sie gleich nach Silvester die lange Nacht der Klassiker hinterhergeschoben, als Chill-out sozusagen. Diesmal war es gleichzeitig ihre Abschiedsparty, und das war's dann.

Die Zukunft leuchtete nicht besonders hell. Von der Abfindung würde er eine Weile leben können und dann würde das Getingel durch die Clubszene beginnen, immer in der Hoffnung auf einen Plattenvertrag. Wenn alle Stricke rissen, würde er eben seinen Vater anrufen müssen. Seit er das Jurastudium geschmissen hatte, war zwar Funkstille, aber das würde sich schon irgendwie wieder hinbiegen lassen.

»Du ruinierst deine Zukunft«, hatte er in den Augen seines Vaters gelesen.

»Und alles wegen dieses Mädchens«, hatten die Augen seiner Mutter hinzugefügt, in grammatisch korrektem Genitiv. Schweigend saßen sie auf dem Sofa, neben sich, auf einem antiken Tischchen zwischen den Bildern seiner Schwestern, das Foto von ihm selbst: ein strahlender kleiner Junge mit blonden Locken.

Unwillkürlich suchte er auf der Bühne und im tiefer gelegenen Kinosaal nach Madita. Zuletzt hatte er sie vor Stunden am Einlass gesehen, wo sie blass und mit zusammengebissenen Zähnen die Karten kontrollierte. Sie konnte nicht mal mehr den letzten Abend genießen. Dabei hatte sie den beiden Indien-Klassikern von Fritz Lang in der restaurierten Fassung wochenlang nachgespürt wie einem vergrabenen Knochen. Keiner von ihnen hatte geglaubt, dass sie es schaffen würde, bis die Filmrollen plötzlich auf dem Tisch lagen. Madita hatte wieder mal einen Volltreffer gelandet. Das Kino war ausverkauft. Er reckte den Kopf und versuchte die tanzende Menge zu überblicken, aber irgendwie wusste er, dass sie nicht darunter war.

Du hast dich also nach draußen verzogen. Kalte Luft schneidet deine Lunge in Scheiben. Der Schneeregen tropft vom Vordach des Kinos, unter dem du stehst, und wird vor deinen Füßen zu grauem Matsch.

Dir ist einfach nicht nach Abschied feiern. Es fühlt sich falsch an. Warum muss man überhaupt Abschiede feiern? Das dumpfe Wummern der Beats zieht dich nicht wie sonst nach drinnen, sondern lässt den Kloß in deinem Hals auf und ab hüpfen. Im Takt.

Du bist aus dem vertrauten Kreis ausgebrochen, als wolltest du das zwangsläufig folgende Gefühl der Verlassenheit schon vorwegnehmen. Es austesten wie einen alten Bekannten, den du lange nicht gesehen hast. Du versuchst dich an sein Gesicht zu erinnern. Mit Erstaunen registrierst du, wie schnell die Zeit verflogen ist.

Es ist jetzt fast vier Jahre her, dass du das letzte Mal so richtig abgestürzt bist. Zuerst starb die Oma. Du bist wochenlang kaum aus dem Krankenhaus rausgekommen. Dann hattest du auch noch den Papierkram und die Beerdigung am Hals. Emma ging es so schlecht, dass Hinnarck sie keine Minute allein lassen konnte. Du hättest dich auch gerne irgendwo hingesetzt und geheult. Aber es war das alte Spiel. Emma heulte genug für alle und du hast die Zähne zusammengebissen.

Ausgerechnet diesen Tag, als du durchgefroren und deprimiert nach Hause kamst, haben sich deine Mitbewohnerinnen ausgesucht, um dir zu eröffnen, sie würden eine Tauchschule auf Malta aufmachen.

»Komm doch mit, was willst du noch hier oben in der Kälte?« Kalt war es, ja. Stattdessen bist du nach Harmsdorf gefahren und hast Tim endlich gesagt, dass es aus ist. Er hat geschwiegen und dich angesehen. Als hätte er es nicht schon längst gewusst. Wie ein Foto hat sich die Szene in deinen Kopf eingebrannt. Ein Mann und ein Hund, Mascha, euer Hund, vor dem alten Bootshaus unten am See. Sie wollten mit dir alt werden und du wolltest nicht. Nicht so wie Emma.

Zurück in Hamburg hast du dich in der Wohnung deiner Oma vergraben, bis du schon Angst hattest, auf die Straße zu gehen. Heute fragst du dich, was wohl passiert wäre, wenn Theresa dich nicht gefunden hätte. Vielleicht wärst du einfach verhungert. Aber Theresa hat in Harmsdorf angerufen, nachdem du in deiner alten Wohnung nicht mehr aufgetaucht bist. Hinnarck hat ihr erzählt, dass du die Wohnung in Barmbek geerbt hast. Zusammen mit einem Schwall eisiger Luft kam sie reingestürmt, hat dich kurz angesehen, ein Fenster aufgerissen und sich in den Sessel geworfen.

»Madita, wo lebst du eigentlich? Kriegst du denn gar nichts mehr mit? Du weißt doch, wie oft wir darüber geredet haben, ein Kino aufzumachen. Und jetzt schläfst du hier.«

Wie in Trance bist du ihr in die Außenwelt gefolgt, aufs Fahrrad gestiegen und zu dem alten Lichtwerk-Kino gefahren. Du bist hinter ihr über Schuttberge geklettert in den staubigen großen Saal, wo eine Handvoll Leute mit müden Augen herumsaßen. Wochenlange Verhandlungen mit der Polizei und dem Eigentümer hatten sie mürbe gemacht, und sie waren kurz davor aufzugeben. Du hast es gespürt, innerlich aufgepeitscht wie du selber warst.

Theresa hat nichts gesagt, dich nur angestoßen. Und du hast angefangen zu reden. Darüber, dass du nicht glaubst, das

Publikum sei zu doof für gute Filme. Über die Kinomafia und über Verleihpolitik. Und über Filme natürlich. Am Anfang war deine Stimme kaum zu verstehen, weil du wochenlang den Mund nicht aufgemacht hattest. Nach einer Weile hast du gemerkt, wie die Gesichter sich dir nach und nach zuwandten. Besonders ein Gesicht. Nikolaus.

Abrupt knallen Stimmen und Musik an dein Ohr. Ein paar Leute kommen aus dem Kino, mustern dich flüchtig im Vorübergehen, eine Gestalt in Jeans und Turnschuhen, kurze Haare. Routinemäßig nimmst du das Aufflackern der Blicke wahr, dieses unausgesprochene: »Woher kommst du?« Nicht unbedingt feindselig, eher unangemessen. Wie oft hast du diese Frage schon gehört? Wenn du jemanden kennenlernst, fällt sie in der ersten halben Stunde, worauf du wetten kannst. Früher hast du geschwiegen, peinlich berührt, als hätte man dich nach der Farbe deiner Unterhose gefragt. Später hast du gelernt, die Peinlichkeit zurückzuspielen.

»Aus Hamburg, wieso?« Jetzt sind es die anderen, die nach Worten graben. Sie versuchen, die Falle der politischen Unkorrektheit zu umgehen, die du ihnen stellst. Dabei hast du nur die Wahrheit gesagt.

Dein Blick zuckt zurück in die Realität, als du mitkriegst, dass die Gruppe einen Kinosessel mit sich schleppt. Es macht keinen Unterschied mehr, bleib ruhig, lass sie gehen.

»Hey! Was macht ihr mit dem Sessel, der gehört euch nicht!«

Du kannst es nicht lassen, oder? Du machst dich doch nur lächerlich, wie du ihnen keuchend hinterherhechtest und den Letzten am Ärmel ziehst. Siehst du, jetzt wird es Ärger geben. Der Typ stellt in aller Ruhe den Sessel ab, dreht sich um und baut sich vor dir auf. Du reichst ihm gerade mal knapp über den Bauchnabel. Sehr eindrucksvoll.

»Wird doch abgerissen, was willst du, Alte?« Er mault dich an wie ein kleiner Junge. Ein Grinsen überzieht sein Gesicht. »Willst wohl selbst die besten Stücke für dich, was?« Hinter ihm kichert ein Mädchen und er schwenkt die Arme in Siegerpose.

Du tauchst unter seinem Arm ab, fixierst das Mädchen, dem du wenigstens in die Augen gucken kannst, und setzt zu einem Vortrag über die Doppelmoral von Leichenfledderern an. Neben dir schubbert ein blauer Renault Kastenwagen am Bordrand entlang und kommt zum Stehen. *Hansen und Söhne Innensanierung* entziffert dein eines Auge im Licht der Kinoreklame, während das andere noch mit dem Mädchen beschäftigt ist. Manchmal hat dein Silberblick auch seinen Vorteil.

Zwei verschlafene Gesichter und kurz darauf die dazugehörigen Körper im Blaumann schälen sich aus dem Auto. Ein junges und ein älteres Exemplar derselben Baureihe.

»Hansen senior, das ist mein Sohn. Wir suchen Frau Madita Junghans.«

Du schließt den Mund, der Vortrag verschwindet wieder in der Schublade. »Ich bin Frau Junghans.«

Die Gruppe mit dem Sessel nutzt die Gunst der Stunde und macht sich davon.

»Wir haben hier einen Auftrag des Eigentümers«, Hansen senior schiebt sich eine altertümliche Hornbrille auf die Nase und liest mit leiernder Stimme von einem Zettel ab, den er aus der Tasche gezogen hat, »HUB Immobilien. Laut notariell beglaubigter Vereinbarung vom 1.10. sind die Nutzer dazu verpflichtet, nach Erhalt der Abfindung mit sofortiger Wirkung das ehemalige Lichtwerk-Kino in der ...«

Du hast die Kiefer so fest aufeinandergepresst, dass es in den Ohren knackt. Spar dir den Rest. Geh einfach rein und bring es hinter dich. Mechanisch greifst du nach dem großen Schalter und legst ihn um. Die Leuchtreklame erlischt. Die plötzliche Dunkelheit vor deinen Augen verwandelt sich langsam in eine gräuliche Morgendämmerung.

3 Scherenschnitte

Charlotte schob die geklöppelte Spitzengardine zur Seite und starrte in den Schneeregen. Der Harmsdorfer See hatte seine frühmorgendlich bleierne Farbe und sah kalt aus. Am Ufer erkannte sie undeutlich den Strandweg im Schatten der Trauerweiden. Er schien auf die Urlauber zu warten, die erst im nächsten Jahr wiederkommen würden. Wenn sie kamen. Ein verregneter Sommer und halb Harmsdorf war pleite.

Charlotte war froh, dass ihr Vater damals, nach dem Krieg, kein Haus in der Innenstadt gekauft hatte. »Harmsdorf ist ein paradiesisches Fleckchen Erde, wenn man seinen Bewohnern aus dem Wege gehen kann«, hatte er immer gesagt.

Heute war das Grundstück am Ende der Sackgasse Gold wert. Wie oft hatte sie schon reiche Hamburger in ihrem Vorgarten gefunden, die ihr mit Scheckbüchern vor der Nase herumwedelten. Aber das hatte sie ja Gott sei Dank nicht nötig. Solange sie am Leben war, würde hier weder ein Yachtclub noch ein Wellness-Zentrum aufmachen.

Charlotte kannte den See wie einen alten Freund. Dunkelblau mit kleinen Wellen wie auf den Postkarten. Schwarz und still in Vollmondnächten. Hellgrau und schäumend bei Sturm. Dunkelgrau gesprenkelt wie heute früh. Sie blickte noch einmal suchend in die Grautöne, zog ihren Morgenmantel enger um sich und ging zu ihrem Sessel. Ihre Finger strichen automatisch über die kleine verschlissene Stelle auf dem grünen Samt, dann zupften sie das Spitzendeckchen über der Lehne zurecht. Vor den hohen Regalen mit den Büchern ihres Vaters stand die Staffelei mit dem angefangenen Sonnenblumenfeld. Sie war nicht damit fertig geworden im letzten Sommer. Nun stand es herum, fing Staub und ärgerte sie, wann immer ihr Blick darauf fiel.

Charlotte setzte sich, hob die Tasse mit dem Zwiebelmuster, Blau auf Weiß, und trank ihren Kaffee in kleinen Schlucken. Vor ihr auf dem Tisch ausgebreitet lagen Bögen weißen Pappkartons und daneben, säuberlich aufgereiht, fünf oder sechs nahezu perfekt ausgeführte schwarze Scherenschnitte. Zufrieden mit ihrer Arbeit vom Vorabend betrachtete sie die feinen Konturen. Schließlich wählte sie einen aus, legte ihn zwischen einen einmal gefalteten Bogen weißer Pappe und schrieb darauf in geschwungener altdeutscher Handschrift: *An mein geliebtes Patenkind.*

Der letzte Schnörkel wäre beinahe verrutscht, weil sie plötzlich eine leichte Berührung an der Schulter spürte.

»Ludwig, ich habe dich gar nicht –« Der Satz blieb unvollendet, als sie sich umdrehte und ihn ansah. Er war blass und unrasiert, seine Augen gerötet. Das Gewicht des Fernglases um seinen Hals schien den großen schweren Mann zu ihr niederzuziehen. »Hast du wieder nicht geschlafen?«

Er lächelte und wischte die Besorgnis mit einer weiteren Berührung ihrer Schulter beiseite. »Charlottchen, du weißt doch, wer die Rohrdommel beobachten will, muss früh aufstehen. Ich hätte sie fast übersehen. Ganz hinten im Schilf hat sie sich versteckt vor all dem …« Er schien nach dem richtigen Wort für all das zu suchen und schnaubte verächtlich.

Charlotte legte ihre Hand auf seinen Arm. Er brauchte es ihr nicht zu erklären. Sie verstand auch so, was er meinte.

4 Diva

Du ziehst den Geruch nach abgestandenem Bier und kalter Asche durch die Nase, der noch von der Party im Saal hängt. Halbherzig fegst du ein paar Kippen zusammen. Werden die anderen dich für verrückt halten, wenn du jetzt laut sagst: »Ich liebe diesen Gestank«?

Nein, das ist kein gutes Thema. Guck dich um, präg dir den Raum ein, konserviere deine Erinnerungen. Mit den neuen Multiplexkinos – verstellbare Sitze, Dolby Surround – hättet ihr sowieso nicht mithalten können. Dein Blick wandert über die verblichene rote Textiltapete, die dunklen Holzdielen, die jedes Mal knarren, wenn einer zu spät kommt, und bleibt an dem riesigen Kristalllüster hängen, der über dem Ganzen schwebt wie eine alternde Diva. Ihr habt beschlossen, dass sie hängen bleibt, niemand nimmt sie mit nach Hause. Basisdemokratisch bis zum Letzten.

Der Kopf von Nikolaus taucht hinter dem Pult auf, wo er seine Kabel und Geräte zusammenpackt. Obwohl ihm seine Haare wie immer ins Gesicht hängen, siehst du den kurzen prüfenden Blick, den er dir zuwirft. Markus rumort unsichtbar im Projektorraum. Annette steht nutzlos und träumend herum und streichelt zum x-ten Mal in den letzten zehn Minuten zärtlich ihren Bauch. Du zwingst dich zu der nüchternen Überlegung, ob es Neid ist, der in dir hochsteigt. Oder die Wut darüber, dass sie nur darauf zu warten scheint, endlich in ihre neue Welt aus Geburtsvorbereitungskurs und Nestbau verschwinden zu können. Vor deinem inneren Auge erscheint ein Bild von dir, Nikolaus und einem schreienden Kind, eingesperrt in deiner Wohnung. Kein Neid, entscheidest du, nicht gerade unparteiische Richterin.

Was machst du hier eigentlich, vertrödelst deine Zeit mit Aufräumen, wo doch spätestens morgen sowieso alles in Schutt und Asche liegt. Da ist er wieder, hinter seinem Pult. Nikolaus geht dir absichtlich aus dem Weg, meidet den Blickkontakt. Als wärst du eine tickende Zeitbombe.

Endlich hörst du hinter deinem Rücken die Tür gehen und weißt, ohne dich umzugucken, dass Theresa zurück ist. Wie aus dem Nichts tauchen um dich herum die anderen auf, erleichtert durchbrechen ihre Stimmen die Stille. Du drehst dich um und stützt dich auf deinen Besen. Theresa sieht ernsthaft und ein bisschen abwesend aus, wie so oft. Wahrscheinlich denkt sie über ihre Doktorarbeit nach, die sie jetzt in Angriff nehmen will. *Die Konstruktion des Weiblichen in den Filmen der Nouvelle Vague.* Du berufst zum zweiten Mal deinen Neid-Gerichtshof ein. Ihr hattet damals einen Riesenstreit, als du dich wegen dem Kino exmatrikuliert hast.

»Du hältst dir alle Türen offen!«, hast du sie angebrüllt, als sie dir vorwarf, taktisch unklug zu handeln. Du wolltest ihr klarmachen, dass es darum geht, eine Entscheidung zu treffen und nicht nur nebenbei ein bisschen Kino zu spielen, wie es von Hausbesetzern erwartet wird. Sie hat dich nicht verstanden. Genau wie jetzt.

»Okay, dann wollen wir mal. Bitte stellen Sie sich der Reihe nach an und nehmen Sie Ihre Existenzgründungsförderung in Empfang.« Ihre Stimme trieft vor gut gelaunter Ironie. Sie zieht einen Packen Geldscheine aus dem Umschlag in ihrer Hand, und es entsteht ein lachendes Gewusel um die knisternden Bündel.

»Und Nummer fünf. Madita.« Theresas Stimme hallt nach in der plötzlichen Stille, als sie merken, dass du immer noch mit deinem Besen dastehst wie in Beton gegossen. Na los, geh schon! Geh hin, nimm das Geld und mach, dass du hier rauskommst.

»Existenzgründungsförderung!« Zu spät. Die Zeitbombe geht los. »Kaufen lassen haben wir uns! Scheiß dreckiges Investorengeld haben wir genommen, um keinen Stress zu haben mit dem Eigentümer. Ist ja auch super, ein bisschen Kohle fürs private Glück, oder?«

Markus schiebt sich schützend vor Annette, die ihren Blick kurzzeitig von innen nach außen stülpt und dich betrachtet wie eine ihr völlig unbekannte Spezies.

»Und für die akademische Karriere, Frau Doktor!« Du knallst den Besen auf den Boden, aber Theresa zuckt nur kurz zusammen und hebt resigniert die Schultern.

»Das haben wir doch schon hundertmal –«, setzt sie an und guckt zu Nikolaus, der wiederum dich anguckt, als würde er dir am liebsten den Hals umdrehen. Dann drückt sie ihm einen zweiten Packen Geld in die Hand, schnappt ihre Tasche und zischt im Vorbeigehen: »Du kannst mich gerne anrufen, wenn du wieder runter bist. Hat ja keinen Sinn so.«

Markus legt seinen Arm um Annette, murmelt was von »Wir müssen dann auch mal« und schiebt sie schnell hinterher.

Nikolaus ist noch unentschieden. Kurz denkst du, er wird gleich auf dich zukommen und dich in den Arm nehmen. Du fragst dich, ob du dann heulen oder ihm eine runterhauen würdest. Aber er bückt sich und hievt seinen Kartonstapel hoch. »Du musst wirklich alles kaputtmachen«, murmelt er in deine Richtung. »Ich fahr schon mal nach Hause.« Dann ist er weg.

Du blickst dich um, suchst nach jemandem, auf den du noch losgehen kannst, um dein Level zu halten. Aber es ist niemand mehr da.

Du lehnst den Besen an die Wand. Zeit, nach Hause zu gehen und dein Leben neu zu erfinden, bevor du dreißig wirst. Lange hin ist es nicht mehr. Es kommt dir vor, als würdest du in Zeitlupe nach deiner Jacke greifen und dich in Bewegung setzen. Als du dich ein letztes Mal umdrehst, bemerkst du, wie Hansen senior und junior hinten bei der Leinwand erleichtert ihre Brotdosen verschließen und aufstehen, um sich an die Arbeit zu machen. Für einen kurzen Moment hast du die Vision, die Diva würde ihnen auf den Kopf krachen. Aber sie lässt nur wie immer ein leichtes Klirren hören, als die Tür hinter dir ins Schloss fällt.

5 Dreck

Seit sie die Fußgängerzone gebaut hatten, war der Dreck deutlich weniger geworden. Hinnarck starrte missmutig auf den kleinen Haufen nasser alter Blätter. Sie verklebten die harten Borsten seines Besens und er musste sich immerzu bücken, um sie mit der Hand abzumachen.

Im Sommer ließen die Touristen überall ihre Eispapiere und Lollistiele und Sonnencremetubendeckel fallen. Hinnarck hatte immer genug zu fegen und genug zu gucken. Jetzt im Winter war der Bahnhofsvorplatz von Harmsdorf ab nachmittags wie ausgestorben. Trotzdem fegte Hinnarck jeden Montag das Stück Bürgersteig vor seinem Haus. Er machte das, seit er ein Junge gewesen war, gleich nach Kriegsende.

Damals hatte seine Mutter immer aus dem Küchenfenster geguckt und ihn wissen lassen, dass sie sehr wohl sah, wenn er zu den anderen Kindern entwischte, die am Brunnen spielten und ihre Schilfboote schwimmen ließen.

Automatisch guckte er nach oben. Seine Mutter war schon lange tot. Da war nur Emmas unbewegliches Gesicht hinter der Scheibe. Er wusste nie, ob sie ihn eigentlich anguckte oder nicht. Aber er sah die lange Aschewurst an der Spitze ihrer Zigarette und schüttelte den Kopf. Irgendwann würde sie das ganze Haus abbrennen und sich selbst dazu.

Hinnarck fegte weiter. Er hielt seine massige Gestalt aufrecht, auch wenn der Wind ihm ab und zu nasse kalte Fetzen Schneeregen ins Gesicht klatschte.

»Schönen guten Tag auch, Hinnarck!«

Manchmal hatte er den Verdacht, dass Charlotte mit Absicht immer dann aufkreuzte, wenn er gerade die Straße fegte. Wie in einem Stück, das er schon zu oft gesehen hatte, trat sie von links auf, mit Persianer und Fellmütze, im Arm einen Blumenstrauß für das Grab ihres Vaters. Die Tochter vom Herrn Studienrat Weidenkamp. Das hatten sie jeden in Harmsdorf merken lassen, dass sie was Besseres waren. Schon als Charlotte noch eine Deern war, mit blonden Zöpfen und gestärkter Schürze.

»Moin«, brummte Hinnarck und guckte demonstrativ von Charlotte zu Emma hinter der Scheibe. Emma war verschwunden. Charlotte zögerte, dann ging sie weiter. Hinnarck atmete erleichtert aus. Wenn man ihn fragte, war sie schuld an Emmas Zustand. Sie musste seiner jungen Frau damals all die Flausen in den Kopf gesetzt haben von Arbeit und Unabhängigkeit. Und er war nicht hier gewesen, um sie zu beschützen. Hinnarck sah auf die Uhr. Dann stellte er den Besen ab. Es war Zeit für Emmas Tabletten.

6 Krimis

Nikolaus tigerte durch Maditas Wohnung und kam sich vor, als sähe er das Ganze zum ersten Mal. Durch die Schließung des Kinos hatte sich sein Alltag aufgelöst und war einer Art Katerstimmung gewichen, die ihn mit der gewohnten Umgebung fremdeln ließ. Er fühlte sich wie in einem skurrilen Heimatmuseum. Wie konnte sie bloß in diesem voll möblierten Altersheim wohnen?

Madita, die quer über dem Sofa hing und auf den laufenden Riesenfernseher im Nussbaumdesign starrte, schien das überhaupt nicht zu merken. Nikolaus hatte es langsam satt, ignoriert zu werden. Normalerweise trieb Madita ihn damit in den Wahnsinn, dass sie ständig drei Sachen auf einmal dachte oder tat. Wenn sie aber einmal damit aufhörte, dann ging ihre Aktivität auf null, wie bei einem Androiden, den man abschalten konnte. Er hatte keine Ahnung, wie lange ihr Stand-by-Modus diesmal dauern würde.

Unentschlossen kam er vor dem furnierten Bücherregal zum Stehen und zog wahllos einen der vielen Krimis heraus. »Deine Oma muss ein Heidengeld für diese Dinger ausgegeben haben«, versuchte er ein Gespräch in Gang zu bringen.

Nichts.

Er trank einen großen Schluck Wodka aus der Flasche auf dem Tisch, die letzten Reste aus der Kinobar.

Nichts.

Er fasste in seine Jackentasche, zog das ganze Geld heraus und ließ es über Maditas Kopf frei. »Armes reiches Mädchen! Sitzt in der Wohnung ihrer toten Oma und weiß nicht, was sie will.«

Die Provo-Nummer drang zu ihr durch. »Lass meine Oma in Ruhe!«, fauchte Madita. »Die war ihr Leben lang Putzfrau und hat sich nicht kaufen lassen!« Und wieder zurück auf den Fernseher.

Nikolaus verfluchte sich, weil er die Oma erwähnt hatte. Sie war vielleicht Maditas einziges Vorbild, wenn sie überhaupt eins hatte. Als die Oma starb, hatte Madita die Wohnung in der runtergekommenen Arbeitersiedlung mit allem Drum und Dran übernommen. Das war die Zeit, als sie sich in dem alten Kino über den Weg liefen. Sein eigenes großbürgerliches Elternhaus steckte ihm noch in den Knochen, und Madita inmitten ihres verblichenen proletarischen Miefs war ihm exotisch und begehrenswert erschienen. Doch im Lauf der Zeit hatte er sich daran gewöhnt.

Er trank weiter und starrte abwechselnd auf seine Freundin und auf den Krimi in seiner Hand. »Ich wünschte, ich wäre so ein Detektiv und könnte mich in anderer Leute Leben rumtreiben statt in meinem eigenen«, murmelte er vor sich hin und schielte auf Madita. Schon besser. »Hey, wir könnten ein Detektivpaar sein, so wie …«, er ließ sich von der Bücherwand inspirieren, »Nick und Nora bei Hammett oder Maggie und Nick bei Carlson.«

»Hab gar nicht gewusst, dass du die alle gelesen hast«, knurrte Madita, ohne den Blick vom Fernseher abzuwenden.

Noch ein Schluck und – »Nick und Mattie!«, prustete Nikolaus los. War das etwa ein Lächeln? »Aber wir haben gar keinen Fall!« Suchend sah er sich um. »Keine Geheimfächer, keine versteckten Botschaften!« Die Wodkaflasche eilte ihm zu Hilfe. »Mattie!«

Für einen kurzen Moment sah er sie doppelt auf dem Sofa liegen. Und nicht nur das. Da lagen zwei verschiedene Maditas, eine in Jeans und Turnschuhen und eine in einem bunten Sari. Beide schauten ihn an. Nikolaus kniff die Augen zusammen, bis die indische Madita wieder verschwand.

»Na klar! Dein richtiger Vater. Der große Unbekannte aus

Indien!« Maditas Gesicht zeigte ihm, dass er heute noch nicht alle Fettnäpfchen hinter sich gebracht hatte. Aber dank des Wodkas war ihm das jetzt egal. Seine neue Rolle gab ihm Mut. »Wenn wir ihn finden, kriegst du das ganze Geld, wenn nicht, kriege ich es.«

»Du spinnst ja. Nimm das Geld, ich will's nicht.« Sie war wütend, aber wenigstens war er nicht mehr Luft für sie.

»Und was willst du sonst machen?«

»Ich will ein Kino, das mir keiner wegnehmen kann!«

Er wagte es, sich neben sie zu setzen. »Aber ohne Kohle kein Kino, Schätzchen!«, flüsterte er ihr ins Ohr.

Madita rückte von ihm ab und sah ihm direkt ins Gesicht. »Du willst ein Spiel spielen, ja? Aber das kannst du vergessen. Du weißt genau, dass Emma krank ist. Und Hinnarck – du hast es immer noch nicht kapiert. In Norddeutschland schweigt man lieber und trinkt noch einen. Prost!«, sagte sie, hob die Wodkaflasche an den Mund, nahm einen tiefen Schluck und zwinkerte ihm zu.

Oder hatte er schon wieder eine Halluzination? War sie wirklich aus ihrer Starre aufgewacht? Ihr Gesicht war jetzt ganz nah an seinem. Unsicher wich er ihrem Blick aus und drehte den Kopf zur Seite. Wollte sie ihn auflaufen lassen? Maditas Oma in ihrem Bilderrahmen sah ihn auch an.

»Komm schon, du Krimiheld«, säuselte es neben ihm und er fühlte Maditas Hand unter seinem T-Shirt.

Mit letzter Kraft griff er nach dem Bilderrahmen und legte ihn mit der Vorderseite nach unten auf den Tisch. Dann drehte er sich zu ihr um und sie kullerten vom Sofa auf den falschen Perserteppich.

7 Nachtschicht

Durch die offene Stubentür dringt ein Familienfest. Leute sitzen um einen großen Tisch, essen Grünkohl und trinken Korn. Du selbst, kleines Mädchen mit Pferdeschwanz, sitzt auf der Treppe im Flur und spielst mit einem Schlüsselanhänger. Ein kleiner Holzelefant, mit schillernden Pailletten besetzt. Das Stimmengewirr vermischt sich mit dem Dröhnen des Fernsehers aus dem Zimmer gegenüber. Du weißt, da sitzt deine Mutter ganz allein, guckt einen ihrer kitschigen Nachmittagsschinken mit turbantragenden Indern und heult. Hinnarck schwankt aus dem Festzimmer an dir vorbei zu Emma. Sie streiten sich, weil Emma nicht rüberkommt.

Und dann – eine Tante? Wohl eine von Hinnarcks Schwestern auf dem Rückweg vom Klo. Entdeckt dich auf der Treppe.

»Na du kleene Schwatte. Dich hätten se glatt mitgenommen damals. Hahaha!« Das Lachen dröhnt in deinen Ohren. »Nur ein Spaß, nicht weinen, Lütte. Komm zu Tante Marianne.«

Du schießt aus dem Schlaf und schnappst nach Luft. Nikolaus befreit sich brummend aus deinem Arm und schläft weiter. Reste von Traumbildern legen sich über deine Wahrnehmung. Du willst dich aufsetzen und stößt mit dem Kopf gegen etwas Hartes. Wo bist du? Langsam kommt die Erinnerung. Du liegst auf dem Boden. Wenn du die Hand auf den Unterleib legst, spürst du noch ein leichtes Ziehen. Sex und Versöhnung, ein altbewährtes Team, wie du und Nikolaus. Vor allem hat er endlich aufgehört zu reden. Sonst hätte er immer weiter herumgeritten auf dem Inder.

Allein die Vorstellung, diesen Mann zu treffen, verursacht dir kalte Schweißausbrüche. Du hast dir alle Mühe gegeben, die Sache zu den Akten zu legen und dein eigenes Leben zu leben. Du bist du, der Rest ist eine Geschichte zwischen Emma und Hinnarck. Und dem Inder. Du weißt ja nicht mal seinen Namen.

Als du klein warst, hat Emma dir das Dschungelbuch vorgelesen und dich Mogli genannt. Mein kleiner Mogli. Dann, eines Tages, als du aus der Schule gekommen bist, wurde aus dem Spiel plötzlich Ernst. Mogli kam schließlich aus Indien. Dschungelbuch-Land.

»Unser kleines Geheimnis«, hat Emma gesagt. Sie hat gelacht, bis du nicht mehr sicher warst, ob sie tatsächlich lachte oder weinte. Du hast dir die Ohren zugehalten, und wie in einem Stummfilm ist sie vor deiner Nase zusammengeklappt. So hat euch Hinnarck gefunden, als er von der Arbeit kam. Er hat es dir auf biologische Weise zu erklären versucht. Durch seine Augen gesehen, wurde es dir peinlich.

Ein paar Jahre später, als es mit Emma bergab ging, hast du angefangen, dem Inder die Schuld zu geben. Immer wieder hast du sie gefragt, was passiert ist. Sie hat dir nie geantwortet. Und irgendwann ist es dir egal geworden. Du weißt, dass die Gleichgültigkeit, die du heute dem Zustand deiner Mutter entgegenbringst, andere Menschen erschreckt. Aber wie sollst du es erklären? Wie kannst du die unaussprechliche Müdigkeit erklären, die dich befallen hat, als dir klar wurde, dass ihr Zustand keine Phase ist, keine Zeit, die man durchstehen kann, sondern etwas Endgültiges, Unabänderliches? Manchmal hast du noch jetzt solche Sehnsucht nach Emma, dass es wehtut. Nur dass es Emma nicht mehr gibt. Nicht wirklich.

Dein Kopf hat eine Nachtschicht eingelegt und du verwirfst den Gedanken weiterzuschlafen. Leise stehst du im Dunkeln auf und gehst aufs Klo, während deine Hand automatisch nach dem Stapel Post greift, der neben dem Telefon liegt. Du machst das Licht an, setzt dich auf die geschlossene Kloschüssel und blätterst darin herum. Rechnungen und die alljährliche Neujahrspost von Tante Charlotte.

Du öffnest den Brief und starrst auf die Karte, aber deine Gedanken sind immer noch bei Emma. In den letzten vier Jahren hast du wenig an sie gedacht, sie kaum mehr als zweimal im Jahr gesehen. Selbst an Weihnachten musste das Kino als Ausrede herhalten, auch wenn deine X-Mas-Special-Programme manchmal vor fünf Leuten liefen. Nur wird es in diesem Jahr kein Kino mehr geben. Allein der Gedanke macht dich so müde, dass du für immer hier sitzen bleiben möchtest, auf dem Klo. Du fühlst, wie es wieder in dir hochkriecht, die gleiche bleierne Schwere wie damals, als du nicht mehr rausgegangen bist. Du hast immer gewusst, dass es was mit Emma zu tun hat. Als könntest du nur durch totale Untätigkeit erreichen, dass sie sich bewegt.

Wenn Nikolaus wüsste, wie oft du dir schon gewünscht hast, jemand anders zu sein. Jemand wie er – mit einer Mutter, mit der man sich streitet und wieder verträgt, oder auch nicht, aber die nicht vor sich hin vegetiert wie ein halbtoter Zombie. Vielleicht hat er recht. Vielleicht hilft es, in eine Rolle zu schlüpfen. Stell dir vor, du bist wirklich eine Detektivin. Vielleicht kann sie herausfinden, was es auf sich hat mit dir und Emma. Darauf zu warten, dass sie dir irgendwann die Wahrheit erzählt, hat sich doch wohl langsam erledigt. Es gibt nur einen anderen Menschen, den du danach fragen kannst.

Vergiss Madita. Lass sie schlafen. Steh auf, Mattie.

Am nächsten Morgen fand sich Nikolaus, in Omas dicke Federdecke eingewickelt, halb unter dem Couchtisch eingezwängt wieder. Durch die Gardine fielen matte Sonnenstrahlen auf den Teppich. Er schloss die Augen. Jetzt hatte er wirklich einen Kater.

Die Hand am Kopf, drehte er sich theatralisch auf die andere Seite, um Maditas Mitleid zu wecken und einen Kaffee zu ergattern. Der Auftritt war umsonst. Statt seiner Freundin lag da nur ein Stück weiße Pappe. Als er sie aufklappte, fiel ihm ein kleiner schwarzer Scherenschnitt entgegen. Er musste ihn ein paarmal drehen, bis er erkannte, dass es sich um einen orientalischen Palast handelte, über dem ein winziger Stern hing. Verwundert tastete er nach dem aufgerissenen

Briefumschlag und versuchte die geschwungene Handschrift darauf zu lesen. Erst als seine müden Augen langsam scharf stellten, sah er, dass Mattie in ihrer Krakelschrift etwas danebengekritzelt hatte.

»Die Wette gilt!«, entzifferte Nick, der frisch gebackene Detektiv, und wankte aufs Klo.

8 Hindustan

Mehmet Khan stand vor dem alten Backsteinhaus unten am See und spürte, wie die Kälte langsam an seinen Beinen nach oben kroch. Normalerweise machte ihm der Winter nicht viel aus, aber er hielt sich ja auch hauptsächlich in Städten auf. Er hatte nie verstanden, warum viele seiner britischen Freunde London im Winter freiwillig verließen, um lange Spaziergänge in eisigem Wind zu machen. Allen voran seine Frau Liz, die ihn wieder zu einem Weihnachtsfest bei ihrer Familie in Schottland überreden wollte. Schließlich hatten sie sich doch auf Paris geeinigt und die kleine Leila alleine zu ihren Großeltern geschickt. Für sie gab es nichts Schöneres, als im Schnee herumzutoben. Seine Tochter musste von ihrer Mutter ein Gen mitbekommen haben, das sie völlig unempfindlich gegen Kälte machte.

Liz' Bedingung für Paris war, dass er nicht arbeiten würde. Er hatte sich das neu eröffnete Archiv mit Tagebüchern aus der Résistance eigentlich auch nur interessehalber angucken wollen. Und jetzt war Liz entnervt nach London zurückgeflogen und er war hier, mitten in einer neuen Recherche.

Auch wenn die Sache schon so lange zurücklag, spürte er denselben Kitzel wie bei seiner Suche nach dem Typen, der im letzten Jahr die Nagelbomben in Brixton gelegt hatte. Vielleicht, weil er kurz davor war, ein Kriegsverbrechen aufzudecken. Vielleicht aber auch, weil es so unklar war, wo in diesem Fall die Grenzen zwischen Gut und Böse verliefen. In der Brixton-Geschichte hatte er entgegen den Behauptungen der Polizei nachweisen können, dass der Attentäter eine lückenlose Biografie in der neofaschistischen Szene hatte. Er fragte sich, wo er diesmal landen würde.

Ein naiver junger Historiker im Archiv des Deutschen Übersee-Instituts in Hamburg hatte ihm die Fotos herausgesucht und ihm sogar bei der Suche nach Hausers gegenwärtigem Aufenthaltsort geholfen. Trotzdem hatte es ihn in diesem gottverlassenen Kaff mehr als eine Stunde Fragerei gekostet, um herauszufinden, dass Ludwig Hauser schon seit Jahren bei seiner Lebensgefährtin wohnte. Ungeachtet der Kälte musste er lächeln, als er an die Falte auf der Stirn der Nachbarin dachte.

»Le-bens-ge-fähr-tin. Und das in seinem Alter. Und noch dazu mit der Tochter seines Kameraden. Mindestens zwanzig Jahre jünger als er.«

Mehmet war froh, dass hier alle so langsam redeten. Sein Deutsch war nicht besonders gut. Aber den Leuten fehlte der Charme der britischen Arbeiterklasse. Sie waren eben doch – deutsch. Und das war für einen überzeugten Antifaschisten wie ihn immer noch gleichbedeutend mit einer getrockneten Kruste aus braunem Lehm.

Als Sohn pakistanischer Einwanderer hatte er in London ziemlich zu kämpfen gehabt. Trotzdem hätte er um keinen Preis mit einem Kind deutscher Eltern tauschen wollen, damals in den Siebzigern. »Wahrscheinlich wäre ich bei der RAF gelandet«, schoss es ihm durch den Kopf, als er Schritte hinter der Rauchglastür hörte. Er versuchte sich auf seine Rolle zu konzentrieren.

Die Frau war höflich, aber misstrauisch. Sie sah aus wie eine vergilbte Hauptdarstellerin aus einem dieser alten deutschen Heimatfilme. Beige Hose, rotweiß karierte Bluse und eine mittelblonde kurze Dauerwelle.

»Doktor Charlotte Weidenkamp«, sagte sie leise, nachdem sie schweigend seinen Erklärungen gelauscht hatte. Ihre

Stimme hatte einen angenehm weichen Klang. Sie führte ihn ohne weitere Umstände ins Wohnzimmer, wo er pflichtbewusst den schönen Ausblick bewunderte.

Nach einiger Zeit spürte er plötzlich das Gewicht einer schweren Pranke auf seiner rechten Schulter. »Seien Sie willkommen, mein junger Freund aus Hindustan.«

Mehmet drehte sich schnell um, um sich zu vergewissern, dass der Mann keinen Witz machte. Aber er sah nur in ein freundliches Altmännergesicht mit müden Augen, dessen Wangen von feinen roten Äderchen durchzogen waren. Der Mann trug eine ausgeblichene Cordhose und eins dieser hier üblichen Fischerhemden. Mehmet in seinem Anzug fühlte sich sofort fehl am Platz. Er setzte sein schüchternstes Lächeln auf.

»So jung bin ich gar nicht mehr. Über vierzig schon, Sahib.«

Über Hausers Gesicht huschte ein Lächeln. »Sie sind also Journalist und schreiben für die –«

»Times of India«, ergänzte Mehmet schnell. »Wissen Sie, wir arbeiten gerade an einer Serie über die Tage des Freiheitskampfes, und da darf natürlich die indische Legion nicht fehlen.«

»Setzen Sie sich, junger Freund!« Schon hatte Hauser ihn mit überraschender Vehemenz in den tiefen Polstersessel gedrückt. Seine Freundin Doktor Weidenkamp brachte wortlos zwei Tassen Kaffee und reichte selbstgebackene Plätzchen dazu. Mehmet fühlte sich eingelullt von der Behaglichkeit dieser antiquierten Wohnstube, während Hauser ein Videoband einlegte, das den Titel *Die Goldenen Zeiten der Wochenschau* trug.

9 Mölln

Die S-Bahn verlässt langsam die Halle des Hauptbahnhofs und du kuschelst dich in die Polster. Natürlich müssen sich die beiden Jungmänner direkt neben dich setzen. Wann bist du endlich zu alt für so viel ungewollte Aufmerksamkeit? Haben die nicht deine weißen Haare registriert, unübersehbar im Schwarz verteilt? Einer redet mit dir auf Türkisch, der Klang der Sprache ist dir so vertraut wie keine andere aus deiner Mietskaserne in Barmbek.

»Tut mir leid, ich verstehe kein Türkisch«, sagst du. Dann gibst du ihnen zehn Sekunden. Zehn neun acht sieben – bingo.

»Und woher kommen Sie?«, fragt der andere höflich.

»Aus Hamburg«, sagst du und fügst ein bisschen gehässig hinzu: »Und Sie?«

»Klar, wir auch«, sagt der Erste und hält dem anderen die Hand zum Abklatschen hin. »Altona.«

Du fühlst dich für einen Moment wie in *Kurz und schmerzlos*. Damals habt ihr den Preis bekommen für die Reihe *Moderner Heimatfilm* mit Filmen von Regisseuren der dritten Generation. Kinder der Kinder der Gastarbeiter. Ein Hamburg wie aus einem Buch von Hanef Kureishi. Die Blicke eines älteren Ehepaares aus dem Nachbarabteil holen dich zurück in die deutsche Realität. Mach dir nichts vor. Hamburg ist nicht London und Deutschland kein Einwanderungsland.

Du guckst aus dem Fenster, und die hundertmal gesehenen Fassaden, die jetzt vorbeirauschen, erinnern dich daran, wie du mit Tim vor dem Fernseher gesessen hast, als die Bilder von Rostock in den Nachrichten kamen. Tagelang deutscher Mob, es war nicht zum Aushalten. Du wolltest hinfahren zur Demo. Tim hat einen Kumpel bei der Polizei angerufen, und der meinte, ihr würdet sowieso nicht durchkommen. Typisch Tim, immer pragmatisch. Ein paar Monate später der Anschlag von Mölln. Nah, ganz nah, nur ein paar Kilometer weit weg von Harmsdorf. Du bist richtig paranoid geworden, hast dir die vertrauten Gesichter angeguckt und dich gefragt, ob sie sich hinter deinem Rücken in ausländerfeindliche Fratzen verwandeln.

Tim war entsetzt über deine Horrorvisionen. »Madita, du kennst die Leute in Harmsdorf seit deiner Kindheit. Du bist mit ihnen aufgewachsen. Niemand hier würde so was machen!«

Du hast deine Sachen gepackt und bist nach Hamburg gezogen, einen Studienplatz als rettenden Anker vor Augen. Tim ist raus auf den Bootssteg gegangen und hat gesagt, in der Stadt würde er ersticken.

Tim Helling aus dem Sportverein, fast zehn Jahre älter als du, der sich mit zwei Freunden das alte Bootshaus am See ausgebaut hat. Tim, der begnadete Tischler. Tim, der leidenschaftliche Surfer. Auf einer der legendären Partys im Bootshaus habt ihr plötzlich gemerkt, dass dein Welpenschutz nicht mehr aktiviert war. Zwei Wochen später bist du bei ihm eingezogen. Hinnarck wurde nicht mal gefragt. Es war eine Beziehung ohne große Dramen und Enttäuschungen. Eigentlich bist du von der Kindheit direkt übergewechselt in eine nette, liebevolle Ehe.

»Wir bleiben zusammen, ich komme jedes Wochenende nach Hause«, hast du ihm versprochen und du hast es gemacht. Drei Jahre lang. Ihr habt geglaubt, ihr schafft das, wer, wenn nicht ihr.

Heute wohnt deine Schulfreundin Lisa im Bootshaus. In deinem Haus, mit deinem Mann, mit deinem Hund, mit ihrem gemeinsamen Kind. Es ist schon fast ein Jahr alt und du hast es noch nicht mal fertiggebracht, sie zu besuchen.

Mattie, die Detektivin, muss ganz schön geschickt sein, um alle deine Leichen im Keller zu umschiffen.

»In Indien weiß man heute sehr wenig über die Legion«, sagte Mehmet vorsichtig und suchte unauffällig nach dem Aufnahmeknopf seines neuen Diktiergeräts.

Hauser löste seinen Blick nur langsam vom Bildschirm, auf dem die alten Aufnahmen jetzt erloschen waren. »In Deutschland ebenfalls«, murmelte er, schien sich dann plötzlich zu erinnern, dass er einem Fremden gegenübersaß, und straffte sich. »Fragen Sie, junger Freund, ich werde nach bestem Wissen und Gewissen antworten.«

»Sie waren von Anfang an dabei?« Er wollte es langsam angehen lassen, aber Hauser schien es kaum abwarten zu können, seine Geschichte an den Mann zu bringen.

»Es war ein Geheimauftrag. Mein Kamerad Weidenkamp«, er nickte zu der Frau hinüber, »und ich wurden ins Lager Frankenberg geschickt. Unser Auftrag lautete, eine Legion auszubilden, die ausschließlich aus indischen Kriegsgefangenen bestand. Wir mussten bei null anfangen, Sie verstehen.«

Mehmet verstand.

»Da war eigentlich nur ein schlammiger Acker. Und ich weiß noch, da stand ein Mann an einen Zaun gelehnt und schien etwas zu sehen, was es noch gar nicht gab. Er hatte einen visionären Geist, Ihr Subhas Chandra Bose.«

»Zu Bose kommen wir später noch«, versuchte Mehmet ihn wieder in die richtige Bahn zu bringen. »Die Legion hatte den Auftrag, ausschließlich gegen die Engländer zu kämpfen?« Er merkte, dass er unbewusst die Wortwahl des alten Mannes übernahm. ›Ausschließlich‹ – so ein Wort konnte es nur auf Deutsch geben. Es klang so endgültig.

Hauser schüttelte ungeduldig den Kopf. »Die Details haben die hohen Tiere vom Reichsaußenministerium mit Bose direkt ausgearbeitet. Wir Offiziere machten uns derweil an die Arbeit. Wir ließen die Fahnen mit dem springenden Tiger anfertigen. Wir entwickelten ein militärisches Wörterbuch in Deutsch-

Hindustanisch. Und wir bildeten die Legion an den modernsten deutschen Waffen aus.«

Er redet wie ein Entwicklungshelfer, dachte Mehmet. Laut sagte er: »Und dann wurden Sie nach Frankreich geschickt.«

Hauser nickte wieder. »Jaja, aber das war viel später, 1943. Die Legion war inzwischen auf dreitausend gut ausgebildete Männer angewachsen. Es gab sogar indische Offiziere. Wir wurden an den Atlantik geschickt, um britische Angriffe abzuwehren. Doch die Briten ließen sich nicht blicken. Also bauten wir Verteidigungsanlagen. Einmal kam sogar Generalfeldmarschall Rommel. Ach, und er lobte die Disziplin und die Moral unserer Truppe. Eine große Sache für einen blutjungen Offizier wie mich, Sie verstehen.« Noch heute röteten sich seine Wangen bei der Erinnerung an die Begegnung und er sah gleich gesünder aus.

Mehmet nutzte die gute Stimmung und setzte seinen Hebel an. »Und warum wurde dann schon 1944 der Rückzug nach Deutschland befohlen? Es gibt Quellen, die behaupten, Hitler hielt die Legion, ich zitiere, ›für einen Witz‹ und wollte die Waffen lieber für die SS haben?«

Doktor Weidenkamp sah ihn erstaunt an. Hauser schien ein wenig von seiner neu gewonnenen Spannkraft zu verlieren.

»Dieses Gerücht wurde nie bestätigt!«, entfuhr es ihm trotzig. Einen Moment später hatte er sich wieder im Griff. »Junger Freund, Sie dürfen nicht alles glauben, was irgendwer schreibt. Die Legion wurde in Deutschland gebraucht. Und unsere indischen Kameraden kämpften Seite an Seite mit uns bis zum Ende.«

Mehmet beugte sich vor. »Aber es ist wahr, dass dreißig Inder auf dem Rückzug in Frankreich zur Résistance überliefen?«

»Es gibt immer schwarze Schafe.« Hauser zuckte die Achseln.

Mehmet zog einen Packen Fotokopien aus seiner Ledertasche. »Und alle dreißig Inder wurden auf dem Marktplatz von Poitiers öffentlich erschossen. Sie waren zum Feind desertiert und wurden von diesem dafür umgebracht. Warum, Herr

Hauser? Das Schicksal dieser Männer liegt der indischen Nation am Herzen, Sie verstehen?«

Hauser schien nicht zu verstehen.

»Wir Inder lieben Verschwörungstheorien«, sagte Mehmet, »und ich bin in den Memoiren eines alten Résistance-Kämpfers auf etwas gestoßen. Am Vorabend der Erschießung traf im Hauptquartier ein Brief ein, der für große Aufregung sorgte.« Er blätterte in seinen Kopien und merkte kaum, dass ihn jemand am Arm berührte. »Halten Sie es für möglich, dass der britische Geheimdienst seine Finger im Spiel hatte?«

»Entschuldigen Sie bitte«, sagte Doktor Weidenkamp und deutete auf Hauser, dessen Kopf auf die Brust gesunken war. »Er kann manchmal nachts nicht schlafen. Und dann – ich glaube, es ist besser, wenn Sie jetzt gehen.«

Mehmet sah erstaunt, dass Hauser tatsächlich die Augen geschlossen hatte. Er atmete ruhig. Am liebsten hätte er den alten Mann wieder wachgerüttelt, aber ein Blick auf dessen besorgte Lebensgefährtin sagte ihm, dass das keine gute Idee war. Leise stand er auf, packte seine Tasche und verließ auf Zehenspitzen das Haus.

11 Fischbrötchen

»Ich hab ein bisschen im Internet recherchiert und da steht, dass es noch ziemlich lange dauern kann, wenn die Fruchtblase geplatzt ist. Aber es steht nicht da, wie lange!«

Nick verschluckte sich fast an seinem Fischbrötchen. Er hatte Markus im Plattenladen aufgegabelt, wo er hypernervös durch die Plastikhüllen switchte. Jetzt standen sie an den Landungsbrücken und redeten über ihre Post-Kino-Leben. »Es ist doch noch mindestens acht Wochen hin, bis ihr so weit seid«, brachte er mühsam hervor, »nun mach dir mal nicht ins Hemd, Alter!« Markus sah wirklich besorgt aus. Nick wollte seine Tour durch die Fettnäpfchen seiner Freunde nicht noch weiter fortsetzen und wechselte schnell das Thema. »Madita und ich bearbeiten gerade unseren ersten Fall.«

»Was? Was für einen Fall?« Markus konnte seine Gedanken offenbar nur schwer von der problematischen Fruchtblase lösen.

Nick machte auf geheimnisvoll. »Kann ich doch nicht drüber reden. Berufsethos. Musst du verstehen.«

Jetzt hatte Markus Probleme mit seinem Heringsbrötchen. »Dass Madita irgendwie –«, er suchte nach dem richtigen Wort, »unrealistisch veranlagt ist, weiß ich ja. Aber du? Ich dachte, du willst dich endlich um den Plattenvertrag kümmern?«

»Als ob das realistisch wäre«, seufzte Nick. »Nein, ehrlich, das mit der Detektiv-Nummer ist ernst. Ich hab mir schon überlegt, ich könnte mit Jura weitermachen, so auf Schwerpunkt Kriminalistik.«

Markus schien keine Angst vor Fettnäpfchen zu haben. Er brüllte vor Lachen. »Komm, Nikolaus!«, stöhnte er. »Erzähl mir jetzt nicht, du willst Bulle werden!«

12 Zeitschleifen

Dein Zeigefinger schwebt über dem messingfarbenen Klingelknopf, als sich die Tür von innen öffnet und ein dunkelhäutiger Mann vor dir steht. Irritiert trittst du zurück, um das Namensschild unter der Klingel zu lesen. Im nächsten Augenblick kommt hinter dem Mann, ihn sanft schiebend, Charlotte ins Bild, etwas älter, aber unverkennbar Charlotte. Der Mann murmelt dir einen Gruß zu, aber du verstehst nicht, was er sagt. Ohne dich weiter zu beachten, drückt er sich an dir vorbei, vermutlich in Richtung Gartentor. Für einen kurzen Moment denkst du – nein, er ist zu jung. Fragend guckst du Charlotte an.

»Ludwig schläft endlich«, flüstert sie und legt den Finger auf den Mund. Irgendwo hinter sich zieht sie ihren obligatorischen Persianermantel hervor und schiebt dich ebenfalls rückwärts in die Kälte.

»Ludwig?«, fragst du und drehst dich noch mal nach dem Mann um, der sich gerade Richtung Stadtzentrum in Bewegung setzt. »Aber dein Vater ist doch schon lange tot.«

Charlotte guckt dich vorwurfsvoll an. »Mein Vater hieß Albrecht«, sagt sie jetzt mit ihrer normalen Stimme, ganz die strenge Ärztin. »Ludwig ist mein –« Siehst du einen Funken Trotz in ihren Augen aufleuchten? »– mein Partner. Und das war ein Journalist, der ihn interviewt hat«, setzt sie hinzu, wie um weitere Fragen zu unterbinden. Aber du lässt dich nicht so leicht vom Thema abbringen.

»Heißt das, du hast einen Freund? Mensch, wie schön, hat dich also doch noch einer rumgekriegt.« Du hakst dich unter und versuchst die Nähe wiederherzustellen, die du als Kind zu Charlotte hattest. Die unabhängige Charlotte, selbstbewusste Ärztin und ein Kumpel zum Pferdestehlen, wie es Emma manchmal ehrfürchtig ausdrückte.

»Rumgekriegt würde ich nicht sagen«, murmelt sie jetzt, aber ein Lächeln zeichnet sich auf ihrem Gesicht ab.

Langsam schlendert ihr in Richtung See. Nur nicht zum Bootshaus, schießt es dir durch den Kopf. Dein Glück, Charlotte hat sich schon für die andere Richtung entschieden. Sie startet ihren ausholenden Wandertagsschritt.

»Was verschafft mir eigentlich nach«, sie rechnet, »über zehn Jahren die Ehre deines Besuches? Als du heute Morgen angerufen hast, klang es sehr dringend.«

Du weichst ihrem Blick aus und fixierst die Blässhühner, die auf dem See herumfiepen. »Ja weißt du, ich wollte dich eigentlich nach meinem Vater fragen«, sagst du so beiläufig wie möglich.

»Hinnarck? Was ist mit dem?« Sie legt immer noch ein Tempo vor, das dich kaum Luft holen lässt.

»Nicht Hinnarck.« Du lässt deinen Blick vorsichtshalber bei den Blässhühnern. »Der andere. Der Inder.«
Charlotte bleibt endlich stehen und sieht dich an. »Was?«
Die Blässhühner flattern aufgeschreckt davon. Du zwingst dich, deine Patentante ebenfalls anzusehen. Du bist eine erwachsene Frau und hast ein Recht auf vernünftige Antworten. Du musst nichts erklären.
Charlotte schweigt.
»Emma ist vielleicht verrückt, aber ich nicht.« Deine Stimme klingt wie die einer beleidigten Zwölfjährigen. »Du warst ihre beste Freundin damals, sonst wäre ich wohl kaum dein Patenkind. Und dann jedes Jahr zu Neujahr ein Scherenschnitt aus *Tausendundeiner Nacht*. Mitten im Winter. Ist mir erst heute aufgefallen.«
»Kannst du denn immer noch kein Subjekt benutzen?«, entfährt es Charlotte. Ihr müsst beide lachen, lange Nachmittage mit Hausaufgaben im Kopf, die Emma schon nicht mehr mit dir machen konnte.
Gerade als du dich fragst, ob sie überhaupt noch auf deine Frage reagieren wird, fängt Charlotte an zu reden. »Ich konnte dich doch nicht einfach direkt darauf ansprechen. Ich wusste doch gar nicht, ob du …« Jetzt sucht sie deine Nähe und hakt sich wieder bei dir ein, während ihr langsamer weitergeht.
»Du glaubst doch wohl nicht im Ernst, dass Emma jemals auf mich Rücksicht genommen hat.« Du fühlst, wie eine lang vergessene Vertrautheit zwischen euch zu schwingen beginnt. »Ich glaube, es war ihr zweiter Nervenzusammenbruch, also muss ich so acht gewesen sein. Als Hinnarck von der Arbeit kam, war es schon zu spät und er konnte nur noch die Scherben zusammenfegen und mir erklären, worum es ging. Ich weiß noch, dass ich das Indianerkostüm anhatte, das du mir geschenkt hast. Er ließ mich bei Manitou schwören, dass ich mein Wort halten und niemandem in Harmsdorf was erzählen würde. Ich hab mein Wort gehalten. Echt, bei Manitou!«
Dir entwischt ein hysterisches Kichern, aber Charlotte schüt-

telt nur traurig den Kopf. Sarkasmus ist noch nie ihre Stärke gewesen.

»Es ist alles so lange her. Ich denke, du hast ein Recht darauf, die Geschichte von Anfang an zu hören.« Du merkst, wie sie in ihre eigene Zeitschleife abtaucht, und hältst gespannt den Atem an. »Ich hatte gerade meine Praxis eröffnet und ganz Harmsdorf lief mir die Tür ein. Vielleicht nur, um die ledige Ärztin zu bestaunen, ich weiß es nicht. Eines Tages kam Emma in die Praxis und fragte mich, ob sie als Sprechstundenhilfe bei mir anfangen könnte. Sie war so ...« Charlotte lächelt und du wünschst dir, du könntest sehen, was sie gerade sieht. »... so jung und so offen. Sie langweilte sich, wenn Hinnarck wochenlang auf Montage war. In dem großen Haus am Bahnhof mit seinen Eltern und seinen Geschwistern fühlte sie sich immer noch fremd. Als sie dann bei mir angefangen hatte, ergab es sich, dass wir ab und zu nach Hamburg fuhren, ins Theater oder einfach nur zum Bummeln. Emma blühte dann richtig auf. Sie hatte schreckliches Heimweh nach Hamburg, kannst du dir das vorstellen?«

Und ob du das kannst.

13 Erster Song

Auftakt. Geigen. Emma und Charlotte wandern durch Planten un Blomen und schauen sich fremdartige Pflanzen an. Es ist heiß. Emma trägt Minirock und Bluse und wirkt sehr jung, Charlotte etwas burschikoser in Hosen. Auf Bänken sitzen Jugendliche mit langen Haaren. Jemand rezitiert Tagore. Emma ist begeistert. Einer spielt Sitar. Die Melodie mischt sich subtil mit den Geigenklängen.

Cut. Ein Pavillon in der Mitte der Anlage, in dem man sich samstags zum Tanztee trifft. An einem Tisch sitzen zwei junge indische Männer in westlicher Kleidung, etwas abseits vom

Rummel. Die beiden Frauen kommen dazu. Emma Junghans und Anand Kumar starren sich an.

Cut. Bäng. Ein berauschendes musikalisches Arrangement aus Rock'n' Roll und klassischer indischer Musik setzt ein. Emma und Anand bewegen sich wie hypnotisiert auf der Tanzfläche. Das Publikum jubelt.

In schneller Schnittfolge: Emma und Anand wirbeln tanzend durch verschiedene Hamburger Settings. Klick. Sie fotografiert ihn mit Turban – aus einer leichten Sommerjacke gewickelt. Klick. Er fotografiert sie im Wildledermini, mit Sonnenbrille und Zigarette.

Cut. Die Musik kommt zum Höhepunkt. Emma und Anand auf dem Hamburger Dom. Sie küssen sich fast, schrecken zurück. Die Geisterbahn startet und sie verschwinden lachend im Dunkel.

Cut. Wieder die Geigen. Emma steht am Hafen und winkt. Anand lehnt an der Reling eines großen Schiffes, das gerade ausläuft. Er trägt jetzt eine Uniform und winkt zurück. Ausklang.

14 London

»Und es kam zum Schlimmsten. Emma wurde schwanger.«

Charlotte merkte sofort, dass sie etwas Falsches gesagt hatte, denn Madita versteifte sich und zog den Arm unter ihrem heraus. Sie hatte den dünnen Faden unachtsam zerrissen und nun tat es ihr leid.

»Ja, das weiß ich doch alles.« Die junge Frau, der sie deutsche Grammatik beigebracht hatte, erschien ihr mit einem Mal wieder meilenweit entfernt. »Emma kroch zu Kreuze oder besser zu Hinnarck zurück und schickte den Inder in die Wüste. Und dann? Hast du nie wieder was von ihm gehört?«

Charlotte zupfte nervös am Ärmel ihres Mantels und schüttelte den Kopf. Es war alles so lange her. Sie hatte schon seit Jahren nicht mehr an diese unglückselige Affäre gedacht. Plötzlich fiel ihr doch noch etwas ein.

»Ich glaube, Emma hat mir einmal erzählt, dass er das Leben als Schiffsarzt ziemlich satthatte«, sagte sie vorsichtig, »und dass er sich in London niederlassen wollte, sobald das Geld reichte.«

»London?« Madita war ganz blass um die Nase.

»Mehr hat sie wirklich nicht gesagt, Kind.«

Wer weiß, was aus seinen Plänen geworden war. Er konnte überall sein. Sie wollte Madita raten, die Sache auf sich beruhen zu lassen, aber eine Bewegung im Schilf lenkte ihre Aufmerksamkeit ab.

»Ludwig, du bist ja schon wieder auf!« Sie lief auf ihn zu und raschelte ordentlich, damit er nicht erschrak, wenn sie ihn berührte. Er reagierte manchmal so empfindlich. »Komm, ich möchte dir jemanden vorstellen!«

Unwillig nahm er das Fernglas von den Augen und folgte ihr zurück zum Strandweg, wo Madita fröstelnd von einem Bein auf das andere trat. Sie war schon als Kind so verfroren gewesen. Wahrscheinlich rauchte sie auch noch.

»Das ist Madita, meine Patentochter. Ich habe dir schon von ihr erzählt.« Ludwig schwankte ein wenig an ihrem Arm und brummelte einen Gruß.

Madita schien sich gar nicht richtig für Ludwig zu interessieren. »Guten Tag. Freut mich, Sie kennenzulernen.« Ihre Stimme klang gehetzt.

Von links näherte sich die junge Familie aus dem Bootshaus mit ihrem Hund. Sie waren wie immer ganz mit sich beschäftigt.

Charlotte machte einen letzten Versuch. »Willst du nicht mit reinkommen und wir klönen gemütlich bei einer Tasse Kaffee?«, fragte sie und sah Madita aufmunternd an. »Ich weiß ja so gar nichts von deinem Leben jetzt.«

»Nein, nein, ich kann nicht.« Immer hatten sie es eilig heutzutage. »Ein andermal vielleicht. Danke, Charlotte.« Ein flüchtiger Kuss auf die Wange und schon war sie weg.

»Das arme Kind«, murmelte Charlotte und drückte sich eng an Ludwig.

Gemeinsam sahen sie ihr nach, wie sie so schnell den Strandweg hinunterging, als liefe sie vor etwas davon.

Nick und Markus waren mittlerweile beim vierten Grog angekommen. Aus dem Fenster des überheizten Hafenpavillons sahen sie auf die Schiffe, die sich langsam durchs Bild schoben, und schlossen Wetten ab, was sie geladen hatten.

»Bananen«, sagte Markus gerade zum dritten Mal hintereinander, als Nicks Handy klingelte.

Er hörte einen Moment lang zu, dann formten seine Lippen ein stummes »Madita« und Markus nickte.

»London?«, fragte Nick. »Ja, ich verstehe. Na, wenn das die einzige Spur ist, müssen wir dranbleiben. Ich besorge die Tickets.«

Markus kicherte schon wieder. »London. Spuren. Ihr spinnt ja.«

Nick sah ihn streng an. »Und so besoffen, wie du bist, brauchst du bei Annette auch nicht vor der Tür zu stehen. Aufregung ist gefährlich für Schwangere!«

Markus schluckte.

»Los, wir joggen zur Englandfähre. Das macht uns wieder nüchtern.«

Nick guckte vorsichtshalber noch mal in seine Tasche. Das Geld war noch da. Zwei dicke Packen.

Es tut gut, die Stimme von Nikolaus zu hören, auch wenn er klingt, als hätte er einen in der Krone. Er kommt dir vor wie ein Botschafter aus einem fremden Leben, hier, wo die Zeitwahrnehmung anderen Gesetzen unterliegt. Du hast Tim und Lisa gesehen, am Strandweg, und hast dich aus dem Staub gemacht, bevor der Hund womöglich noch zu dir gerannt wäre. Als du dich wieder getraut hast, dich umzudrehen, waren sie weg, wahrscheinlich abgebogen Richtung Marktplatz, wo sie auf eine Pizza mit den anderen aus dem Sportverein verabredet sind.

Du warst so oft selbst dabei, dass du dir die Situation beinahe physisch vorstellen kannst. Immer montags im *Seeblick*, alle Pizzen zum Aktionspreis. Im Winter wird so ein Anlass in Harmsdorf zum sozialen Ereignis. Nach dem Essen verziehen sich die Männer an den Nebentisch und spielen Skat. Lisa tauscht mit ihren Freundinnen die raren Neuigkeiten aus. Die meisten haben jetzt ein oder zwei Kinder, die genauso miteinander aufwachsen werden wie ihr.

Du beschließt, das Stadtzentrum zu meiden und den Weg am See entlang zum Bahnhof zu nehmen, auch wenn er direkt an deinem Elternhaus vorbeiführt. Prozentual gesehen, stehen deine Chancen schlecht, nicht in die Falle zu gehen und wie eine Fliege am Köder deiner eigenen Vergangenheit kleben zu bleiben. Du wirfst einen letzten Blick auf die Blässhühner.

»Anand Kumar. Anand Kumar. Anand Kumar«, flüsterst du ihnen zu. Sie suchen unbeeindruckt weiter nach Algen. Seufzend machst du dich auf den kurzen Anstieg über das abgetretene Kopfsteinpflaster.

Direkt vor deiner Nase tritt Hinnarck mit seiner Jutetasche zum abendlichen Einkaufstörn aus der Haustür. Wenn er jetzt einfach an der engen Twiete zum See vorbeigeht, bist du gerettet. Er blinzelt in deine Richtung und kommt langsam näher. Du bist stehen geblieben. Erstaunt nimmst du wahr, dass Hinnarck alt geworden ist. Er geht aufrecht, aber die Monteursmuskeln sind einer noch dünnen Fettschicht gewichen. Sein Haar ist schütter und fast weiß.

»Madita! Was machst du denn in Harmsdorf?« Er sagt weiter nichts, steht nur da wie der personifizierte Vorwurf.

Du umarmst ihn, einerseits um Zeit zu schinden, aber auch, weil seine massige Brust immer noch etwas Tröstendes hat. Seit Emmas Totalausfall hatte er ja auch die emotionale Familienkomponente am Hals, die meist darin bestand, dass du dich bei einem verlorenen Sportwettkampf oder einer zerrissenen Lieblingsjeans an seine Brust geflüchtet hast und er dir unbeholfen über den Rücken gestreichelt hat. Ein Mann der großen Worte ist er nie gewesen. Er wartet lieber, bis die anderen reden.

»Meine Schulfreundin, die Lisa, weißt du noch? Die hat ein Kind gekriegt und da musste ich doch mal vorbeischauen.«

»Lisa Behrend? Die ist doch jetzt mit Tim zusammen.« Hinnarck weiß immer noch genau Bescheid, was in Harmsdorf vor sich geht, also sei vorsichtig. Er mochte Tim und hätte dich lieber als alles andere als anständige Frau eines Tischlers unter die Haube gebracht. »Haben die denn geheiratet?«

»Nee. Unehelich.« Du kannst dir einen Anflug von Trotz nicht verkneifen. Im nächsten Moment tut es dir leid. »Du, Hinnarck, ich muss schon wieder los. Das Kino macht gleich auf.« Du hast ihm noch nichts von der Schließung erzählt und lässt es vorerst dabei. So was kann man nicht mal eben zwischen Tür und Angel erledigen.

Hinnarck steht wie eine Eins und versperrt dir in der engen Twiete den Fluchtweg. »Deern, du solltest dich öfter mal zu Hause blicken lassen, wo du gebraucht wirst. Oder bist du dir zu fein für deine Eltern?«

Du weichst seinem Blick aus. In der Dämmerung scheinen die Backsteinmauern noch enger zusammenzurücken. Frau Neumann von gegenüber hängt wieder hinter der Gardine, aus dem Augenwinkel hast du eine leichte Bewegung wahrgenommen. Hinnarck kann einfach nicht verstehen, warum du nach Hamburg gehen musstest. Tausende tun das. Sie gehen nach Hamburg oder Berlin oder Los Angeles oder Neuseeland. Aber nicht mit Hinnarck als Vater. Wenn es nach ihm ginge, hättet ihr den Dachboden ausgebaut und da würdest du jetzt hocken mit Mann und Kindern. Und zwischendurch könntest du Emma mit ihren Tabletten füttern wie einen kaputten alten Spielautomaten, der keine Gewinne mehr ausschüttet.

Du versuchst es mit der Wahrheit. »Natürlich nicht, Papa. Es ist nur – du weißt ja, wie ich über Emma und ihre ganzen Medikamente denke. Sie sitzt doch nur noch da wie ein rauchender Fabrikschlot. Es ist ihr völlig egal, ob ich da bin oder nicht.«

»Aber mir ist es nicht egal.«

Hat er das wirklich gesagt oder hast du es dir eingebildet? Sein Blick wandert nach oben zum Küchenfenster, und deiner folgt ihm. Emmas blasses Gesicht starrt in eure Richtung. Du drehst den Kopf schnell wieder weg.

»Der Arzt sagt, so bringt sie sich wenigstens nicht um.« Für Hinnarck sind Männer in weißen Kitteln noch unanfechtbare Autoritäten.

»Wie denn auch, sie ist ja schon halb tot!«, bricht es aus dir heraus.

Hinnarck zieht die Schultern hoch. »Tja dann, ich muss weiter, Deern. Die Läden machen gleich zu.« Er wendet sich ab und geht langsam weg.

Du hast ihn wieder mal enttäuscht.

16 Emmas Welt

Da ist ja Madita! Kleines Mädchen. Großes Mädchen. Zigarette, die Zigarette darf nicht aus dem Aschenbecher fallen. Emma hat aber keine Angst vor dem Feuer. Nur Hinnarck. Madita! Jetzt ist sie wieder weg. Wo ist sie nur hingelaufen?

Der Vorhang kommt. Immerzu geht der Vorhang runter. Großer grauer Vorhang. Bitte nicht.

Kalt. Emma ist so kalt. Nicht so laut! Das Schiff soll leiser tuten. Tut ja weh in den Ohren. Da unten, ganz weit unten steht sie am Hafen und winkt. Klitzekleine Emma. Kann ihrem Schicksal nicht entkommen.

Welche Farbe hat das Schicksal? Weiß? Alles ist weiß. Die Decke ist weiß. Unter einer weißen Decke liegen und an die weiße Decke gucken. Stocksteife Emma.

Da kommt sie, die dicke blonde Frau mit der weißen Haube. Sie hat ein braunes Bündel im Arm.

»Da haben Sie Ihr kleines Schoko-Bonbon!«

Das Weiß tut weh in Emmas Augen. Müde Emma. Kann jetzt nicht. Muss sich zur Seite drehen. Die Augen zu, ganz fest. Da ist er wieder. Gott sei Dank. Er winkt noch.

»Komm zurück!« Das ist ihre eigene Stimme, schrill. Aua. Er wird immer kleiner. Das Meer glitzert. Weiß. Sonne. Wenn man in die Sonne guckt, muss man die Augen zumachen. Es ist Sommer. Endlich Sommer.

Glückliche Sommer-Emma, braucht die Wärme. Der See. Auf dem See schwimmt ein rotes Gummiboot. Darin sitzt das kleine Kind.

»Mama, guck mal, guckdochmal!« Um Gottes willen! Das Boot! Es kippt um!

»Piep!« Endlich dunkel, es ist fast dunkel.

»A 1 Hamburg-Lübeck.«

NDR 2, das ist NDR 2! Ihre Freunde! Sie haben sie zurückgeholt. Die Zigarette hat ein Loch ins Tischtuch gemacht. Schnell, schnell weg damit, sonst wird Hinnarck böse. Aufstehen. Neues Tischtuch holen.

17 Transit

Mehmet gähnte, während der Beamte am Schalter für EU-Bürger seinen britischen Pass von allen Seiten betrachtete, als sei er ein fauler Apfel. Er sah sich um und bemerkte die lange

Schlange von Einreisenden aus nicht-europäischen Ländern, die sich durch die halbe Ankunftshalle von Heathrow um einen Irrgarten von Metallabsperrungen wand.

Eine Diskussion am Nebenschalter zog seine Aufmerksamkeit auf sich. »Wieso Bargeld? Was geht Sie mein Bargeld an?«

Mehmet horchte auf. Er hatte schon oft reiche Verwandte aus Pakistan vom Flughafen abgeholt, die sich über die Behandlung durch die britische Einwanderungsbehörde beklagten. Der arrogante Unterton des jungen Asiaten nebenan prallte an der Glasscheibe vor seinem britischen Gegenüber ab.

»Wir haben unsere Anweisungen. Bitte beantworten Sie nur die Fragen.«

»Ach ja?« Der Typ ließ sich nicht so leicht einschüchtern. »Haben Sie auch so viele Fragen beantwortet, bevor Sie Indien kolonialisiert haben? Ich dachte, die Briten legen so großen Wert auf Privatsphäre. Die Pfeiler der Zivilisation. Menschenrechte. Wir haben eifrig von euch gelernt, wie es sich gehört für die guten Wilden.« Der Junge war nicht schlecht.

Mehmet nahm lachend seinen Pass entgegen und klopfte dem Inder im Vorbeigehen auf die Schulter. »Weiter so! Lass dich nicht unterkriegen, Bruder!«, flüsterte er ihm zu.

Der junge Mann fuhr herum und musterte ihn. Für einen kurzen Moment verschwand der Sarkasmus aus seinen Augen. »Besten Dank. Ich komme schon klar.« Dann wandte er sich wieder dem Beamten zu.

»Es steht Ihnen frei, nicht einzureisen, Mr. Mu-kher-jee!«, bellte es hinter der Glasscheibe.

Das Letzte, was Mehmet hörte, war die Antwort. »Mukherjee. Haben Sie den Namen noch nie gehört? Meine Vorfahren waren brave Lakaien des britischen Empire. Haben vielleicht die Stiefel Ihres Großvaters geleckt!«

18 Handycam

»Das gibt's doch nicht! Alles unscharf.« Im Sucher der Kamera erschienen langsam klare Umrisse. Kräne. Wasser. Die Reling eines Schiffes. Daran gelehnt stand Mattie, den Blick nachdenklich auf die kleiner werdende Silhouette von Hamburg gerichtet. Das abendliche Gegenlicht erzeugte poppige Farben im seitlich abgeklappten Suchermonitor.

»Hier spricht Nikolaus Ostrowski, Codename Nick. Test. Test.« Am meisten Probleme hatte er noch mit der Orientierung. Beinahe wäre er gegen die Reling geprallt, als er versuchte, Matties Gesicht frontal reinzukriegen.

Lachend hielt sie die Hand vor das Objektiv. »Du Spinner, was machst du mit der Kamera?«

Er wollte seine technische Probe nicht unterbrechen und schwenkte weiter. Was war denn das? Grün mit Pickeln. Wo blieb die Schärfe? Jetzt war sie da. Grünes Schiffsdeck mit Nägeln.

»Handwerkszeug. Hier. Guck mal.« Seine eigene Hand tauchte im Bild auf. Etwas unnatürlich umklammerte sie ein Mini-Disc-Aufnahmegerät. »Und das.« Wieder die Hand, diesmal mit einem Kopfhörer-Mikrofon.

Er musste üben. Startklar zum Observieren. Eine Familie, Vater, Mutter, zwei Kinder. Sprache: Dänisch? Nicht winken! Er hatte extra eine kleine Kamera ausgesucht, um unauffälliger agieren zu können. Aber das ging sicher noch besser.

Ein Ehepaar. Leider unscharf. Und tschüs!

Da kam der Nächste, ein alter Mann mit Hut. Mist, der starrte direkt in die Kamera. Da konnte man ja eine Gänsehaut kriegen!

»Was ist denn das? Hier leuchtet was. Scheiße. Ich glaube, der Akku ist leer!« Er sah nur noch Schwarz.

19 Mr. Unbekannt

Obwohl du die dünne Nylonsteppdecke bis unters Kinn gezogen hast, sitzt die feuchte Kälte noch in deinem Körper fest.

»Nikolaus! Mir ist so kalt. Ey, Nick!«

Nikolaus reagiert nur noch auf seinen Codenamen. Im Moment reagiert er aber überhaupt nicht, weil er sich weit aus dem Fenster gebeugt hat und seine Observationstechnik an Camdener Bürgern ausprobiert, die versuchen, durch den Regen nach Hause zu kommen. Die nasskalte Brühe hat euch den ganzen Tag lang verfolgt, während ihr kreuz und quer durch ein dunkelgraues Brixton gestiefelt seid, um Nicks altes Haus wiederzufinden.

Er hat vor fünf Jahren ein Praktikum in einer Londoner Kanzlei gemacht, bei einem Studienfreund seines Vaters. Nur dass es Nick nicht länger als zwei Wochen geschafft hat. Auf dem Rückweg von der Arbeit hat er ein paar Musiker kennengelernt. Sie haben ihn eingeladen, zu ihnen in ein besetztes Haus zu ziehen. Die restlichen zweieinhalb Monate hat er dann durchgehend bekifft in der Londoner Clubszene herumgebracht.

»Ich bin mir sicher, hier ganz in der Nähe war es!«, hat Nick immer wieder behauptet, während dir das Wasser von der Nasenspitze tropfte.

»Drogenbedingte Amnesie«, hast du diagnostiziert.

Als er endlich bereit war aufzugeben, habt ihr ein *Loot* gekauft und euch das billigste Hotel rausgesucht. Dafür gibt es keine Heizung, aber das habt ihr erst gemerkt, als die griechische Wirtin schon wieder weg war.

»Mattie! Ich glaube, irgendwo hier ist der Camden Market, da kann man super shoppen gehen.« Er dreht dir immer noch den Rücken zu.

»Nick, wir sind nicht zum Shoppen hergekommen!«

»Ich weiß, Chefin, wir observieren. Ich glaube, langsam hab ich es raus mit dem Ding.«

Du betrachtest seinen schmalen Rücken. Nick spielt mal wieder Leben. Vielleicht ist das ganz normal, wenn man aus einer Welt kommt, in der alles einen Grund haben muss. Vater Richter, Mutter Ärztin, drei Geschwister, alle was geworden. Außer Nick. Nick, der angehende Anwalt, geht mal eben in der Londoner Clubszene verloren.

Du hast ihm nicht erzählt, dass du auch schon mal hier gewesen bist. Du musst diesen missglückten Trip verdrängt haben im Laufe der Jahre. Tim hat dir zum Abi einen Kurzurlaub geschenkt. Natürlich war es kein Zufall, dass ein paar Freunde von ihm aus dem Sportverein das Freundschaftsspiel Deutschland-England sehen wollten. Also seid ihr alle zusammen mit dem VW-Bus rübergefahren und habt außerhalb von London auf einem Campingplatz gewohnt, wo es jede Nacht Randale zwischen deutschen und britischen Fans gab. In der letzten Nacht ist Tim spät ins Zelt gekommen, völlig besoffen und mit einem blauen Auge. Er wollte unbedingt mit dir schlafen. Du hast ihn rausgeschmissen. London war der Anfang vom Ende.

Jetzt bist du also wieder hier und willst in der grauen Suppe da draußen nach einem unbekannten Inder suchen, der dir einen Teil seiner DNA hinterlassen hat. Ein paar chemische Verbindungen und einen Haufen Fragen, auf die du keine Antwort hast.

»Weißt du, ich überlege die ganze Zeit, was ich mache, wenn wir ihn wirklich finden«, sagst du laut zu dem Rücken am Fenster.

Nicks Haare hängen ihm nass ins Gesicht, als er sich mit der Kamera in der Hand umdreht und sie auf dich richtet.

»Mach doch mal das Ding aus! Stell dir vor, er ist ein echtes Arschloch. Mutter verrückt, Vater Arschloch. Herzlich willkommen im Gruselkabinett!« Nick lacht hinter der Kamera, aber du meinst es ernst. »Verstehst du, bisher gab es nur Hinnarck, Emma und Mr. Unbekannt. Ich hab mich daran gewöhnt.«

Endlich macht er die Kamera aus und setzt sich auf die

Bettkante. »Ach komm, Mattie, das ist doch nicht wahr. Du hast mir immer erzählt, wie sehr du die ganze Lügerei gehasst hast.«

Stimmt, das hast du gesagt, du hattest sie so satt, die Scheinwelt, die Hinnarck um deine Existenz errichtet hat. Aber das war alles Theorie. Du senkst den Blick und lässt die rosa Bordüre der Bettdecke fallen, an der du wahrscheinlich schon die ganze Zeit herumgeknabbert hast. Eine alte Angewohnheit aus Kindertagen.

»Manchmal, wenn ich aus der Schule kam, hat Emma mich so komisch angeguckt. Dann gab es zwei Möglichkeiten. Entweder sie hat sich im Schlafzimmer eingeschlossen und den ganzen Nachmittag geheult. Oder sie hat mich wegen irgendwas angebrüllt und getobt und ich hab mich in meinem Zimmer eingeschlossen, weil ich Angst vor ihr hatte.«

Du siehst dich wieder auf deinem Bett sitzen, direkt unter der Dachschräge, den Zipfel deiner Bettdecke zwischen den Zähnen, angespannt lauschend, ob Emma noch vor der Tür steht. Minuten dehnen sich zu Stunden, bis du endlich, deine Sporttasche fertig gepackt, den Mut findest, die Tür zu öffnen und dich leise davonzuschleichen.

Meistens saß Emma schon längst wieder an ihrem Fenster und starrte auf den Bahnhofsvorplatz hinunter.

Nick versucht dir über den Kopf zu streicheln, aber du weichst ihm aus. Du willst jetzt nicht getröstet werden. Du willst auf etwas anderes hinaus.

»Mittlerweile glaube ich, das ganze Theater hatte überhaupt nichts mit mir zu tun, sondern mit dem Inder. Meine Schuld war nur, dass ich ihm ähnlich sah. Darauf ist sie so abgefahren. Was ist, wenn …«

Nick hat sich nach vorn gebeugt, aber bevor sein Mund deinen erreicht, klatscht dir eine nasse Strähne Haare ins Gesicht. Lachend räumt er sie aus dem Weg und sieht dich an. »*Was ist, wenn* gilt jetzt nicht mehr. Du kannst es nur rausfinden, wenn du ihn selbst fragst. Er wird dich schon nicht fressen.« Er stürzt sich auf dich, brüllt wie ein bengalischer Tiger und reißt dir die Bettdecke weg. »Los, steh auf! Wir gehen jetzt in den Pub an der Ecke, wärmen uns mit Scotch und machen einen Plan für morgen. Ich weiß schon, wie wir uns aufteilen. Ich nehme das Telefonbuch und du setzt deinen indischen Look ein und klapperst Behörden und Verbände ab.«

Vor dir steht Nick, fünfzigprozentiger Seniorpartner eurer neu gegründeten Detektei, und versucht dich eiskalt über den Tisch zu ziehen. Sieht so aus, als wäre schon klar, wer sich die Schrammen auf der Straße abholt und wer gemütlich zu Hause im Trockenen bleibt.

20 Popstar

Cal zerrte am Kragen seiner Jeansjacke, um den Regen davon abzuhalten, ihm kalte Tropfen den Rücken hinunterzuschicken. Seit er aus dem Taxi geklettert war, hatte sein Ich-bin-ein-Popstar-in-London-Gefühl schon ziemlich nachgelassen. Madonna im Regen vor einer trostlosen Fabrikhalle irgendwo im Eastend. Probleme bei der Grenzkontrolle. Zum ersten Mal seit langem hatte er den Namen Amit Mukherjee gehört. Amit Mukherjee war vorbei, vergessen, nur ein paar Buchstaben in einem Pass.

Er gab sich einen Ruck und trat mit voller Kraft gegen die Tür. »Verdammt, ich dachte, ich bin hier eingeladen!«

Zu seiner Überraschung hörte er Schritte und die Tür öffnete sich. Vor ihm stand eine dünne, sehr weiße Frau mit rot gefärbten Haaren. Sie sprach breites Cockney. »Was schreist du hier rum?«

Cal hätte beinahe laut aufgelacht. Dieses England war ein gottverdammter Alptraum. Das glorreiche Empire, zerfressen von Borniertheit und Arroganz. Sie waren am Ende. Sie wussten es nur noch nicht.

»Ich hab geklingelt. Ich soll hier auflegen heute.«

Ihr Blick richtete sich von irgendwo hinter der Tür auf ihn. »Oh ja, sorry, ist ein bisschen laut hier drinnen. Du bist Cal. Aus Bombay.« Sie musterte ihn. »Cool. War auch in Indien letztes Jahr. Goa. Gute Partys. Komm!«

Goa. Das hatte noch gefehlt. Aber sie hatte sich schon umgedreht und stapfte mit großen Schritten vor ihm durch den fast leeren Club. Nur eine junge Frau mit Kopftuch fegte gerade die Kippen zusammen. Sie hob kurz den Kopf und sah ihn an, aber bevor er etwas sagen konnte, hatte sie den Blick schon wieder gesenkt. Vielleicht war sie aus Pakistan. Von irgendwoher dröhnten Bässe in den Raum. Die rothaarige Frau stieg jetzt eine dunkle Treppe runter. Er kam kaum hinterher, mit seiner großen Kiste auf den glitschigen Metallsprossen. Unten hantierten im Halbdunkel ein paar Typen an einem Mischpult herum.

»Ich bin Cookie, die Managerin!«, brüllte sie in sein Ohr. »Das sind Samir und seine Jungs. Organisieren hier den Asian Underground. Jeden Mittwoch.«

Er wischte sich einen Tropfen ihrer Spucke vom Ohr und spürte, wie ihn undeutliche Gestalten umringten. Hände klopften ihm auf die Schultern. Irgendjemand schaltete das Hauptlicht ein.

»Ey, Mann, wie geht's in der Heimat?« Dieser Samir sprach eine komische Mischung aus Hindi und Englisch, beides mit britischem Akzent, was für Cals Ohren eher außerirdisch klang.

»Macht doch mal leise!« Cookies Stimme schrillte durch das Wummern.

Die plötzliche Stille ließ seine Ohren klingeln. Ihr Gesicht leuchtete jetzt nah vor seinem.

»Okay, Cal, Samir hat irgendwo dein Tape aufgegabelt und dich empfohlen. Dies ist der beste Club in town. Mach sie heiß heute Nacht, okay? Dann kannst du hier morgen früh mit einem Plattenvertrag rausspazieren.«

»Und Vertrag heißt Visum, Mann!« Samir hing immer noch an seiner Schulter.

Cal machte sich vorsichtig los und stellte seine Kiste auf das DJ-Pult. Er fühlte, wie seine Sprache langsam zurückkehrte und auch sein Sarkasmus.

»Ich bin noch nicht mal richtig da«, sagte er heiser, »und alle glauben, ich will unbedingt hierbleiben. Es ist kalt. Es regnet den ganzen Tag. Die Rinder sind wahnsinnig. Ihr solltet froh sein, dass überhaupt jemand kommt.«

Einen Moment lang starrten sie ihn an, dann wieherte Samir los. »Ey, Mann, guter Witz!«

Die anderen fingen wie auf Kommando an zu lachen, und sogar Cookie schenkte ihm ein nervöses Lächeln, bevor sie ihr klingelndes Handy aus der Tasche zog.

Cal öffnete die große Metallkiste und stapelte analoge elektronische Geräte und Platten auf das Pult. Dann fing er an zu stöpseln.

21 Pickles

»Wer ist da?« Nick hielt den Hörer des altmodischen Telefons ein Stück von seinem Ohr weg. War das Hindi, was da aus der Muschel plärrte? Der Lautstärke nach zu schließen, war die Besitzerin der Stimme auf alle Fälle beinahe taub. »Entschuldigen Sie bitte, ich suche einen Doktor Anand Kumar!«, unterbrach er brüllend ihren Redefluss. Ein weiterer Schwall unverständlicher Laute entwich aus dem Hörer und traf auf sein Trommelfell. Nick legte auf.

»A. Kumar, A. Kumar, Scheiße, das sind ja Hunderte.« Er blätterte hektisch ein paar Seiten weiter.

Du stehst in der gewaltigen viktorianischen Halle der *High Commission of India* und versuchst dich weder von dem hohen Empfangspult noch von dem Tonfall der Frau dahinter einschüchtern zu lassen. Als könne sie deine Nervosität riechen, hat sie dich von oben bis unten gemustert, während du in schlechtem Schulenglisch gefragt hast, wo man Auskunft über Inder einholen kann, die sich in Großbritannien aufhalten.

»In Großbritannien gibt es kein Meldegesetz. Und wir erteilen Auskünfte über indische Staatsbürger nur an Verwandte.« Sie müssen extra ein Podest eingezogen haben, damit sie so auf unwichtige Bittsteller hinuntergucken können. Du streckst dich und hoffst, dass ein paar Zentimeter dabei rausspringen.

»Ich suche meinen Vater.«

Überraschung flackert in ihrem Blick auf und sie lässt ihre Mundwinkel zwei Millimeter nach oben wandern. Eins zu null für dich.

»Dann bräuchte ich bitte Ihren indischen Pass mit dem Namen Ihres Vaters.«

Einen indischen Pass? Wo in aller Welt sollst du einen indischen Pass hernehmen? Du wühlst in deiner Umhängetasche, bis du endlich den Beweis deiner EU-Staatsbürgerschaft findest. Eins der begehrtesten Dokumente der Welt und jetzt nützt es dir überhaupt nichts.

»Ich habe aber nur meinen deutschen – meine Mutter wollte nicht –« Du brichst ab. Deine Stimme klingt viel zu laut. Beim Hereinkommen hast du nicht darauf geachtet, dass angeordnet in mehreren Ensembles ein Dutzend dunkelgrüne Lederfauteuils in der Halle verteilt sind. Gesichter von Männern tauchen hinter indischen Tageszeitungen auf und werfen dir neugierige Blicke zu.

Die Frau hinter dem Pult ist jetzt nicht mal mehr anstandshalber höflich. »Dann versuchen Sie es wohl besser auf anderem Wege.« Ihr Knoten aus schwarzem Haar sitzt perfekt, ihr dunkles Kostüm sitzt perfekt und ihr perfekter Unterton trifft ins Schwarze.

So würdevoll wie möglich trittst du den Rückzug an.

Nick lag auf dem Rücken, auf seinem Bauch das Telefonbuch.

»Ja, ich verstehe. Mr. Kumar ist in einer wichtigen Börsenschaltung. Ja. Nein, ich brauche keinen Termin, ich denke, es hat sich schon erledigt. Nur noch eine Frage. Wie heißt Herr Kumar mit Vornamen? Abishek, ich verstehe. Nein danke.« Er ließ den Hörer fallen und strich den einundfünfzigsten Eintrag aus.

»Junge Frau! Wir haben hier indische Ärzte zu Tausenden. Ärzte und Pickles! Hahaha!«

Vor deinen Augen verschwimmt das Gesicht von Doktor McLoughlin, dem Sekretär der britischen Ärztekammer. Du zwinkerst ein paarmal. Stundenlang hast du in der British Library die Wählerlisten von London gewälzt, bist du gemerkt hast, dass die langen Reihen von winzig gedruckten Namen nach Straßen sortiert sind. Deinen Sinn für Humor musst du unterwegs verloren haben.

»Aber gibt es denn keine Möglichkeit, den richtigen zu finden?«

Er guckt jetzt besorgt in dein zwinkerndes Gesicht. Es ist nicht schwer, deinen überreizten Augen ein paar Tränen zu entlocken. Eine Prise melodramatische Dringlichkeit, bitte.

»Nein, nein, nein, meine Dame, gucken Sie doch in den Computer hier! Anand Kumar, das ist wie Bill Smith, da gibt es Kumar den Chiropraktiker, Kumar den Röntgenspezialisten, Kumar den Hals-Nasen-Ohren-Arzt. Das sind mindestens siebzig, verteilt über ganz England. Nicht mitgezählt diejenigen, die wahrscheinlich nicht mal Mitglied der Ärztekammer sind. Gerade die indischen Ärzte organisieren sich nämlich lieber untereinander. Sie trauen uns nicht. Na ja, verständlich.«

Du hörst auf zu zwinkern und versuchst deine Augen wieder in Normalzustand zu bringen, bevor der nette Doktor mit den Sommersprossen zu einem längeren Vortrag über die Folgen der Kolonialgeschichte ausholen kann.

Klar verstehst du die Vorbehalte der indischen Ärzte. Klar verstehst du das superliberale britische Meldegesetz. Nur jetzt ist dir schlecht und vor deinen müden Augen tanzt das Bild deines indischen Vaters im weißen Kittel, der sich vor dir im Wald versteckt wie ein scheues Reh.

22 Hochzeit

Das Wartezimmer platzte jetzt schon aus allen Nähten und durch die Tür drängelte noch eine komplette Sippschaft in die Praxis. Nellie Somers thronte wie immer hinter der Anmeldung. Sollte sie vielleicht raten, wer von denen überhaupt krank war? Mehrere Leute fingen gleichzeitig an, in ihrem typischen Sprachenwirrwarr auf sie einzuquatschen. Nellie verstand kein Wort. Abwarten hieß die Devise. Schließlich wollten die ja was von ihr und nicht umgekehrt.

Sie entsorgte unauffällig ihren Kaugummi aus dem Mund und klebte ihn unter die Tischplatte. Außer dem Doktor legte zwar bestimmt keiner hier gesteigerten Wert auf Hygiene, aber sie wollte lieber auf Nummer sicher gehen. Sie brauchte den Job. Hier zu sitzen wie ein Dompteur im Zirkus war eine leichte Übung verglichen damit, Ron bei Laune zu halten. Dafür müsste man Gefahrenzulage kassieren.

Es hatte eine Weile gedauert, bis sie intus hatte, dass höchstens die Hälfte der Leute krank war. Der Rest waren Eltern, Geschwister, Tanten, Neffen, die ganze Bagage eben. Aber nach zwei Jahren bei Doktor Kumar machte ihr keiner mehr was vor. Der Doktor konnte sich auf sie verlassen. Sie hielt ihm die Leute vom Leib, bis sie dran waren. Nellie wusste, dass die Inder sie nicht besonders leiden konnten. Sie ließ sich davon keine grauen Haare wachsen. Fürs Nettsein wurde sie nicht bezahlt.

In lautem Cockney brachte sie die Neuankömmlinge zur

Ruhe. Ein alter Mann schob ihr seine NHS-Versicherungskarte rüber, als wäre es die Bibel oder was immer die da in der Kirche lasen. Nur gut, dass sie diese komplizierten Namen nicht auch noch mit der Hand in den Computer eintippen musste. Die reinsten Zungenbrecher waren das.

Nicht, dass Nellie sich noch nie gefragt hätte, warum der Doktor gerade sie genommen hatte und keine von seinen eigenen Leuten. Mit ihrem Aussehen konnte sie ja wohl keinen Blumentopf mehr gewinnen. Sorgen machen dick, dachte sie jedes Mal, wenn sie aus Versehen am Spiegel vorbeikam. Sie hatte schon daran gedacht, das blöde Ding einfach wegzuschmeißen. Eine neue Blondierung konnte sie sich sowieso nur noch alle zwei Monate leisten, wenn überhaupt. Vielleicht stand der Doktor ja zu Hause unter dem Pantoffel. Oder er hatte Spaß dran, eine Britin für sich schuften zu lassen. Na, wie auch immer, was ging sie das an. Sie war gerne Arzthelferin und sie gehörte noch lange nicht zum alten Eisen.

Nellie hatte sich schon zusammen mit Ron im Pub versauern sehen, als ihre vorige Praxis zu Hause auf der Isle of Dogs dichtmachte. Ein paar Jahre lang waren die Leute noch ab und zu beim Arzt aufgetaucht, weil die Arbeitslosigkeit sie krank machte. »Denk an deine Bauchspeicheldrüse«, das predigte sie Ron immer, aber der hörte ja nie zu. An der Bauchspeicheldrüse erkennst du den Säufer. Zuletzt blieben sogar die Säufer weg und der Arzt wurde selber arbeitslos.

Auch wenn Ron und seine Kumpels immer wieder davon anfingen, sie glaubte nicht, dass die Leute hier mehr Arbeit hatten. Sie kamen rüber aus Southall und Wembley, den indischen Ghettos. Es schien ihnen einfach weniger auszumachen. Na ja, wahrscheinlich war es die Mentalität. Im Fernsehen hatten sie gerade neulich einen Film über Kalkutta gebracht, wo ganze Familien in so Bretterverschlägen hausten. Kein Wunder, dass die sich hier wohlfühlten wie die Maden im Speck.

Immer musste das Telefon klingeln, wenn man gerade mal

'ne Minute für sich hatte! Nellie ging ran. »Praxis Doktor Kumar, Somers am Apparat! Ja. Nein, der Doktor behandelt gerade. Ist das mein Problem? Dann müssen Sie es eben noch mal versuchen! Was bitte? Seinen Vornamen? Sind Sie pervers oder was?« Sie knallte den Hörer auf. Bestimmt so ein Irrer. Aber nicht mit Nellie Somers. Sie konnte diese Irren schon am Tonfall riechen.

Das Wartezimmer fing an zu summen wie ein verdammter Bienenstock, als der Doktor endlich aus dem Sprechzimmer kam. Der kritische Moment. Nellie ging in volle Alarmbereitschaft, immer auf dem Sprung, jemanden zur Not mit roher Gewalt zurück an seinen Platz zu bugsieren.

Der Doktor sah aus, als wäre er an diesem Morgen auch nicht so ganz auf der Höhe. Schlecht geschlafen, diagnostizierte Nellie, da brauchte man kein Arzt sein, um das zu merken. Seine Hand hatte er auf der Schulter eines jungen Burschen. Sie konnte nicht hören, was er sagte, aber der Junge lachte. Ihr Chef hatte ein gutes Händchen mit seinen Leuten, das musste man ihm lassen. Jetzt kam er rüber zu ihr an die Rezeption.

»Das ist schon der fünfte heute, der glaubt, er habe BSE«, flüsterte er, »dabei isst seine Familie streng vegetarisch. Diese verdammten Zeitungen.«

Nellie winkte ab. Sie hatte Ron verboten, die Zeitungen mit ins Haus zu bringen, seit die Schmierer Diana so durch den Dreck zogen. Sie waren doch einer wie der andere, verlogen und gekauft. Ron las die Zeitung jetzt im Pub. Aber ihr Geld ging wenigstens nicht mehr dafür drauf. Sie wollte dem Doktor gerade sagen, dass heutzutage nicht mal mehr die Toten ihre Ruhe vor der Journaille hatten, als schon wieder das Telefon klingelte. Ungeduldig griff sie nach dem Hörer.

Die Frau Doktor sprach immerhin ganz passables Englisch. Doktor Kumar hatte ihr mal erzählt, dass sie sich sogar zu Hause auf Englisch unterhielten, weil seine Frau aus einer vollkommen anderen Ecke Indiens kam als er. Jedenfalls war sie eine ganz Feine, und gearbeitet hatte die keinen einzigen Tag in ihrem Leben. *First Lady* nannte Nellie sie immer, aber natürlich nicht vor dem Doktor.

»Ihre Frau«, flüsterte sie zurück.

»Okay, stellen Sie durch. Und keine Patienten in den nächsten zehn Minuten. Bitte.« Er zwinkerte ihr zu.

Nellie fühlte, wie sie rot wurde. Das konnte ja wohl nicht wahr sein! Gott sei Dank war er schon wieder auf dem Rückweg. Schlecht sah er nicht aus, der Doktor mit seinen graumelierten Haaren, sehr gepflegt. Aber nur, wenn man diese südländischen Typen mochte. Sie steckte das Kaugummi wieder in den Mund und warf einen strengen Blick in Richtung Wartezimmer, um den Lärmpegel so weit wie möglich runterzukriegen. Dann nahm sie vorsichtig den Hörer ab und drückte einen Knopf. Ein bisschen Spaß konnte doch wohl jeder haben.

»Liebling! Ja, natürlich. Sie will ihn heiraten?« Der Doktor klang aber erleichtert.

Die First Lady ratterte los wie ein Maschinengewehr. Nellie schob zufrieden den Kaugummi auf die andere Seite. Hatte sie es doch gewusst. Es ging um die Hochzeit der Tochter, diesem Hungerhaken. Sah aus wie ein Model, immer eins a zurechtgemacht. Endlich war der Doktor wieder am Zug.

»Aber sicher, du kannst loslegen. Nein, wir machen es richtig im großen Stil. Natürlich in Bombay. Mutter will doch dabei sein.«

Schade. Nellie hatte mal gelesen, die Inder heirateten wie im Märchen. Drei Tage lang abfeiern und essen, bis es einem zu den Ohren rauskommt. Da hätte sie Ron was zum Auftauen ins Eisfach gestellt und sich mal wieder so richtig amüsiert. Aber Bombay! War wahrscheinlich billiger. Nellie horchte auf. Jetzt wurde er richtig sentimental.

»Unsere Tochter! Mein Gott, ich bin froh, dass sie einverstanden ist. Nein, Liebling, ich bin sicher, wir haben richtig entschieden. Kishors Sohn ist ein guter Junge. Er wird Anwalt.

Und unsere Kleine braucht auf nichts zu verzichten. Das ist das Wichtigste. Ja gut, heute Abend.«

Nellie wollte verflucht sein, wenn der Doktor nicht am Heulen war da drinnen, alleine in seinem Sprechzimmer. Sie überlegte. Ein Schnaps kam nicht in Frage, der trank ja nicht mal nach Feierabend sein Bierchen. Arbeit war die beste Ablenkung, sagte man nicht so? Sie versuchte sich zu erinnern, wie der kleine Junge hieß, der mindestens zehn Verwandte im Schlepptau hatte.

Cal schnippte die Power-Schalter seiner Geräte alle nacheinander auf *On* und nickte erleichtert beim Aufleuchten der Dioden.

Samir wühlte sich neugierig durch seine Platten. Er zog eine bunt bedruckte LP raus. »Mann, das ist toll, die haben meine Eltern! Das ist doch – wie hieß der Film noch?«

Cal nahm ihm die Platte aus der Hand und registrierte, dass Samir kein Hindi lesen konnte, denn der Titel stand in großen Buchstaben quer über der Platte. »Bharat Mata – Mutter Indien«, sagte er.

»Oh ja, natürlich.« Samir dachte einen Augenblick nach, dann begann er eine Melodie zu summen. »Das ist doch der Song, oder? Komm, spiel mal an, zum Soundcheck!«

Cal machte eine abwehrende Handbewegung. »Das ist das Stück, wo sie heiraten. Weißt du eigentlich, was die da singen?«

Samir schüttelte den Kopf.

»Das Schicksal der Frau ist es, ihr Heim zu verlassen und die Liebe ihres Mannes zu erringen. Scheiß indischer Familien-Kitsch. Ich spiel dir ein anderes vor. Ich hasse Hochzeitsszenen!« Er wunderte sich selbst über seine heftige Reaktion.

Aber Samir lachte schon wieder. »Ey, Cal, für einen aus der Heimat bist du ganz schön cool. Komm, spiel mir den Song! Einmal. Dann kann ich ihn heute Nachmittag meiner Mum vorsingen und sie ist glücklich!«

23 Zweiter Song

Kling. Kling. Glöckchen und Zimbeln rasseln leise. Über dem offenen Festplatz funkeln die Sterne. Die Dekoration schimmert in Rot und Gold. Ein Vorhang raschelt. Die Tische brechen fast zusammen unter der Last der Köstlichkeiten. Männer in Kurtas aus Rohseide und Frauen in funkelnden Saris stehen in Grüppchen zusammen und unterhalten sich gedämpft. Knisternde Spannung liegt in der Luft.

Cut. Das Orchester beginnt zu spielen. Verschiedene Trommeln. Tänzerinnen in rajastanischen Kostümen mit klingelnden Fußkettchen schieben sich in einer Reihe ins Bild. Der junge Anand Kumar wird lachend von seinen Freunden in die Mitte geschoben. Er trägt ebenfalls eine Kurta und einen Kopfschmuck, der an die Turbane aus der Kolonialzeit erinnert.

Cut. Aus der Menge der Tänzerinnen löst sich plötzlich Emma, im goldenen Sari, aber überdeutlich als Europäerin geschminkt. Die Musik wechselt zu einem verführerischen Thema. Anand starrt Emma an. Emma starrt Anand an. Langsam tanzen sie aufeinander zu. Sie umkreisen einander. Ein Schritt. Noch ein Schritt. Fast berühren sich ihre Lippen.

Cut. Ein Gong ertönt. Anand öffnet die Augen. Die Tänzerinnen haben sich vor Emma geschoben und die Reihe wieder geschlossen. Die Glöckchen an ihren Füßen klirren leise. Von hinten durch die Reihe wird jetzt von zwei Mädchen eine indische Braut im roten Hochzeitssari hereingeführt. Ihr Blick ist scheu auf den Boden gerichtet.

Cut. Nur Trommeln. Durch einen Schal aneinandergebunden, läuft das Brautpaar langsam um das Feuer.

Cut. Flöten und Geigen setzen wieder ein. Anand tanzt mit seiner Braut zu einer älteren Frau, die in einem Sessel sitzt, und berührt ihre Füße.

Die Musik klingt aus.

24 Chapatis

Seine Mutter hatte ihn zu sich hochgezogen und ihn lange angeschaut, bis er ihren prüfenden Blick nicht mehr aushalten konnte und zu Boden sah.

»Die arrangierte Ehe ist keine veraltete Tradition.« Sie sprach leise auf ihn ein. »Diese Europäerin. Kennt sie die Regeln der indischen Gesellschaft? Würde sie dir Chapatis machen können? Und eure Kinder? Ihre Zukunft stünde unter keinem glücklichen Stern. Nicht hier. Nicht dort. Denk an deine Kinder!« Sie nahm ihn bei den Schultern und zwang ihn, sie anzusehen.

»Ja, Mutter«, hatte er gesagt.

Doktor Anand Kumar schreckte aus seinen Erinnerungen hoch. Er merkte, dass seine Wangen nass waren. Schnell stand er auf und trat ans Fenster. Unter der Kew Bridge schob sich gerade ein Schiff hindurch. »Ich werde alt und sentimental«, murmelte er vor sich hin.

Die Sorgen um seine Tochter hatten ihm unnötig zugesetzt. Sie hatte sich einfach Zeit gelassen und ihre Jugend genossen. Sie wollte Medizin studieren, also ließen sie sie nach Cambridge gehen. Sie wollte nicht vor Abschluss ihres Studiums heiraten, also schickten sie die vielen Bewerber wieder nach Hause. Sie wollte unabhängig sein, also kaufte er ihr ein eigenes Auto und eine kleine Wohnung. Aber nachts lag er wach und stellte sich vor, sie würde mit ihren Kommilitonen wilde Partys feiern, ihr Studium abbrechen, um Rap-Sängerin zu werden, oder Drogen nehmen.

Europa, der Kontinent, mit dem er selbst so viele Jugendträume verband, war ihm auch nach dreißig Jahren noch fremd. Den jungen Menschen hier fehlten der Halt und die Werte einer Familie. Sicher, sie hatten viele Freiheiten, aber niemand erklärte ihnen, wie viele Gefahren diese Freiheit mit sich brachte.

Anand warf einen letzten Blick aus dem Fenster. Das Schiff

war verschwunden. Er hatte jetzt keine Zeit für Sentimentalitäten. Gerade wollte er den Summer betätigen, als die Tür sich von selbst öffnete. Manchmal fragte er sich, ob Nellie telepathische Fähigkeiten besaß. Mit einer Handbewegung, die keinen Widerspruch duldete, scheuchte sie den nächsten Patienten herein, einen verschüchterten kleinen Jungen. Hinter ihm quollen seine aufgeregten Verwandten ins Sprechzimmer.

25 Handycam

Als du endlich zurück ins Hotelzimmer kommst, findest du Nick schlafend über dem Telefonbuch zusammengesunken. Um ihn türmen sich zerknüllte Zettel und leere Coladosen. Am liebsten würdest du dich dazulegen. Nur noch schlafen.

Achtung! Beinahe wärst du über die Videokamera gestolpert, die auf dem Boden liegt. Dein Kreislauf kommt wieder hoch. Du greifst nach dem Gerät und drückst den Aufnahmeknopf. »Junger Mann! Ich erwarte Ihren Bericht. Sofort!«

Im Sucher siehst du Nicks Kopf, der ins Bild schießt. Eine Hand folgt und reibt in den Augen herum. »Ich – oh Mann, bin ich eingeschlafen? So ein Mist.«

Der Kopf verschwindet und du hörst es knistern. Wie immer, wenn er aufwacht, greift Nick als Erstes zu seinem Tabak. Kopf und Hand kommen wieder hoch, die Zunge leckt blitzschnell über das Zigarettenpapier und die Rolle wandert in den Mundwinkel. Dann blinkt ein Feuerzeug auf. Die automatische Blende reagiert. Nicks Kopf verschwindet im Dunkeln.

»Ich geb's auf«, ertönt seine Stimme hinter dem orangen Lichtpunkt. »Die Hälfte spricht kein Englisch, die andere Hälfte ist nicht da. Das kann Jahre dauern. Und was ist, wenn er doch nicht hier ist? Oder tot?«

Du merkst, wie die Blende langsam wieder aufgeht, und siehst sein erschrockenes Gesicht.

»Entschuldigung. Ich wollte dich nicht – schlafe noch.«

Du versuchst zu reden, ohne die Kamera zu bewegen. »Schon gut. Hab ich auch schon dran gedacht.«

Würde es dir was ausmachen, wenn er tot wäre? Im Moment bist du zu müde, um dir darüber klar zu sein. Aber tief in dir spürst du einen kleinen Stich, als wäre es eine persönliche Ungerechtigkeit des Schicksals, jetzt, wo du dich nach all den Jahren doch noch auf die Suche gemacht hast.

Du ziehst mit der linken Hand einen zusammengefalteten Zettel aus der Jackentasche und wirfst ihn zu Nick aufs Bett.

»Asian Community Center«, liest er laut vor. »Was willst du denn da?«

»Wir müssen Kontakt zu indischen Ärzteorganisationen aufnehmen.« Das klingt überzeugter, als dir zumute ist. Du erzählst ihm nichts von dem jungen Typen, der dir den Zettel vor der Botschaft in die Hand gedrückt hat. Du hast ihn auf Deutsch angefahren, dabei konntest du ihm kaum vorwerfen, dass er dich für eine Inderin gehalten hat. Es hat dir einfach gereicht, dieses ganze Hin und Her. »Gib mir den Zettel, ich muss da hin, bevor sie zumachen.«

Du hast es gesagt, jetzt musst du es tun. Raus mit dir, du hast dir noch nicht genug Schrammen abgeholt heute!

Nicks Gesicht nähert sich der Kamera und wird unscharf. »Nimm mich mit, bitte, Partner, hol mich hier raus!«

Du machst die Kamera aus und beschließt, eine Ausnahme zu machen.

26 Community

»Und dann ist mein Zeitzeuge einfach eingeschlafen! So was ist mir noch nie passiert!« Mehmet Khan wickelte die Schnur des Telefons um seinen Zeigefinger. »Nein, ich musste zurück. Die Ausgabe ist fertig. Hab sie eben aus der Druckerei geholt. Ich bringe sie später mit. Nein, ich schiebe gerade Dienst an der Community.« Er lachte über seinen eigenen Witz und legte auf.

Mehmet fragte sich, ob es irgendwo auf der Welt ein schlecht finanziertes linkes Projekt gab, bei dem es nicht so aussah wie hier. Um ihn herum stapelten sich die Broschüren und Papiere auf dem alten Holzschreibtisch. Die Wände waren beklebt mit mehreren Schichten von Plakaten, die zu antirassistischen Demos und Kongressen aufriefen. Zum Teil hatten sie schon vor Jahren stattgefunden.

Er nahm sich vor, beim nächsten Treffen mal wieder die Renovierung auf die Tagesordnung zu setzen. Aber das tat eigentlich immer irgendjemand und dann scheiterten sie daran, einen Termin zu finden, an dem alle gemeinsam Zeit hatten. Jobs, Familie, politische Gruppen – sie konnten froh sein, wenn sie die Öffnungszeiten nicht noch weiter einschränken mussten. Beratungsarbeit machte selten wirklich Spaß, aber nur so war es möglich, Kontakt zur Basis zu halten. Die Geschichten, die er hier zu hören bekam, waren in der Regel keine angenehmen. Rassistische Übergriffe, abgelehnte Asylanträge, Angst vor der Abschiebung. Für Geld und Waren sollten keine Grenzen mehr existieren im Zeitalter der Globalisierung. Für die Menschen wurden sie langsam unüberwindlich.

Er sah auf die Uhr. Noch eine Viertelstunde. Wenn er Glück hatte, würde er es heute ausnahmsweise rechtzeitig schaffen, Leila vom Kinderladen abzuholen. Liz hatte Redaktionssitzung beim *Guardian*, das konnte bis tief in die Nacht dauern. Mehmet lächelte. Nicht nur die muslimischen Genossen fragten ihn manchmal, ob er sich unterlegen fühlte mit einer Frau, die im gleichen Beruf eine Traumkarriere hingelegt hatte, während er selbst für ein Magazin schrieb, das nur in der politischen Szene einen Namen hatte. Was bedeutete schon die Auflage? Für ihn war es eine Frage des ideologischen Standpunktes. Mehmet hasste die hierarchischen Strukturen in den großen Redaktionen, wo es Ober- und

Unterredakteure, Chefs vom Dienst und Aufsichtsräte gab, die einem ins Handwerk pfuschten. Er verbrachte sein Leben lieber in selbstorganisierten Projekten wie dem Asian Community Center.

Heute war wirklich wenig los. Mehmet schloss eine Wette mit sich selber ab, dass kurz vor Schluss doch noch jemand kommen würde. Draußen hinter der fast zugeklebten Scheibe tauchte ein junges Paar auf. Er hörte sie vor der Tür unschlüssig mit den Füßen scharren. Dann kamen sie herein.

»Hallo, mein Name ist Mehmet Khan, wie kann ich Ihnen helfen?« Den Mann kannte er nicht, aber die Frau vermittelte ihm das unangenehme Gefühl, dass er sie schon mal gesehen hatte. Aber wo? In Gedanken ging er die Veranstaltungen durch, die er in den letzten Monaten besucht hatte. Auch ihr Gesicht spiegelte die Überraschung des Wiedererkennens. Na, er würde ihr einfach den Vortritt lassen.

»Was machen Sie denn hier? Sie sind doch der Typ, der neulich in Harmsdorf war!«

Es klickte in seinem Kopf. Ihr Akzent, natürlich. »Und was haben Sie mit dem alten Nazi zu schaffen, ist das Ihr Großvater?«

Ihr Lächeln verschwand. Höflichkeit war noch nie seine Stärke gewesen. Zwanzig Jahre politischer Kampf hatten ihn gelehrt, dass man besser direkt mit der Tür ins Haus fiel. Er wartete ab, was sie sagen würde. »Der Freund meiner Patentante. Das sind doch harmlose alte Leute. Was wollten Sie da?«

Mehmet betrachtete sie. Aussehen tat sie nicht besonders deutsch. Vielleicht war sie eins dieser Patenkinder aus der Dritten Welt. Eine schreckliche Mode, damals in den Siebzigern, als sich das Bürgertum mit seiner Doppelmoral schmückte. »Hat Ihnen Ihre Patentante das nicht erzählt? Ich habe mit Hauser ein Interview über die sogenannte indische Legion geführt.«

Der Mann hatte bis jetzt nur zugehört. »Moment mal! Was

hat eine indische Legion mit Harmsdorf zu tun?«, wollte er nun wissen.

»Es ist eine alte Geschichte. Sie erzählt von einer unglückseligen Allianz aus Nationalisten, die keine Nation hatten, und Nationalisten, die ihre Nation für auserwählt hielten.« Mehmet reichte ihm die druckfrische Ausgabe der *Tracks*. »Lesen Sie das. Aber Sie sind sicher nicht deswegen den ganzen Weg hinter mir hergekommen.«

Die Frau war immer noch wütend. So würden sie nicht weiterkommen. Dann schien sie sich doch noch an den Grund ihres Besuches zu erinnern.

»Wir sind hier, weil wir Kontakt zu Organisationen indischer Ärzte in Großbritannien aufnehmen wollen. Besser gesagt, eigentlich zu einem bestimmten Arzt.«

Mehmet merkte, dass sie aufgeregt war. Die englische Sprache kam ihr nur brockenweise von den Lippen. Er nahm sich vor, trotz seines Feierabends ein bisschen mehr Geduld aufzubringen und ihr eine Chance zu geben.

»Dann fangen wir doch mal von vorne an. Wie heißt denn dieser indische Arzt, und was wollen Sie von ihm?«

Sie wurde ein bisschen lockerer. »Sein Name ist Anand Kumar. Und soweit es mir bekannt ist, ist er mein leiblicher Vater.«

Mehmet nickte. So war das also.

Er kannte nur einen Arzt namens Kumar. Mit dem war er im Laufe einer Recherche heftig aneinandergeraten, weil er ausgerechnet die Frau eines stadtbekannten Hooligans als Sprechstundenhilfe beschäftigte. So viel unpolitische Kurzsichtigkeit war schwer zu ertragen. Er würde sich hüten, dem Typen eine uneheliche Tochter auf den Hals zu hetzen und sich eine Anzeige einzufangen. Wahrscheinlich war er sowieso nicht der Mann, den sie suchte.

Er hatte solche Geschichten schon zu Hunderten gehört. Kinder suchten ihre Eltern, Eltern ihre Kinder. Nur um am Ende, wenn überhaupt, einem fremden Menschen gegenüberzustehen. Schweigend schüttelte er den Kopf.

Als sie weiterreden wollte, unterbrach er sie und versuchte seine Stimme nicht zu hart klingen zu lassen. »Warum suchen Sie Ihren Vater? Brauchen Sie ihn? In Ihrem Alter?« Er stand auf und sah sie an. »Ist es die Suche nach den genetischen Wurzeln? Dem exotischen Kick? Macht es Sie interessanter? Haben Sie sich schon mal überlegt, warum Ihr Vater Sie nicht gesucht hat? Vielleicht hat er einen guten Grund, sich nicht bei Ihnen zu melden!« Sie würde ihm sowieso nicht glauben, dass er ihr nur eine Enttäuschung ersparen wollte. »Sie leben doch hier und jetzt. Warum beschäftigen Sie sich nicht mit Ihrer Umwelt, die Sie zu dem gemacht hat, was Sie heute sind? Was sind das für harmlose alte Leute? Nazis, die im Gestern leben und das Heute beeinflussen.« Mal sehen, was sie ihm zu entgegnen hatte.

»Ich bin nicht zu Ihnen gekommen, um mich moralisch zu rechtfertigen, sondern weil ich dachte, hier findet man Beratung. Aber ich habe mich wohl getäuscht.«

Sie war sauer, verständlicherweise. Ihm fiel keine passende Bemerkung ein, er war schließlich kein Psychologe, sondern Journalist.

Es war der Mann, der die Stille durchbrach. »Was machen Sie denn so, um die Welt zu verbessern?« Nicht schlecht.

Mehmet grinste und folgte dem Blick des anderen durch das abgehalfterte Büro. »Lies die Zeitung«, sagte er und folgte einer spontanen Eingebung. »Wir versuchen gerade ein europäisches Netzwerk von antifaschistischen Journalisten aufzubauen. Undercover zum großen Teil. Wir brauchen immer junge unbekannte Autoren. Gerade in Deutschland. Faschismus und Ausländerhass machen nicht an den Grenzen Halt.«

»Nein danke.« Der Junge hielt zu seiner Freundin. »Immer auf der richtigen Seite, das ist nicht mein Ding.«

Er hatte ihn falsch eingeschätzt. »Na dann«, er sah auf die Uhr. »Wir machen jetzt zu.«

Mehmet brachte die beiden zur Tür und sah ihnen nach, wie

sie um die Ecke verschwanden, während er abschloss. Sein Blick glitt über die Straße.

Plötzlich kniff er die Augen zusammen, geblendet von der frühen Abendsonne. Das konnte doch kein Zufall sein! Er musste sich täuschen. Oder doch nicht?

Wenn es schon Ärger gab, zog er die direkte Konfrontation vor. Er sprintete los und verschwand zwischen den fahrenden Autos.

27 Depression

Deine Füße bewegen sich wie von selbst die lange Portobello Road hinunter, aber dein Gehirn fühlt sich an wie ein ausgewrungener Lappen, der bei jedem Schritt im Kopf herumschlabbert. Klatsch!, schlägt er gegen die Schädeldecke und lässt Bruchstücke eurer Unterhaltung mit diesem Khan in deinem Bewusstsein nachhallen.

Klatsch! »Sind Sie auf der Suche nach dem exotischen Kick?« Klatsch! »Macht es Sie interessanter?«

Hast du es dir insgeheim gemütlich gemacht in der kleinen Welt, die Emma und Hinnarck für dich zusammengebastelt haben? Ein bisschen mit deinem exotischen Image gespielt und durch die ganze Heimlichtuerei die Projektionen noch angeheizt? Selbst jetzt ziehst du es doch vor, durch diesen von Nick inszenierten Krimi zu stolpern, statt dich endlich um ein neues Kino zu kümmern!

Nick trabt schweigend neben dir her und sieht dich fragend an.

»Wahrscheinlich hat er recht. Ich sollte mich auf mein eigenes Leben konzentrieren«, murmelst du halblaut vor dich hin.

Er hebt die Hände und scheint dir zu widersprechen, aber was er sagt, geht im Jaulen einer Ambulanz unter, die sich im Feierabendverkehr festgefahren hat.

Deine Gedanken springen schon wieder zurück. Was dich

ärgert, ist, dass der Journalist dich so leicht aus der Fassung bringen konnte. Nichts, aber auch gar nichts konntest du ihm entgegensetzen, weil du keinen Standpunkt hast, den es zu verteidigen gibt. Weder beruflich noch persönlich. Und politisch schon gar nicht.

Damals, in deinem ersten Sommer in Hamburg, hast du mit Theresa ein Filmprogramm über Neofaschismus zusammengestellt. Drei Wochen seid ihr durch die Republik getourt mit irgendwelchen linken Theorie-Größen und halboffiziellen Popstars, mit denen du dich kaum zu reden getraut hast. Dann, in Dresden, kamen ein paar Punks, die euch als West-Linke beschimpft haben, die sich selber feiern. Verunsichert bist du nach Hause gefahren und hast dich anderen Dingen zugewandt.

Du hast keine Bodenhaftung. Jemand gibt dir einen Schubs, und schon wechselst du die Richtung.

»Hallo? Erde an Mattie!«

Der Krankenwagen ist weg und Nicks Gesicht ist direkt vor dir zu einem grinsenden Standbild eingefroren. Aus deinem Bauch steigt gegen deinen Willen ein befreiendes Lachen hoch. Der Tag, an dem du eine ernsthafte Unterhaltung mit Nick führen wirst, ist noch nicht gekommen.

»Du hast mir nicht zugehört, dabei habe ich dir gerade eine lange Abhandlung über die Depression der Detektive gehalten, die man nur mit noch mehr Arbeit und noch mehr Whisky kurieren kann!«

Sein Galgenhumor treibt dich in die Opposition. Wenigstens etwas. »Dann sag mir mal, Partner, wo wir noch mehr Arbeit herbekommen! Was wir suchen, ist eine Stecknadel im Heuhaufen. Ebenso gut können wir jedem indischen Menschen in London hinterherlaufen!«

»Ja genau!« Nick ist einfach nicht totzukriegen. »Darum müssen wir jetzt dahin, wo die Population an Stecknadeln am größten ist. Und außerdem kenne ich dort ein gutes Restaurant. Ich hab Hunger.«

»Falls du es wiederfindest«, ist das Einzige, was du diesem Vorschlag in Ermangelung eines besseren noch hinzuzufügen hast.

28 Handycam

Wenn er den Weißabgleich der Kamera auf Automatik stellte, sah die funzelige Beleuchtung im Restaurant okay aus, aber die Brick Lane draußen vor dem Fenster leuchtete unnatürlich blau. Nick drehte hektisch am Rädchen, bis im Sucher das Symbol einer kleinen Sonne erschien. Jetzt war es drinnen knallorange und draußen in Ordnung. Er stöhnte.

Mittlerweile hatte Mattie sich sowieso schon ihre Jacke angezogen. Er brauchte ihr nur durch die Tür auf die Straße zu folgen und das Problem hatte sich von selbst erledigt.

Ein Mann mit Turban und Aktenkoffer lief eilig an ihnen vorbei.

»Aus dem Weg! Halt dich aus der Kameraperspektive, hier läuft eine Beweisaufnahme.« Nick tastete mit der Hand nach Matties Rücken und schob sie aus dem Bild. Dann folgte er dem Mann, so schnell es mit der Kamera ging. Vor einer Bäckerei begrüßte sein Objekt eine junge Frau in einer Art Hosenkleid mit einem kleinen Mädchen an der Hand.

Nick mitsamt seiner Kamera ging direkt auf die Familie los. »Kennen Sie einen Arzt namens Doktor Anand Kumar?«, fragte er höflich. Das kleine Mädchen zeigte mit dem Finger auf ihn und fing fürchterlich an zu schreien. Er spürte, wie ihn eine Hand am Gürtel packte und auf die andere Straßenseite zog.

»Nick, du bist peinlich!« Da war schon wieder Matties Gesicht im Bild. »Du führst dich auf wie ein Tourist in Disneyland, der nach Donald Duck fragt.«

Nick zoomte auf ein Straßenschild mit nicht-englischer

Beschriftung. »Wusstest du noch nicht, dass das *das* Konzept des neuen Millenniums ist?«, spottete er und zeigte auf einen Touristenbus aus den Niederlanden, der langsam vorbeifuhr. »Wir ersetzen einfach die künstlichen Themenparks durch die Ghettoisierung in den Städten. Bennetton bezahlt die Müllabfuhr und ein paar Parkplätze und schon geht's los. Mittags nach Chinatown und abends nach Little India. Hauptsache jeder bleibt, wo er hingehört. Hallo, Sir, entschuldigen Sie bitte!«

Er winkte einem alten Mann mit einer Kochmütze, der aus einem der Restaurants kam, und folgte ihm in eine kleine Seitenstraße. Der Mann hob abwehrend die Hand. Nick nahm die Kamera unauffällig unter den Arm, blieb aber dran und wiederholte seine Frage.

»Ich spreche nicht Englisch«, knurrte der Mann und verschwand in einem Hauseingang.

»Nick!«

Er ignorierte Matties Stimme und lief weiter um die nächste Ecke. Es war jetzt fast dunkel. Die Kamera hatte automatisch ihre Shutterfunktion aktiviert. Fasziniert von dem verfremdeten Sucherbild vor dem rechten Auge, das linke geschlossen, merkte er erst viel zu spät, dass er mitten in eine Gruppe Jugendlicher gelaufen war, die um eine Tischtennisplatte herumhingen.

»Was willst du hier, weißer Mann?«, fragte ein Mädchen und kam auf ihn zu. Sie trug T-Shirt und Trainingshose und bewegte sich so, wie er es von den Kung-Fu-Meistern in seinen Jet-Li-Videos kannte.

»Nicht schlagen, bitte.« Er fühlte, wie Matties Hand schon wieder an seinem Gürtel zugange war. »Wir suchen jemanden. Einen indischen Arzt. Doktor Anand Kumar.«

Zu seiner Überraschung fing das Mädchen an zu kichern. »Er sucht einen Inder.« Sie drehte sich um. Einige der anderen fingen ebenfalls an zu lachen. »Mann, ihr seid hier in Bangla Town. Bang-la-desh. Schon mal von gehört? Die Inder hängen drüben in Southall und Wembley ab.« Sie warf einen abschätzenden Blick an der Kamera vorbei, wo wahrscheinlich Mattie stand. »Suchst wohl deine Leute, was?«, fragte sie ein bisschen freundlicher.

»Na ja«, hörte er hinter sich Matties Stimme.

»Okay, wo wir heute Nacht hingehen, da gibt's jede Menge Inder«, sagte das Mädchen. »Könnt ja mitkommen.«

Plötzlich ertönte ein Pfiff. In einer Welle aus Licht lösten sich die abstrakten Figuren vor seinem Auge auf und verschwanden. Sofort sprintete er los und rannte ihnen hinterher. Er fühlte sich wie in einem Videospiel.

»Nikolaus Ostrowski!«

Matties Gesicht sah auch toll aus. Hinter ihr ragte ein dunkles Gebäude auf. Davor konnte er schemenhaft eine große Ansammlung von Menschen erkennen, die unruhig herumwuselten.

Mattie keuchte. »Ich glaube, das ist ein Club da vorne. Glaubst du im Ernst, dass der ehrenwerte Doktor Kumar in einer Disco herumspringt?«

Er schüttelte den Kopf. Das Bild wackelte.

»Können wir dann mal langsam zu noch mehr Whisky übergehen?«

Er nickte. Bunte Streifen zogen sich über Matties Gesicht.

»Dann mach jetzt endlich die Kamera aus!«

29 Loop

Cal musste zugeben, dass er sich getäuscht hatte. Am Tag hatte der Laden so schäbig und grau ausgesehen wie alles, was er bisher von London gesehen hatte. Nach dem Soundcheck hatte Cookie Samir, ihn und die anderen Jungs in ein kleines Hinterzimmer geschoben, wo sie in alten Sesseln herumhingen, Dope rauchten und MTV guckten. Cal war eingeschlafen.

Als er aufwachte, war er allein. Von draußen hämmerten Bässe in seinen schmerzenden Kopf. Vorsichtig schob er die Tür auf und stand plötzlich in einer anderen Welt.

Bahnen aus dünnem Stoff, von irgendwoher in bunten Farben angestrahlt, unterteilten den oberen Raum in verschiedene Bereiche, in denen Leute auf Kissen an niedrigen Tischchen saßen oder halb übereinanderlagen. Auf den Tischen standen kleine leuchtende Plastikbrunnen, in denen Wasser plätscherte. Auf Monitoren, die dicht nebeneinander einen Streifen über die gesamte Breite der Wand zogen, lief ein Videoloop, der eine endlose Fahrt auf einer Rolltreppe zeigte. Die Fahrt ging in beide Richtungen, und die Blicke der Leute, die abwärts fuhren, waren auf einen Punkt hinter der Kamera gerichtet.

Plötzlich wurde der Loop unterbrochen. Cal sah durch die Monitore in einen Raum voller Leute. Etwas höher über den Köpfen tauchte das Gesicht von Cookie auf, die ein Mikrofon in der Hand hielt.

»Okay, Leute, macht euch bereit. Wir kommen jetzt zum Hauptact des heutigen Abends. Wie ihr wisst, ist der Mittwoch reserviert für unsere Reihe *Bollywood Break Beats.*« Cookie hob die Hände. Die Leute sprangen herum und schrien. Dann war sie wieder zu hören. »... direkt aus Bombay ein Junge auf dem Weg ganz nach oben in Bollywood! Heute Abend zum ersten Mal in London mit seinem eigenen DJ-Set. DJ Cal!«

Cal kletterte über die herumliegenden Leute. Wo war nur diese verdammte Metalltreppe nach unten? Seine Kopfschmerzen waren wie weggeblasen.

Als er den Plattenarm in der Hand hielt, merkte er, dass seine Finger zitterten. Der Raum platzte aus allen Nähten. Verschiedenfarbige Gesichter hatten sich zu ihm umgedreht. Die Crowd war bereit abzugehen wie eine Rakete. Aber Cal wollte den Augenblick noch ein bisschen hinauszögern. Die Nadel setzte auf und unter lautem Knistern erklang die Flöte.

»Vielleicht habt ihr den Film nicht selbst gesehen.« Eine Rückkopplung pfiff durch sein Mikro, und er hielt es erschrocken weiter weg. Jemand lachte. »Aber eure Mütter haben das Lied für euch gesungen, als ihr klein wart. Raj Kapoor und Nargis in *Barsaat*. Es liegt euch im Blut, Leute, kommt schon!«

30 Dritter Song

Das Klagelied der Schäferin, gesungen von Lata Mangeshkar, dem ewigen Superstar der indischen Filmmusik. Die Klarheit ihrer Stimme lässt die jungen Menschen im Raum den Atem anhalten.

Diejenigen, die im Königreich der Liebe leben ...

Einige Mädchen betreten schüchtern die Tanzfläche.

Diejenigen, die lachen und sich lustig machen ...

Manche tragen Jeans und Spaghettiträger. Andere kommen hochgeschlossener in indischer Baumwolle.

Liebe kann euch zum Lachen bringen ...

Cut. Eine Hand hebt sich.

Liebe kann euch zum Weinen bringen ...

Cut. Ein Auge blitzt.

Liebe kann euch vereinigen ...

Cut. Ein Bein neigt sich und die Fußspitze tippt auf den Boden.

Liebe kann euch trennen ...

Cut. Äußerst bewegliche Finger erzählen die Geschichte einer Liebe, die niemals in Erfüllung gehen wird.

Cut. Die Leute haben einen Kreis um die Tänzerinnen gebildet. Jemand beginnt zu klatschen. Andere lauschen wie erstarrt dem Nachhall der wehmütigen Stimme.

Wer singt da?, fragt Nargis.

Jemand, dessen Herz gebrochen wurde, antwortet Raj Kapoor. Es ist eine Warnung an alle, die verliebt sind. Verstehst du das?

Nein, sagt Nargis.

Cut. Die Drum 'n' Bass-Beats knallen rein und innerhalb von Sekunden ist der ganze Raum in Bewegung.

Cut. Cals Gesicht nah. Wie hypnotisiert blickt er auf die Menge.

Cut. Nicks Gesicht nah. Er starrt die Tanzenden an, dann den DJ.

Cut. Aus der Menge streckt sich eine Hand nach Cal aus. Eine blonde Haarsträhne leuchtet im Licht auf.

Cut. Matties Gesicht nah.

Cut. Samirs Gesicht nah. »Hey, sister, come on!« Er versucht sie auf die Tanzfläche zu ziehen.

Cut. Cal streckt seine Hand aus und ergreift die von Nick.

Cut. Mattie brüllt Samir an: »Ich bin nicht deine Sister!«

Cut. Cal zieht Nick hoch hinter das Pult.

Cut. Mattie reißt sich los und rennt aus dem Bild.

Break. Cal dehnt die Stille bis ins Unerträgliche aus. Matties keuchender Atem, als sie durch die Tür nach draußen rennt und vor dem Club an der Wand herunterrutscht, bis ihr Hintern auf den kalten Boden auftrifft. Sie schließt die Augen.

Umschnitt auf das Innere des Clubs. Noch einmal Matties Gesicht nah. Eine sanfte Frauenstimme.

Sie befinden sich an Bord des Fluges Indian Airlines 501 im Anflug auf Bombay.

Wieder bricht der Beat los.

Cut. Subjektive von Mattie, die durch die Menschenmenge zur Tür rennt. Hinter der Tür befindet sich ein gleißend heller Platz.

Kurze Schnitte. Architektonische Einzelheiten des Bahnhofs Victoria Terminus in Bombay. Autos. Kühe. Karren. Und Menschen. Viele Menschen.

Der Beat bricht ab. Zurück bleibt nur der Gesang von Lata Mangeshkar. Im Vordergrund schiebt sich ein Taxi ins Bild. Ein Mann steigt rückwärts aus und hält zärtlich die Hand einer

Frau im Sari. Sie hat ein Baby auf dem Arm. Der Mann verschwindet seitlich aus dem Bild. Die Frau wendet ihr Gesicht zur Kamera. Sie blinzelt im hellen Sonnenlicht. Es ist Emma Junghans.

31 Break

Jemand reißt an deinem Arm und versucht dich daran zu hindern, zu Emma zu laufen.

»Nein! Nicht! Emma, hilf mir!« Deine eigene Stimme holt dich zurück. Neben dir kniet ein dunkelhäutiger Junge und schüttelt dich. Er kommt dir irgendwie bekannt vor. Er spricht englisch. Warum spricht er englisch?

»Bist du breit oder was? Siehst du nicht, was hier los ist?«

Was ist denn los? Du warst doch gerade kurz davor, etwas Wichtiges herauszufinden. Emma. Seit wann ist es verboten einzuschlafen? Wütend willst du den Typen abschütteln, aber er lässt deinen Arm nicht los. Du fühlst, wie der Schmerz in deine Muskeln schießt. Endlich wach, erinnerst du dich plötzlich, dass er einer der beiden Türsteher ist, die dich vorhin am Eingang kontrolliert haben. Jetzt bist du draußen, vor dem Club.

Hinter ihm schwillt ein diffuser Geräuschpegel an. »Hau ab! Verstehst du mich! Schnell!«

Er lässt los und rennt zurück zur Tür, wobei sein Körper eine Szene freigibt, die dich unbestimmt an den Film *Mein wunderbarer Waschsalon* erinnert. Der andere Türsteher steht mit verschränkten Armen vor der Metalltür. Direkt vor ihm hat sich ein Haufen weißhäutiger Typen aufgebaut. Einer tritt vor, hebt einen Baseballschläger und fängt an, links und rechts, direkt neben dem Kopf des Türstehers, auf das Metall einzuschlagen. Etwas zeitverzögert hörst du den dumpfen Ton, ähnlich dem Klang einer Kirchenglocke.

Der Kick des Türstehers ist zu schnell für dein Auge. Erst als es direkt neben dir kracht, begreifst du, was passiert ist. Ein Körper ist aufgeschlagen. Eine Hand greift nach dir. Ein Auto fährt vorbei und bringt die Hand zum Leuchten. Auf ihren Rücken ist die Zahl 88 tätowiert. Jemand hat dir mal erzählt, dass Neonazis die Zahl 8 als Synonym für den Buchstaben H benutzen. Heil Hitler.

Du hast dich schon oft gefragt, wie du in einer solchen Situation reagieren würdest. Jetzt weißt du es. Du rennst.

»Der Mix – das ist gigantisch!« Nick versuchte die tobende Menge zu übertönen und brüllte dem DJ direkt ins Ohr.

Der Inder sah ihn entschuldigend an, hielt ihn aber mit einer Hand weiter fest. Mit der anderen schob er den Kopfhörer auf sein Ohr. Er versenkte sich kurz in eine unhörbare Musik, setzte die Nadel auf, und der Beat raste wieder los.

Auf einmal drängte sich eine Frau mit rot gefärbten Haaren an ihm vorbei, zog dem DJ die Kopfhörer runter und schrie aufgeregt auf ihn ein. Helle Scheinwerfer flammten auf. Die Musik brach ab. Die Frau griff nach dem Mikrofon.

»Leute, es gab einen Überfall auf den Club.« Ein Mädchen schrie auf, jemand buhte und es entstand eine Bewegung in der Menge. »Keine Sorge, sie sind weg, aber es besteht Grund zur Annahme, dass sie noch mal wiederkommen. Wir wollen kein Risiko eingehen. Bitte verlasst den Club ruhig …« Pfiffe übertönten, was immer sie noch sagen wollte, und sie hob nur die Schultern.

»Hey!« Eine Stimme drang in Nicks Kopf. Der DJ hatte sich von den Kopfhörern befreit und stand jetzt direkt neben ihm. »Das war's dann wohl fürs Erste mit meinem rauschenden Einzug in Grand Old Europe. Nichts als Probleme habt ihr hier!«

Nick musste lächeln. »Und was passiert jetzt?«, fragte er.

»Jetzt will ich was essen und dann fahre ich zurück nach Hause. Mein Visum gilt nur für eine Woche. Das reicht nicht bis zum nächsten Mittwoch. Kommst du mit?« Er lachte über Nicks Gesicht. »Was essen, meine ich.«

»Klar komme ich mit. Ich muss nur kurz –« Nick ging an den Rand des Podestes und guckte suchend auf die Tanzfläche, die sich langsam leerte. Wo war Mattie? Er musste sich eingestehen, dass er schon eine ganze Weile nicht mehr an sie gedacht hatte. Nick bat den DJ, auf ihn zu warten, und stürzte sich in die Menge.

Um ihn herum wimmelte es von Mädchen und Frauen mit kurzen schwarzen Haaren, aber Mattie war nicht dabei. Er kämpfte sich vor bis auf die Straße und wieder zurück. Er schlängelte sich ins Frauenklo, wurde aber von der rothaarigen Furie erwischt und umgehend wieder nach draußen befördert. Mattie war nicht da.

Nicks Sorge verwandelte sich langsam in Ärger. Sie musste schon vor dem Überfall gegangen sein. Diese Musik hatte sein Leben verändert und Mattie war abgehauen, ohne ihm Bescheid zu sagen.

Es war nicht das erste Mal. Wenn sie das Gefühl hatte, sie musste weg, dann ging sie einfach nach Hause und schlief. Am nächsten Tag saß sie dann wie immer am Frühstückstisch, hörte sich mit einem amüsierten Lächeln seine Beschwerde an und sagte Dinge wie: »Aber, Nick! Du siehst süß aus, wenn du dir Sorgen um mich machst.«

Diesmal würde er ihr nicht wie ein Trottel hinterherlaufen. Vielleicht hatte er nur diese eine Chance, den Sound-Künstler aus Bombay kennenzulernen.

»Gehen wir?«, fragte er den Inder, der gerade die Verschlüsse einer großen Metallkiste zuschnappen ließ.

Der DJ hob den Kopf und lächelte ihn an. »Klar gehen wir. Wie heißt du übrigens?«

»Nick«, sagte Nick.

Beim Aussteigen aus dem Taxi fühlen sich deine Beine immer noch ein bisschen zittrig an, vom Rennen und von der Angst. Hoffentlich taucht Nick bald auf!

Du wühlst in deiner Jackentasche, dann in der anderen. Hosentasche. Plötzlich fällt es dir wieder ein. Nick hat hinter dir abgeschlossen, damals, vor einer Ewigkeit, als ihr losgegangen seid zum Asian Community Center. Du suchst nach der Klingel, aber da hängt nur ein Schild.

»Kein Nachtportier. Bitte benutzen Sie von 22 bis 7 Uhr Ihre Schlüssel.«

Für einen Moment überlegst du ernsthaft, die Scheibe einzuschlagen. Nur um in dein Bett zu kriechen und dir die Decke über den Kopf zu ziehen. Aber hinter dir steht das Taxi immer noch am Straßenrand. Warum eigentlich? Kann der nicht mal wegfahren?

Okay, tief durchatmen. Du kannst jetzt nicht ins Bett. Nick ist nicht da und der Schlüssel auch nicht. Du bist weggerannt, hast dich kurz verlaufen und bist nach vielleicht zwanzig Minuten wieder am Club gewesen. Alles war dunkel und die Tür abgeschlossen. Kein Nick. Du hast überlegt, was er tun würde. Klar, er würde am Hotel auf dich warten. Aber dann wäre er längst hier.

»Kling-Klang. Frau Junghans, Ihre Antwort war leider falsch. Damit sinkt Ihr Punktekonto jetzt gefährlich gegen null.«

Gut, also nicht am Hotel. Natürlich nicht! Nick sucht bestimmt in der Nähe des Clubs nach dir. Schnell drehst du dich wieder um und läufst die Stufen runter zu dem Taxi. Als du näher kommst, siehst du, warum es sich nicht von der Stelle bewegt. Der Fahrer ist in eine telefonische Seifenoper vertieft. Leise öffnest du die Tür und lässt dich auf die lederne Rückbank sinken. Deine Ohren zeichnen weiter das Gespräch auf, wie den Fernsehton nachts, wenn kurz vor dem Einschlafen noch eine gute Folge aus der ersten Staffel von Ally McBeal kommt.

»Ich hab dir schon hundertmal gesagt, ich will kein verdammtes Kind! Ich muss dieses verdammte Taxi fahren, um meinen nächsten Film zu finanzieren! Soll ich da vielleicht auch noch ein Kind mit mir rumschleppen?« Er lacht bitter. Aus dem Telefon hörst du eine undeutliche Stimme schreien. Er lässt sie nicht ausreden. »Klar! Kein Problem! Dann such dir doch einen andern. Fuck you!« Er knallt sein Handy in die Ladestation und haut mit der Faust aufs Lenkrad. Vorsichtig tippst du ihm auf die Schulter. Er fährt herum. Ungefähr dein Alter. Scharf geschnittenes Gesicht. Sieht gut aus, registriert dein Gehirn.

»Verdammt, warum jagen Sie mir so einen Schrecken ein! Was wollen Sie denn noch?«

Erst als du sprichst, merkst du, dass auch deine Stimme zittert. »Hab noch was vergessen. Fahren Sie mich bitte zurück zum Club«, murmelst du.

Er brummt vor sich hin und knallt den Gang rein. Dann dreht er das Radio auf.

Kurz treffen sich eure Blicke im Rückspiegel. Du hättest ihn gern gefragt, warum er keine Kinder will. Aber er fragt dich ja auch nicht, warum du mitten in der Nacht in einem Taxi hin- und herfährst. Stattdessen gleitet ihr schweigend durch den Londoner Nieselregen, und im Radio dudelt REM.

32 Tabla

»Selbst hier feiern die ihre Hochzeiten, als wären sie im tiefsten Uttar Pradesh.« Cal warf einen finsteren Blick zu dem großen Tisch in der Ecke des Restaurants, von dem aus sich eine fröhliche Menschenmenge auf den ganzen Raum ausbreitete. Ein Ensemble aus Tabla, Sitar, Tempura und einem schmachtenden Sänger spielte alte Klassiker.

Samir lachte. »Die indischen Restaurants hier sind die einzigen, die so spät noch auf haben.«

»DJ Cal. Woher kommt der Name?« Nick, der Deutsche, schien sich jedenfalls zu amüsieren.

»I tell you a story.« Cal begann einen eigenen Tabla-Rhythmus auf die Tischplatte zu trommeln. »Mein richtiger Name existiert nicht mehr. Ich bin nur noch Cal. Einer von vierzehn Millionen aus Cal. Calcutta.«

Nick musterte ihn neugierig. »Warum?«

Samir konnte sich nicht zurückhalten und schrie dazwischen. »Cal war mal ein Wunderkind!«

Cal warf ihm einen überraschten Blick zu. Woher wusste der denn davon? Offenbar machte die indische Freizeitbeschäftigung Nummer eins, sich über andere Leute auszulassen, nicht mal Halt vor den Communitys in Europa oder anderswo. Er trommelte lauter. Dha Tire Kite Taka Dha.

»Mein Großvater war Tablaspieler.« Dha Tire Kite Taka Tu Na. »Mein Vater war Tablaspieler. Ich war der einzige Sohn. Also wurde ich –«

»Tablaspieler!«, ergänzten Samir und ein Freund von ihm.

Nick lachte. »Und was war daran so schlimm?«

Kite Taka Ta. »Mein erstes Konzert hatte ich mit vier. Meine Welt bestand aus Üben, Üben und Üben. Ab und zu kam Ustad Sowieso oder Pandit Irgendwer vorbei und ich musste ihnen vorspielen. Sie waren nett, aber alt. Mit fünfzehn hing ich immer noch zwischen lauter alten Männern rum. Popmusik war in unserem Haus verboten.« Tire Kite Taka Dha. »Aber dann brachte ein Freund seinen Sony Walkman mit in die Schule.« Cal änderte seinen Rhythmus in einen soften Blues-Beat. »Ich hörte Madonna.«

Von dem Abend, als er betrunken in einer Hotelbar aufgegriffen wurde, während fünfhundert Anhänger klassischer Musik geduldig in einem Konzertsaal warteten, erzählte er nichts. Tataatatam Tam Tam.

»Na ja, also hab ich meine Sachen gepackt und bin nach Bombay gefahren. Ich fand einen Job in einem Tonstudio und bastelte nachts an meinen eigenen Songs. Und eines

Nachts kam einer dieser Big Bosse von Bollywood noch mal zurück …«

Samir klatschte in die Hände. »Oh Mann, das klingt ja selbst wie ein Bollywood-Film! Wie heißt der noch? Egal, jedenfalls, der Typ kommt nach Bombay und verliebt sich in die Tochter des Mafiabosses –«

»Quatsch!« Einer von Samirs Freunden wusste es besser. »Sie ist die Tochter eines ehrwürdigen Geschäftsmannes, aber er gerät in die Unterweltkreise, weil er einen Job sucht!«

Sie stritten, Nick lachte und Cal sah ihm dabei zu.

33 Kater

Nicht schon wieder. Jemand reißt an deinem Arm. Obwohl es diesmal eher ein sanfter Stups auf die Schulter gewesen ist. Eine nette Hand. Du greifst danach und legst sie dir unter den Kopf.

»Hey, Lady, ich würde jetzt gern Feierabend machen.«

Erstaunt hebst du den Kopf. Die Hand verschwindet auf den Vordersitz, wo sie hingehört. Du sitzt ja immer noch in dem Taxi! Konzentrier dich, dann fällt dir vielleicht wieder ein, warum.

Als ihr zurück zum Club gekommen seid, war alles genauso still und dunkel wie vorher. »Warten Sie hier. Ich bezahle«, hast du dem Fahrer gesagt. Durch das Autofenster hast du hinaus in den Regen gestarrt und darauf gewartet, dass Nick sich materialisiert. Dabei musst du eingeschlafen sein.

Erschrocken guckst du auf die Uhr. Es ist halb sieben. Dein Blick formuliert eine stumme Frage an das hübsche, übermüdete Gesicht des Taxifahrers.

»Schon gut«, sagt er, »ich berechne Ihnen nur die Fahrt. Brauchte sowieso etwas Zeit zum Nachdenken. Also habe ich Ihnen beim Schlafen zugesehen.«

Er dreht sich wieder nach vorn. Eure Blicke treffen sich noch einmal im Spiegel. Ein kurzer Moment nur, in dem unter anderen Umständen alles Mögliche möglich wäre. Schweigend gibst du ihm das Geld und steigst aus.

»Alles Gute!«, sagst du leise, während der Wagen schon davonfährt. Es hat endlich aufgehört zu regnen. Du machst dich auf den Weg zur U-Bahnstation an der Brick Lane.

Im ersten Licht der Morgendämmerung hat der aufgeweichte Papiermüll die Hauptstraße fast für sich allein. Dein Blick fällt auf eine versprengte Gruppe festlich gekleideter Inder, die, angeführt von einer kleinen Kapelle, aus einem Restaurant auf die Straße hinausströmt. Musik und Stimmen wehen zu dir herüber. Du beschließt, noch nicht gleich ins Hotel zu fahren. Was wirst du tun, wenn Nick immer noch nicht da ist? Die Polizei anrufen, Krankenhäuser abklappern, das tut man wohl in so einer Situation, oder? Ein heißer Tee zur Stärkung wird dir gut tun.

Fröhliches Gelächter lässt dich an der Tür zurückschrecken. Vielleicht ist dir doch nicht nach einem Tee, ganz allein zwischen lauter gut gelaunten Menschen. Zögernd wirfst du einen Blick durch die Scheibe. Im selben Augenblick rammt sich ein Spieß in deine Magengrube. Da sitzt dein Freund mit ein paar anderen Typen. Nick und der DJ aus dem Club haben die Köpfe zusammengesteckt und fummeln an Nicks Minidisc-Recorder herum. Eigentlich müsstest du doch erleichtert sein! Du fühlst, wie dir Tränen in die Augen steigen.

Da stehst du und guckst durch die blöde Scheibe. Auf keinen Fall wirst du hier eine Szene abziehen! Aber so stehen bleiben kannst du auch nicht, bis Nick irgendwann rauskommt. Du drehst dich um. Am besten, du reihst dich einfach in den lockeren Strom von Menschen ein, die jetzt zur U-Bahn laufen. Lass dich mitziehen, stell dir vor, du würdest zur Arbeit fahren, vielleicht in einer Bibliothek oder bei der Post, irgendwo, wo du eine nette ordnende Tätigkeit verrichten musst, ohne viel nachzudenken.

In der Nähe schlägt eine Kirchturmuhr. Du zählst mit. Den Schlüssel brauchst du jetzt sowieso nicht mehr.

Nick fühlte sich leicht, obwohl ein unterschwelliger Kopfschmerz ankündigte, was seine Strafe für zu viel Whisky sein würde. Er konnte sich nicht mehr genau an den Straßennamen erinnern und war von der U-Bahnstation auf gut Glück durch Camden gelaufen. Als er um die nächste Ecke bog, sah er Mattie aus dem Zeitungsladen neben dem Eingang zu ihrem Hotel kommen. Erleichtert torkelte er auf sie zu.

»Huhu. Mattie! Wo warst du denn?«

Mattie zuckte zusammen und fuhr herum. Sie sagte nichts. Nur dieser Blick.

»Dachte, du bist sicher schon im Hotel, ich war nur noch kurz was essen mit Cal und den anderen Jungs.« Erstaunt lauschte er dem begeisterten Klang seiner eigenen Stimme.

Wortlos zog Mattie den Schlüssel aus seiner Tasche.

»Oh, tut mir leid.« Weiter fiel ihm nichts ein. Sie begann demonstrativ in ihrer Zeitung zu blättern. »Ey, Mattie, komm schon. Cal ist einfach genial, er will mir Tapes schicken und ich ihm, und wer weiß, vielleicht können wir mal ...« Er redete gegen eine stumme Wand aus Papier an.

Plötzlich ließ Mattie die Zeitung sinken und hielt sie ihm hin. Sie sagte immer noch nichts. Er brauchte eine Weile, bevor seine müden Augen die Schlagzeile entziffern konnten.

Der bekannte Bürgerrechtler und Journalist Mehmet Khan erlag gestern den Folgen eines schweren Unfalls. Und kleiner, darunter: *Passanten wollen ein Tatfahrzeug mit ausländischem Kennzeichen gesehen haben. Die Polizei schließt einen gezielten Anschlag aus der Neonazi-Szene nicht aus. Khan hinterlässt Frau und Tochter.*

Nick starrte Mattie an, als würde das Gelesene dadurch plötzlich einen Sinn ergeben. »Neonazis? Ich versteh gar nichts.«

Ungeduldig riss ihm Mattie die Zeitung aus der Hand. »Stimmt. Gar nichts verstehst du. Die glauben, er wurde absichtlich überfahren!« Sie sah ihn an, als würde sie ihn am liebsten schütteln. »Die Typen gestern im Club, das waren auch – und ich dachte, dir wäre was passiert! Ich hab die ganze Nacht auf dich gewartet!«

»Ich hab den ganzen Club nach dir abgesucht!«, protestierte Nick. Er sah, dass sie zitterte, und wollte sie in den Arm nehmen, aber sie stieß ihn weg.

»Und dann hast du dich super amüsiert. Du musst wirklich besorgt um mich gewesen sein!« Sie schubste ihn noch mal, dass er fast das Gleichgewicht verloren hätte. »Erst halst du mir so eine scheiß Wette auf und jetzt bist du schon wieder ganz woanders! Für dich ist doch alles nur Spaß, easy going!«

Nick spürte, wie die Wut in ihm hochstieg. »Und du? Du psychologisierst doch nur rum, ob du deinen Vater überhaupt finden willst! Das klingt immer alles so verdammt ernsthaft, aber wenn es wirklich ans Machen geht, kriegst du Schiss. Wenn du wirklich gewollt hättest, hättest du ja um das Kino kämpfen können. Aber so sind immer die anderen schuld!«

Er schnappte nach Luft. Ihm war schwindelig vor Müdigkeit. Seine euphorische Stimmung hatte schließlich dem bohrenden Kopfschmerz das Feld überlassen. Während er noch dastand und Mattie ansah, dämmerte ihm, dass er gegen die Regeln verstoßen hatte. Wenn er sich nur nicht so schwach gefühlt hätte! Nick biss sich auf die Unterlippe.

»Du hast recht«, sagte Mattie leise. »Ich habe die Sache angefangen, und jetzt sollte ich auch mal etwas zu Ende bringen. Wenn nicht mit dir, dann eben ohne dich!« Ihre Augen sagten noch etwas. »Verräter!«, nannten sie ihn.

Nick fasste sich an den Kopf. Was war nur los mit ihm?

34 Schlaf

Ludwig Hauser tastete nach dem Sessel und ließ sich einfach fallen. Mit einem Seufzer gaben die Sprungfedern unter dem grünen Samt nach. Er war zu Hause, aber er erinnerte sich nur noch bruchstückhaft, wie er hierhergekommen war. Sein Kopf fühlte sich an wie in Watte gepackt.

Als Biologe wusste er ungefähr, was in seinem Körper vorging. Irgendetwas in seinem Stoffwechsel funktionierte nicht richtig und sorgte dafür, dass er kaum fünf Minuten, nachdem er eingeschlafen war, schon wieder aufwachte. Seine Neurotransmitter tobten. Er hatte es mit Alkohol probiert und mit Schlaftabletten, aber sein Körper setzte die Chemikalien anscheinend mühelos außer Kraft. Später war er dazu übergegangen, die Reiseberichte Alexander von Humboldts zu lesen, die ihn früher immer hatten wegsinken lassen wie einen Stein. Aber sobald er das Licht ausmachte, schossen die Gedanken wieder in seinem Kopf herum und entwarfen wirre Szenarien. Tagsüber musste er sich anstrengen, um die einfachsten Dinge zu erledigen. Immerzu schien ein dumpfer Schmerz seine Brust zusammenzudrücken und hinderte ihn am Atmen.

Früher hätte ihn so eine Geschichte nicht einen Moment lang aus der Fassung gebracht. Jetzt war er unsicher geworden. Und wer unsicher ist, macht Fehler.

Als er Charlotte von dem Ornithologen-Kongress erzählte, war sie es gewesen, die ihm vorschlug, sich eine Abwechslung zu gönnen. Wie eine Glucke hatte sie seine Sachen gepackt, ihm eine Thermoskanne und Brote ins Auto gelegt und ihm nachgewunken, bis er um die Ecke verschwunden war. Mehrmals wollte er umkehren, doch die dumpfe Müdigkeit hinderte ihn an einer Änderung seines Plans.

Er schreckte hoch. Manchmal schien er für Sekunden einzuschlafen, nur um dann schweißgebadet und mit rasendem Herzen wieder aufzuwachen. Was nützte es überhaupt noch, sich ins Bett zu legen?

Er griff im Dunkeln nach dem Schalter der Stehlampe. Obwohl sie nur eine schwache Birne hatte, blendete ihn das Licht, also schaltete er sie wieder aus. Stattdessen suchte er nach der Fernbedienung und drückte den Startknopf. Über den Bildschirm flackerten die alten Wochenschaubilder. Er hatte vollkommen vergessen, das Band aus dem Rekorder zu nehmen.

35 Vierter Song

Ein Trommelwirbel. Schwarzweißbilder. Indische Soldaten in Uniform stehen aufgereiht zum Appell in einem eingezäunten Areal.

Ludwig Hauser als junger Offizier kommt aus seiner Baracke. Er tritt vor die Legion.

»Soldaten der indischen Legion!« Schweiß steht auf seiner Stirn, die Stimme zittert vor Aufregung. »Sie sind keine Kriegsgefangenen mehr! Ab heute kämpfen Sie Seite an Seite mit dem deutschen Volk für den Endsieg! Und für ein freies Indien!«

»Azad Hind!«, brüllen die indischen Soldaten zurück.

Cut. Orchestermusik setzt ein, wie sie in alten Wochenschauen verwendet wird. Ludwig demonstriert, wie eine schwere Kanone funktioniert.

Cut. Deutschunterricht im Lager. Ein Sikh schreibt das Wort *Disziplin* an die Tafel.

Cut. Auf einer Karte zeigt Ludwig, wie die indische Legion von Deutschland aus über Russland, den Himalaya und Afghanistan nach Indien ziehen wird.

Cut. Ludwig sitzt am Steuer eines Jeeps, der gerade an einem langen Zug aus Menschen und Geschützen vorbeifährt. Ein Schild kennzeichnet die Grenze zu Frankreich.

Cut. Die Musik wechselt zu einem spannungsreichen Thema.

Ein Solo für Cello, Unheil verkündend. Die Soldaten bauen unter Ludwigs Aufsicht Befestigungswälle am Atlantik.

Cut. Nahaufnahmen von murrenden Soldaten.

Cut. Nahaufnahme von Ludwigs Gesicht, auf dem die Anspannung erkennbar ist. Aus seiner Tasche zieht er ein Papier, faltet es auseinander und liest die fette Überschrift: *Rückzugsbefehl.*

Cut. Tumultartige Szenen. Die Inder verweigern den Dienst. Einer nach dem anderen kreuzt die Beine und setzt sich hin. Hauser geht vor ihnen auf und ab, sichtlich erregt. Das Orchester setzt aus. Trommelwirbel, wie am Anfang.

Cut. Naheinstellung. »Sofort aufstehen!«, brüllt Hauser.

Ein junger indischer Offizier neben ihm beugt sich an sein Ohr. »Man hat ihnen versprochen, gegen die Engländer zu kämpfen! Ich fürchte, sie haben zu lange darauf gewartet.«

Hauser sieht ihn ungläubig an.

Cut. Paukenschläge. Nachts in einer Baracke. Hauser schreckt aus dem Schlaf. Der indische Offizier rüttelt an seiner Schulter.

»Was?«, brüllt Hauser. »Desertiert?« Seine Hand krallt sich um den Arm des Inders, bis dieser vor Schmerz aufschreit.

Umschnitt. Die Musik variiert das Thema jetzt als Beat-Song der 60er Jahre. Das Bild wird farbig. Wieder die Hand am Arm. Im Rückzoom erkennt man dieselben beiden Männer, älter und in Zivilkleidung. Jetzt hält der Inder den Arm des Deutschen fest umklammert.

Cut auf das Gesicht des Inders. »Du!«, brüllt er. »Du hast –«

Er taumelt und fällt in die Unschärfe.

Die Musik endet auf einem dissonanten Akkord.

36 Angst

Charlotte war durch ein leises Geräusch aufgewacht. Ihr Schlaf war leicht, seit sie ihren Vater zu Tode gepflegt hatte. Und jetzt war sie noch empfindlicher geworden, wo Ludwig sich nachts immer hin und her warf, stöhnte und Worte von sich gab, die keinerlei Sinn ergaben. Selbst das fehlte ihr in den letzten Tagen. Das Haus war so still, dass das scheppernde Schlagen der alten Standuhr zur vollen Stunde unerträglich in ihren Ohren dröhnte. Aber die Uhr war es nicht gewesen. Die leuchtende Anzeige ihres Weckers stand auf Viertel vor zwei.

Vorsichtig setzte sie sich im Bett auf. Ihr Herz schlug so laut, dass sie nicht mehr sicher war, ob sie nicht davon aufgewacht war. Vielleicht war es auch der Wind, der manchmal durch die Ritzen des alten Hauses pfiff. Wenn sie zusammenzuckte, zog Ludwig sie jedes Mal mit der Bemerkung auf, das seien die Windgeister vom Amazonas.

Nach dem Krieg hatte er fast ein Jahrzehnt in Südamerika verbracht. Sein Spezialgebiet waren die Vögel des Urwaldes. Eine Papageienart trug sogar seinen Namen.

Charlotte konnte sich immer noch nicht entschließen aufzustehen. Sie ertappte sich dabei, dass sie wie damals als kleines Mädchen auf die Schritte ihres Vaters wartete, der jede Nacht mit der Taschenlampe einen Rundgang durch das Haus machte, bevor er zu Bett ging. Eines Nachts, es musste Anfang der Sechziger gewesen sein, wurde sein nächtlicher Rundgang durch stürmisches Klingeln unterbrochen. Charlotte hörte Männerstimmen auf dem Flur. Am nächsten Morgen saß Ludwig am Frühstückstisch, braungebrannt und unbeholfen mit Messer und Gabel hantierend. Deutschland war ihm fremd geworden, darum hatte er seinen alten Kameraden um Hilfe gebeten. Ihr Vater nahm ihn selbstverständlich bei sich auf und besorgte ihm eine Stelle im Max-Planck-Institut. Die beiden alleinstehenden Männer verbrachten viele gemeinsame Abende damit, ihren Erinnerungen nachzuhängen oder

Schach zu spielen. Und auch für sie, die während des Studiums nur an den Wochenenden nach Hause kam, war er nach und nach zu einem Teil der Familie geworden. Das Zentrum ihres Universums blieb jedoch ihr Vater. Erst nach dessen Tod nahm sie den ruhigen Vogelliebhaber richtig wahr.

Charlotte fühlte im Dunkeln ihren Puls und stellte fest, dass er schon wieder etwas langsamer ging. Sie hatte keine Ahnung, wie lange sie schon so im Bett saß, angestrengt lauschend. Plötzlich glaubte sie eine Melodie zu hören, die ihr bekannt vorkam. Der Fernseher! Welcher Einbrecher würde sich denn vor den Fernseher setzen?

Leise stand sie auf und zog sich den Morgenmantel über. Im Wohnzimmer brannte kein Licht. Nur der Bildschirm verbreitete ein unregelmäßiges Flackern. Ludwig saß im Sessel und warf sich hin und her.

»Nein!«, brabbelte er. »Kher! Das ist nicht wahr!«

Sie schüttelte ihn sanft. Sofort schlug er die Augen auf und sah sie erstaunt an.

»Du bist schon zurück? Wie war dein Kongress? Gibt es Neuigkeiten über die Flugroute der Kraniche?«

Er schien sie nicht zu verstehen. »Was ist mit den Kranichen?«, flüsterte er heiser.

Sie fühlte, wie die Angst ihr die Luft nahm. Sie war schließlich Ärztin und wusste, dass Schlaflosigkeit die Folge von Altersdepression sein konnte. Ludwig war stark, aber in den letzten Wochen meinte sie zu spüren, wie seine Kraft nachließ. Sie dachte an die letzten Monate mit ihrem Vater. Noch einmal würde sie das Ganze nicht durchstehen. Noch nicht.

»Es geht so nicht weiter. Du musst schlafen. Morgen fahren wir in die Uniklinik zu einem Spezialisten«, sagte sie im Tonfall der Ärztin, die ihr Leben lang mit sturen norddeutschen Bauern zu tun gehabt hatte.

Ludwig winkte müde ab. »Ich brauche keinen Psychoklempner«, brummte er. »Man kann sich an alles gewöhnen. Es gibt Vögel, die schlafen auch nur für wenige Sekunden am Stück.«

37 Radio

Du steigst aus der S-Bahn und bleibst auf dem Bahnsteig stehen.

Als Kind hast du manchmal stundenlang mit Hinnarck auf der Bank gesessen und den Zügen zugeguckt. Damals fuhren hier noch Güterzüge, manche so lang, dass es mehrere Minuten dauerte, bis sie vorbeigerattert waren. Hinnarck hat dir erklärt, dass in den Waggons Maschinen seien, die im Hamburger Hafen auf Schiffe verladen würden. Dann brachte man sie mit riesigen Lastwagen mitten in die Wüste. Schließlich kamen die Monteure und bauten mit den Maschinen eine Stadt, wo vorher nur Sand gewesen war. Für dich waren sie moderne Zauberer, und Hinnarck war einer von ihnen.

Die S-Bahn fährt quietschend an. Geblendet musst du kurz die Augen schließen, als sie den Blick auf den zugefrorenen See freigibt. Die Sonne reflektiert auf dem Neuschnee von letzter Nacht, und die weite Fläche liegt da wie ein silberner Planet. Magnetisch zieht es dich zum Ufer, um deine Füße vorsichtig auf das Eis zu setzen und zu sehen, ob es dich trägt. Weg von hier.

Weg von Emma.

Stattdessen setzt du deine Sonnenbrille auf und trittst hinaus auf den Bahnhofsvorplatz. Wie eine Spielzeugeisenbahnanlage liegen die zweistöckigen Backsteinhäuser im Halbkreis um den Brunnen herum. Es ist später Vormittag. Die Kinder sind noch in der Schule, die Männer bei der Arbeit, und die Frauen bereiten das Mittagessen vor. Hinnarck müsste deinen Berechnungen nach wie jeden Freitag mit dem Auto zum Großmarkt gefahren sein, um Getränke und andere haltbare Lebensmittel für den Wochenbedarf einzukaufen.

Langsam gehst du über den Platz. Seit eurem Streit hast du nichts mehr von Nick gehört. Du hast deine Sachen aus dem Hotel geholt und bist mit der ersten Maschine zurück nach Hamburg geflogen. London treibt wie ein surrealer Alptraum durch dein Bewusstsein.

Zu Hause in Hamburg hast du Theresa angerufen, um nicht zu versacken. Ihr habt euch beim Portugiesen in St. Pauli Vinho Verde hinter die Binde gekippt. Dabei habt ihr, ohne euch abzusprechen, das Thema Kino erst mal ausgelassen und euch vorsichtig umkreist.

»Nick kommt wieder. Mach dir keine Sorgen«, meinte Theresa lakonisch nach einer Kurzversion der Londoner Ereignisse. Später habt ihr euch gegenseitig alle schlechten Filme erzählt, in denen Kinder ihre Väter suchen, bis ihr vor Lachen aufgeben musstet. Im Nachhinein fühlt sich der Abend noch ein bisschen falsch an, aber immerhin war es ein Anfang.

Du schließt die Haustür auf und nimmst automatisch die Sonnenbrille ab, um im Halbdunkel überhaupt etwas zu sehen. Obwohl deine Füße die steile Holztreppe in der Diele auch ohne die Hilfe deiner Augen gefunden hätten. Im Gegensatz zu früher kommt dir alles klein und eng vor, als wäre die Welt deiner Kindheit um mehr als die Hälfte geschrumpft. Du drückst dich um das Ende der Treppe in den engen Flur hinein und betrittst die Küche.

Emma hängt wie ein nasser Sack auf ihrem Stuhl am Küchenfenster und raucht. Im Radio dudelt NDR 2. Emmas schlecht geschnittenes dünnes Haar, ihr blasses Gesicht und die Stadt im Schnee hinter ihr sind zu einer Fotografie in fahlen Grauabstufungen zusammengeschmolzen, die ab und zu durch einen gierigen Zug an ihrer Zigarette zum Leben erwacht. Selbst die wenigen Bewegungen, die sie ausführt, wirken schleppend und unkoordiniert, als würden sie all ihre Kraft in Anspruch nehmen.

Nichts weist darauf hin, ob sie dich schon gesehen hat, wie du über den Platz gekommen bist. Los jetzt! Du räusperst dich. Langsam und mit lauten Schritten gehst du zu deiner Mutter, um sie nicht zu erschrecken.

»Hallo, Emma! Mama!«

Emma scheint aus einem tiefen Nebel aufzutauchen und sieht dich an. »Madita. Meine kleine Madita.«

Ihre Stimme ist noch brüchiger geworden, sie raschelt mehr, als dass sie spricht. Du fühlst, wie die alte Hilflosigkeit wieder in dir hochsteigt. Du möchtest sie in den Arm nehmen und festhalten und gleichzeitig willst du wegrennen vor dem Strudel, in dessen Zentrum Emma sitzt und dich gnadenlos mit in die Tiefe zieht.

Abwesend streicht sie dir über die Wange. Ihre Hand ist so kalt, dass du zurückzuckst. Automatisch tastest du nach der Heizung, aber sie läuft auf vollen Touren.

Also gut. Du ziehst den kleinen paillettenbesetzten Holzelefanten aus der Tasche, nach dem du gestern Nacht halb betrunken deine ganze Wohnung abgesucht hast. Du hältst ihn direkt vor Emmas Nase.

»Guck mal, Mama, das hast du mir geschenkt, weißt du noch?«

Emma sieht dich an und lächelt. »Ja?«, fragt sie mit höflichem Interesse. Sie erinnert sich nicht. Oder sie will sich nicht erinnern.

»Du hast gesagt, es ist von dem Inder.«

Emmas Wangen bekommen eine Spur von Farbe. Das Spiel scheint ihr zu gefallen. »Ja? Inder? Wie schön.«

Du sprichst weiter, laut und überdeutlich, als wäre sie schwerhörig. Du hast dir diesen Tonfall vor langer Zeit angewöhnt, obwohl du nicht sicher bist, ob du wirklich besser zu ihr durchdringst, wenn du schreist. »Der Inder hat einen Namen, Mama! Anand! Versuch dich doch wenigstens mal zu erinnern!«

In Emmas Gesicht spielt sich ein dramatisches Durcheinander ab, wie ein sich ankündigendes Gewitter. Ihr freundliches Interesse verwandelt sich vor deinen Augen in Besorgnis, dann in Aufregung. Das Blut schießt ihr in die Wangen, auf denen sich augenblicklich zwei kreisrunde rote Flecken bilden.

»Ich – Anand? Ich darf nichts sagen! Der nasse Mann kommt und –« Wie vom Blitz getroffen sackt sie in sich zusammen.

»Es ist alles meine Schuld.« Resigniert zieht sie die Schultern hoch, bis sie aussieht wie eine kleine alte Schildkröte.

Du spürst, wie sich deine Hilflosigkeit in Wut verwandelt. Auch das ist eine bekannte Abfolge. Emma sieht zu, dass sie immer am Zug bleibt, egal wie du das Spiel eröffnest. Und in null Komma nichts bist du auf der Palme.

»Verdammt noch mal, Emma! Es gibt keinen nassen Mann!«

Unwillkürlich hast du mit der Faust auf den Tisch gehauen. Emma zuckt zusammen und zieht den Kopf noch ein bisschen tiefer ein. Ihr Mund geht zu. Hör auf, sie zu erschrecken! Du brauchst jetzt so schnell wie möglich eine neue Strategie, solange du ihre Aufmerksamkeit noch nicht ganz verloren hast! In die Stille bricht eine neutrale Männerstimme.

»Zwölf Uhr. NDR 2 mit den aktuellen Nachrichten aus der Region. Kiel. Schleswig-holsteinische Kirchenverbände streben ein neues Volksbegehren gegen die Abschaffung des Buß- und Bettages als gesetzlichem Feiertag an. Sosehr die Einführung der Pflegeversicherung und ihre positiven Folgen zu begrüßen seien, heißt es in einer heute veröffentlichten Presseerklärung, so wenig sei einzusehen, dass der Buß- und Bettag für die Finanzierung herhalten muss. Es gebe überhaupt keinen Zusammenhang zwischen der Pflegeversicherung und dem Buß- und Bettag, außer dass beide eine gute Sache seien. Das letzte Volksbegehren zu diesem Thema war bereits 1998 gescheitert.«

»Buß- und Bettag. Büßen und Beten«, leiert Emma, während du immer noch überlegst, wie du sie zum Reden bringst. Plötzlich durchfährt sie ein Ruck und der Kopf kommt wieder hoch. »Die Schiffe! Jetzt dürfen sie wieder auslaufen. Wie schade. Büßen und beten und die Schiffe müssen alle im Hafen bleiben.« Ihr angespannter Gesichtsausdruck macht einem verträumten Lächeln Platz, das dir kalte Schauer über den Rücken jagt. »Aber wir haben nicht gebetet. Neinnein. Sünde. Mein kleines Mädchen ist doch keine Sünde!«

Du kannst dich nicht erinnern, wann Emma das letzte Mal

so lange an einem Stück gesprochen hat. Schweigend siehst du sie an. Dein Gehirn arbeitet. In langen Jahren hast du mühsam gelernt, ihre Codes zu knacken. Jetzt schiebst du in Gedanken die einzelnen Bruchstücke hin und her. Ein Feiertag, die Schiffe im Hafen. Anand, der Schiffsarzt. Sünden. Ein Feiertag im November. Wann hast du Geburtstag, Mattie. Rechne nach, verdammt noch mal, schnell!

»Mama! Wie hieß das Schiff?«

Emma scheint dich nicht mehr zu hören. Sie guckt aus dem Fenster und summt leise die Melodie von *Ein Schiff wird kommen*. Vorsichtig nimmst du ihr Gesicht in deine Hände und versuchst es wieder zu dir zurückzudrehen. »Bitte, Mama! Das Schiff! Der Name!«

»Madita, lass sie in Ruhe!«

Du springst auf. Wie lange steht Hinnarck schon in der Tür? Wie viel hat er mitbekommen? Du weichst seinem vorwurfsvollen Blick aus.

Emma sieht erst dich an und dann Hinnarck. Das Lächeln klebt ihr immer noch im Gesicht wie ein Marmeladenrest vom Frühstück. »Guck mal, Hinnarck, Madita ist da«, sagt sie mit schleppender Stimme.

38 Handycam

Er hatte die Kamera mehr aus Verlegenheit rausgeholt, damit er beschäftigt war. Nick versuchte, die Schärfe auf die große Tafel zu legen, auf der die Abflugdaten alle paar Minuten eine Zeile weiter nach oben ratterten. Ganz oben stand jetzt *Bombay/Mumbai*, weit über *Hamburg*. Er schwenkte hinunter auf Cal, der neben seiner Metallkiste saß und darauf Tabla-Rhythmen schlug. Nichts in dessen Gesicht verriet, was er gerade dachte.

Nick hatte keine Ahnung, was ihn die letzten zwei Tage

eigentlich geritten hatte. Fakt war, dass er nicht zusammen mit Mattie nach Hause gefahren war. London schien in ihm die schlechte Angewohnheit hervorzubringen, einfach hängen zu bleiben. Katerfrühstück mit Cal und Samir. Ein Zug durch die Plattenläden. Eine Nacht in dem alten Kino in Brixton. Eine Verabredung ergab die nächste. Hatte er mehr Angst davor, einen Fremden zu versetzen als seine Freundin? Oder waren seine Prioritäten verrutscht? Und wenn ja, warum hatte er davon nichts mitbekommen? Das Ganze war ziemlich beunruhigend, selbst für Nick, der von sich selbst behauptete, er sei immer offen für Experimente.

Plötzlich brach der Rhythmus ab. Cal öffnete die Schnappverschlüsse. Kopf und Arm verschwanden in der Kiste, dann tauchte er wieder auf mit einer Minidisc in der Hand.

»Für dich. Limited Edition.« Er kam auf die Kamera zu. Immer näher. Unscharf.

»Hey, was soll das?«

Nick hörte seine eigene Stimme. Und noch was. Durch die Stereokopfhörer hörte er sogar den Anflug von Panik in seiner Stimme in bestmöglicher Klangqualität.

Zehn Minuten später setzte er sich mit weichen Knien auf eine Bank und spulte genau bis an den Punkt zurück. Er klappte das Display auf und sah, wie das Sucherbild zur Seite kippte. Es zeigte einen unmöglichen schiefen Ausschnitt vom Fuß der Rolltreppe. Gesichter von Passanten tauchten auf, die den Kopf schüttelten. Ein Junge lachte. Dann kam die Kamera wieder hoch, und der Autofocus pumpte, bis die Schärfe auf der Rolltreppe lag. Cal erschien im Bild und fuhr mit seiner Kiste nach oben. Auf der Hälfte der Treppe drehte er sich um.

»Wir sehen uns!«, rief er.

Nick lächelte und spulte das Band noch mal zurück.

39 Schietkram

»Nick, hilf mir hoch, schnell!« Gerade warst du noch auf dem Harmsdorfer See. Emma lief auf Schlittschuhen vor dir her. Sie rief dir lachend Jahreszahlen zu, aber du konntest sie nicht verstehen. Plötzlich bist du ausgerutscht und über das spiegelnde Eis geschliddert. Emma verschwand in einer Wand aus glitzerndem Weiß, das dir die Tränen in die Augen trieb, so hell war es.

Du lässt dich auf der durchgelegenen Ausziehcouch deiner Oma nach innen rollen, aber da ist kein Widerstand und du rollst gegen die Wand. Wo ist Nick? Kein Nick, stimmt ja. Nick ist dir in London abhandengekommen. Was macht er wohl jetzt gerade?

Neben dir auf dem Boden stapeln sich Filmkataloge. Du hast offensichtlich einzelne Titel unterstrichen. Neugierig blätterst du zurück. Mal sehen, was du da ausgeklügelt hast gestern Abend! Eine Werkschau von Luis Buñuel. Keine schlechte Idee. Kommt bestimmt daher, dass du den ganzen Tag lang in die Welt deiner Oma abgetaucht bist. Das arme Dienstmädchen und die dekadente Oberklasse.

Du steigst über die Kataloge und schleppst dich mitsamt deiner Bettdecke Richtung Küche. Wasserkocher, Kaffee, Milch, Zucker. Siehst du, es geht doch. Du bewegst dich! Auf dem Küchentisch liegen die alten Kalender, die du gestern aus der hintersten Ecke des Kellers hervorgezerrt hast. Der helle Fleck an der Wand dir gegenüber verrät, wo sich die düsteren Alpenbilder mit Hirschen und Schwarzwaldhäusern Monat für Monat und Jahr für Jahr abwechselten.

Du reibst vorsichtig mit den Fingern den Staub von dem brüchigen Papier. Zum Vorschein kommen in vergilbten Farben die Kringel und Buchstaben, mit denen deine Oma ihre Termine bei den jeweiligen Putzstellen markiert hat. »K« steht für die Gräfin von Krambach, ihre liebste Arbeitgeberin, bei der sie dreißig Jahre lang geputzt hat. Einmal, als du die Ferien bei ihr verbrachtest, nahm sie dich mit nach Blankenese in die Villa an der Elbchaussee. Das Haus sah aus wie ein Museum, mit zugezogenen Vorhängen, damit die Möbel keine Sonne abkriegten. Die alte Frau mit dem Stock wanderte herum und schrie deine Oma an, weil sie fast taub war. Es war dir peinlich, die Oma auf Knien die Treppe wienern zu sehen. Danach bist du nie mehr mitgegangen.

Du räumst den ganzen Stapel zur Seite, um Platz für deine Kaffeetasse zu schaffen, und starrst weiter auf den hellen Fleck. Weiter links liegt der Kalender von 1971, den du gestern schon abgestaubt hast. Du hängst ihn an den Haken. 17. November. Büßen und Beten. Wenn Oma wüsste, was ihre Tochter stattdessen gemacht hat!

Du läufst in Richtung Freihafen und merkst, dass du schon die ganze Zeit vor dich hin summst. Du fühlst dich seltsam aufgekratzt. Es ist keine besondere Leistung, ein Wochenende allein zu verbringen, ohne ins Nichts zu fallen, sagst du dir. Trotzdem. Eine nette Melodie. Sie kommt dir bekannt vor. Weißt du eigentlich, was du da summst? Der letzte Ton bleibt dir im Hals stecken.

Ein Schiff wird kommen.

Emma hat dich angesteckt mit ihrem Fimmel. Vor dir im Wasser treibt eine aufgeplusterte Möwe auf einer Eisscholle vorbei. Genauso treibst du auch durch Emmas Welt, die nur um sich selber kreist und deren Soundtrack aus alten Platten besteht, die sie immer wieder abnudelt, bis sie lauter Kratzer haben. Spring ab, Mattie, du bist da.

Das alte Speicherhaus ist einer der wenigen noch nicht sanierten Backsteinriesen. Die anderen kannst du kaum sehen hinter den riesigen Planen, auf denen obskure Maklerfirmen mit hochmodernen Büroflächen und Lofts von zweihundertfünfzig bis zweitausendfünfhundert Quadratmetern locken, provisionsfrei, versteht sich.

Du stemmst dich gegen die quietschende Drehtür und landest in einer stinkenden Wolke aus Linoleumreiniger. Vorsichtig umschiffst du eine Frau mit einer monströsen Bohnermaschine und gehst an der leeren Pförtnerloge vorbei zu einer Tür mit einem Messingschild. Du klopfst und betrittst das Büro des Hafenmeisters.

Im Vorzimmer findest du zu deiner Überraschung keine Sekretärin, sondern einen uralten Mann, der mit einem Computer redet. »Schietkram!«, sagt er gerade, als du vor dem Schreibtisch stehen bleibst.

»Ich möchte den Hafenmeister sprechen.« Du hast dir fest vorgenommen, dich nicht abwimmeln zu lassen, egal was kommt.

»Die sind alle auf Tagung. Modernes Hafenmanagement. Schietkram. Ich war siebenundzwanzig Jahre lang Hafenmeister und habe das auch ohne so 'n Kram gemanagt. Alles hier drin.« Er tippt sich gegen die Schiebermütze. »Deswegen rufen die auch den alten Sörensen an, wenn sie auf Tagung gehen. Und so 'n büschen Hafenluft schnuppern kann ja nicht schaden auf meine alten Tage, nicht, Deern?«

Er hat dich ohne Scham von oben bis unten gemustert. Offensichtlich gehst du bei ihm noch als Deern durch. Na ja, wer weiß, wozu es gut ist. Umständlich kramt er eine Pfeife raus und beginnt, sie zu stopfen. Mit Hans Albers hast du nicht gerechnet.

»Das kann ich mir vorstellen. Ich wette, Sie erinnern sich an viele Dinge, für die Ihr Nachfolger erst im Computer nachgucken muss.« Du lächelst ihn an.

Sörensens Augen blitzen auf. »Sag ich doch! Wer braucht denn so 'n Schietkram.« Er versetzt dem Monitor einen Schlag mit der Pfeife.

»Ich muss nämlich wissen, welche Schiffe am 17. November«, sicherheitshalber guckst du noch mal auf deinen Zettel, »1971 nicht auslaufen durften, weil Buß- und Bettag war.«

Sörensen lässt sich in den zarten Bürostuhl fallen, der unter seiner Masse fast verschwindet. »Was sagst du da, Deern? Buß-

und Bettag? Wer hat dir denn so ’n Seemannsgarn gesponnen? Ich hab ja schon von allem möglichen Aberglauben gehört, aber dass die Schiffe an Buß- und Bettag nicht auslaufen, das hör ich zum ersten Mal.« Er reißt ein Streichholz an und setzt seine Pfeife in Gang, wie um seine Autorität zu unterstreichen. »Die Seefahrt ist ein hartes Geschäft, Deern, da kann man nicht wegen jedem Pfaffen an Land bleiben.«

Lass dich jetzt nicht unterkriegen, auch wenn es logisch klingt, was er sagt. Emma ist zwar verrückt, aber so was kann nicht mal sie sich ausdenken. »Sie müssen sich irren! Ich bin mir ganz sicher, dass zumindest 1971 die Schiffe nicht auslaufen durften. Denken Sie doch mal nach!« Sicherheitshalber schickst du ihm noch ein Lächeln über den Tisch.

»Ich mich irren? Das ist ein starkes Stück, junge Dame. Aber wenn es Ihnen denn so wichtig ist, kann ich ja in meinem Wettertagebuch nachgucken. Das staubt hier sowieso nur vor sich hin.« Schwerfällig hievt er sich aus dem Stuhl hoch und schlurft zu einem Vitrinenschrank aus poliertem Holz, wo hinter Glas eine Knotentafel, ein Miniaturmodell des Segelschulschiffes *Gorch Fock* und eine Reihe zerfledderter alter Kladden stehen.

Du richtest dich in Gedanken auf einen längeren Aufenthalt ein. Sörensens Film läuft noch in einer anderen Geschwindigkeit als dieser moderne Schietkram mit zweihundert Schnitten pro Minute.

40 Verräter

Nick stand schon eine Weile vor der Tür und überlegte, ob es eine gute Idee war, jetzt zu Mattie reinzugehen. Er hätte auch erst in seine Wohnung fahren können, aber es zog ihn nichts in das fast leere Zimmer, in dem sich außer ein paar elektronischen Geräten nur seine alten Platten stapelten. Immerhin war es so billig, dass er einfach die Miete weiterbezahlen und sich theoretisch unabhängig fühlen konnte. Praktisch hatte er sich angewöhnt, die meiste Zeit bei Mattie herumzuhängen. So war er mehr oder weniger automatisch hier gelandet.

Als er aufschloss, stellte er zu seiner Erleichterung fest, dass sie gar nicht zu Hause war. Er warf seine Tasche aufs Sofa. Warum fühlte er sich trotzdem wie ein ungebetener Gast? Unruhig wanderte er im Wohnzimmer auf und ab. Er musste sich was einfallen lassen, um seinen Ausrutscher in London wiedergutzumachen.

Nachdenklich betrachtete er das Foto von Matties Oma, das jetzt wieder an seinem alten Platz stand. Es war ihm vorher nicht aufgefallen, aber sie hatte genau den gleichen Ausdruck im Gesicht. »Verräter!«, sagten ihre Augen. Wen hatte sie damit gemeint, damals, als das Foto gemacht wurde?

Nick drehte sich um und marschierte wieder los. Matties Oma hatte ihn ja nicht mal gekannt!

Wo blieb nur Mattie? Er überlegte kurz, sie auf dem Handy anzurufen. Nein, lieber doch nicht. Sein Verhalten ließ sich nicht am Telefon erklären. Bis sie zurückkam, musste er sich eben beschäftigen.

Er blieb stehen, öffnete den Reißverschluss seiner Tasche und warf nacheinander den ganzen Inhalt aufs Sofa, bis er die Minidisc von Cal in der Hand hielt. Er legte sie in seinen Walkman ein, drückte auf *Start* und ließ sich auf den Rücken fallen. Dabei spürte er Papier unter sich rascheln. Irritiert zog er ein englisches Magazin mit der Überschrift *Tracks* unter seinem Hintern hervor. Eine Musikzeitschrift? Dann erinnerte er sich, dass der Weltverbesserer sie ihm geschenkt hatte, der jetzt tot war.

Nick merkte, wie das beunruhigende Gefühl aus seinem Magen langsam nach oben stieg. Irgendwie hatte er den Mann gemocht. Aber deswegen würde er doch jetzt nicht heulen. Hastig öffnete er die Zeitschrift und begann zu lesen.

41 Wetter

Einundzwanzig, zweiundzwanzig, dreiundzwanzig. Du hast die Augen halb geschlossen und versuchst die winzigen Segelchen des Modellschiffes zu zählen. Geduld, Mattie.

Der alte Sörensen hat die Kladden auf den Schreibtisch getragen. Jetzt hebt er sie Stück für Stück hoch, klopft sie vorsichtig aus und blättert darin, wobei er jedes Mal gewissenhaft an seinem Zeigefinger leckt. Du gibst das Zählen auf, weil sich eine dicke Staubwolke zwischen dich und die *Gorch Fock* geschoben hat. Du musst niesen. Staubige Erinnerungen scheinen das Motto des heutigen Tages zu sein.

»1962! Wenn sie auf mich gehört hätten. Ich sag noch: Jungs, da kommt 'ne Sturmflut, aber ganz kräftig. Das Wasser stand so hoch hier im Büro. Man sieht's noch.« Er wedelt mit einer angefressenen Kladde vor deinem Gesicht. Du musst husten.

»Wollten Sie nicht nach 1971 suchen?« Du hast dir wirklich die Richtigen ausgesucht. Erst Emma und jetzt dieser alte Seebär. Im Kino kommt die Heldin irgendwohin und schwupp – beim nächsten Schnitt hat sie die Informationen. Sonst würde das Publikum sein Geld zurückverlangen.

Sörensen samt Pfeife ist schon wieder in ein neues Heft vertieft. »1971. Na, wer sagt's denn? Alles hat seine Ordnung bei Sörensen.« Deine Aufmerksamkeit springt wieder an und du würdest ihm am liebsten das alte Kalenderheft aus der Hand reißen. Aber er blättert in Zeitlupe Seite für Seite um.

Eine halbe Ewigkeit hörst du nur das Geräusch des Fingerschleckens und das Rascheln der Seiten.

»Hier ist es. Mittwoch, der 17. November. Schönes Wetter. Windstärke 2, Südost. 18 Grad, Sonnenschein.«

»Und?« Du bist aufgestanden, aber du kannst sein Gekritzel nicht lesen, schon gar nicht auf dem Kopf.

»Nix und, Deern. Ich erinner mich, das war ein ungewöhnlich warmer November. Viel zu warm für die Jahreszeit. Moment, das war doch, als ...«

Er hebt das Heft direkt vor seine Nase und blättert eine Seite weiter. Ein zusammengefaltetes Stück Zeitung segelt auf den Boden. Schnell kriechst du unter den Tisch und suchst zwischen seinen Beinen nach dem Papier, während du mit halbem Ohr auf sein Gemurmel lauschst.

»Natürlich. Die Deern hat recht gehabt, verflixt noch mal. Das war doch das Jahr, wo sie die Leiche aus dem Hafen gefischt haben. Und weil das irgend so 'n Ausländer war, dachten die gleich, das wär ein Seemann. Haben die hier ein Trara gemacht, weil die Schiffe nicht raussollten!«

Du hast dich mitsamt dem Zeitungsausschnitt wieder auf deine Seite des Schreibtischs zurückgezogen. Schnell überfliegst du den Artikel unter der Überschrift *Mord im Hafen?*.

»Drei Schiffe wurden festgehalten, darunter das Schulschiff der indischen Marine, die *Indira*. Bereits am Abend jedoch fand man die Papiere des Toten, und es stellte sich heraus, dass er sich als Tourist in Hamburg aufhielt. Blablabla ...« Deine Augen rasen über die Zeilen. »Name Rajiv Kher – Würgemale am Hals – Polizei bittet um Mithilfe – das war's.« Jetzt wedelst du mit dem Ausschnitt vor Sörensens Gesicht. »*Indira!* Die muss es sein, ganz bestimmt! Also brauchen wir nur noch den Namen des Schiffsarztes und seine Heimatadresse. Gibt es da ein Register?«

Sörensen pafft an seiner Pfeife. Offenbar genießt er die Situation. Du hast ihn im Verdacht, dass er die Angelegenheit absichtlich in die Länge zieht.

»Immer sutje, min Deern. Dat heb wi gliek. Einer jungen Dame wird hier immer geholfen.« Er zieht eine moderne Telefonanlage zu sich heran und tippt stundenlang auf verschiedenen Tasten herum. Zwischendurch hält er immer wieder den Hörer ans Ohr. Anscheinend bekommt er keine Verbindung. Schließlich wählt er eine Null.

Du musst an Hinnarck denken, der sich vor zwei Jahren einen Computer gekauft hat. Bis heute hat er keine Ahnung, wie man das Ding bedient. Du müsstest dich mal in Ruhe mit ihm hinsetzen, aber bisher hast du es immer wieder verschoben. Er würde den Teufel tun und dich darum bitten.

»Zentrale!«, bellt der Alte ins Telefon. »Sörensen hier, Hafenmeister a. D.! Verbinden Sie mich bitte sofort mit der Registratur!« Er wartet und zwinkert dir zu. »Registratur! Sörensen hier. Jo danke, wat mutt, dat mutt. Ich brauche die Adresse eines Schiffsarztes. Sehen Sie doch mal im Offiziersregister nach. November 1971. Name des Schiffes: *Indira.* Jo, ich warte.«

Der alte Sörensen legt den Hörer hin und ihr schweigt. Das einvernehmliche Schweigen zweier Verschwörer, die auf den richtigen Zeitpunkt warten.

»Sag ihm von mir, er kann stolz sein auf seine Tochter, so 'ne hübsche Deern und nicht auf den Kopf gefallen«, knurrt Sörensen plötzlich.

Erst denkst du, du hast dich verhört. »Was haben Sie gesagt?«

»Stolz, Deern. Du suchst doch nach deinem Vater. Oder denkst du, Sörensen ist blind? Ich bin seit meinem fünfzehnten Lebensjahr zur See gefahren. Ich hatte auch meine Mädels in den Häfen. Und manchmal denk ich, ob wohl …« Er stülpt ein kariertes Taschentuch über seinen Zeigefinger und stochert damit in seinem Augenwinkel.

Bevor du etwas sagen kannst, plärrt eine Stimme aus dem Hörer. Er hebt ihn wieder ans Ohr und greift nach einem Zettel. Langsam malt er Buchstabe für Buchstabe auf das Papier. Dann schiebt er es wortlos zu dir hinüber.

Einem plötzlichen Impuls folgend springst du auf, läufst um den Tisch und umarmst ihn mitsamt dem Telefon am Ohr. Du hörst, wie sich die Stimme aus der Registratur nach seinen Enkelkindern erkundigt. Dann greifst du nach deiner Tasche und gehst.

»Der Lütte studiert Informatik. Computer und so 'n Schietkram!«, ist das Letzte, was du von Sörensen mitbekommst, bevor die Tür hinter dir ins Schloss fällt.

In deiner Hand hältst du die Heimatadresse von Doktor Anand Kumar in Bombay und ein vergilbtes Stück Zeitung aus dem *Hamburger Abendblatt* von 1971.

42 Spuren

Die Kopfhörer hatte er abgenommen, aber Nick war so vertieft in den Artikel von Mehmet Khan, dass er trotzdem die Wohnungstür überhörte. Erst als Matties schnelle Schritte abrupt in der Tür zum Wohnzimmer verstummten, schoss er hoch, als hätte sie ihn bei etwas Verbotenem erwischt.

»Du hier?«

Ihr Gesicht verriet nichts, absolut gar nichts. Langsam kam sie auf ihn zu.

»Ja, ich – du, ich wollte mich bei dir …«

Sie verzog keine Miene. Er suchte verzweifelt nach den richtigen Worten. Jetzt nur nicht wieder was Falsches sagen. Sie stand direkt vor ihm und guckte ihn an. Er fragte sich, ob sie ihn rausschmeißen würde. Er hatte sich nie überlegt, wie es wohl ohne sie wäre. Einfach weil sie seit ziemlich langer Zeit immer da war.

Plötzlich lachte sie laut auf. »Mach nicht so ein blödes Gesicht, Nick!« Und ließ sich einfach auf seinem Schoß nieder.

Er war noch mal davongekommen. Erleichtert wollte er sie an sich ziehen, aber sie hangelte sich aus der Umarmung und zog irgendwelche Papiere aus ihrer Umhängetasche, die sie quer über das Sofa schleuderte. Ihre Augen leuchteten triumphierend, als sie ihm einen Zettel unter die Nase hielt.

»Anand Kumar ist in Bombay?«

»Zumindest war er da mal. Das ist die heißeste Spur, die wir je hatten.« Sie schien förmlich zu vibrieren. Mattie war auf Hochtouren. Nick brauchte all seine Energie, um ihr zu folgen, als sie mit ihm durch ihre jüngsten Erlebnisse galoppierte.

»Aber der Grund war nicht der Feiertag!« Offenbar näherte sie sich der Ziellinie. »Anand Kumar hat meine Mutter belogen. Warum bloß?« Sie machte den Mund zu und atmete tief durch die Nase ein.

Nick überlegte. »Vielleicht hatte er was mit dem Tod des Inders am Hafen zu tun. Gib mir mal den Artikel, wie hieß der Mann?«

»Rajiv Kher«, sagte Mattie und hielt ihm den Zeitungsausschnitt hin.

»Moment mal«. Nick schob Mattie von seinem Schoß und ging vor dem Sofa auf alle viere. Die *Tracks* war ihm bei Matties stürmischem Überfall aus der Hand gefallen.

Charlotte stieg aus der S-Bahn, fuhr mit der Rolltreppe nach oben und sah sich in der Haupthalle des Hamburger Bahnhofes um. Im ersten Moment fehlte ihr die Orientierung. Wie lange war sie nicht hier gewesen! Alles hatte sich verändert. Statt der alten Bude, wo sie und Emma so oft Nordseekrabben gegessen hatten, funkelte ihr ein nagelneuer Gourmet-Tempel entgegen.

»Achtung!« Ein junger Mann auf Inlineskates oder wie diese modernen Rollschuhe hießen, rauschte knapp an ihr vorbei. Sie presste die metallene Kuchenform unter der dünnen Plastiktüte enger an sich und überlegte, ob es wirklich eine gute Idee war, ihre Patentochter unangemeldet zu besuchen. Mit zunehmendem Alter hatte sie eine regelrechte Angst vor jungen Leuten entwickelt. Sie waren so unberechenbar! Man wusste niemals, was sie als Nächstes tun oder sagen würden.

Vor zwei Jahren hatte sie ihre Praxis in Harmsdorf geschlossen, nachdem ein heroinabhängiger junger Mann, der zunächst ganz freundlich wirkte, sie am helllichten Tag mit einem Messer bedroht und ihren gesamten Medikamentenschrank ausgeräumt hatte. Charlotte seufzte. Manchmal war sie froh, dass sie keine Kinder hatte.

Natürlich galt ihr nächster Gedanke Ludwig, und sie musste

lächeln. Sie beide waren sich wirklich genug. Vielleicht, wenn sie früher zueinandergefunden hätten – aber sie hatte ja die Praxis, und sie liebte ihren Beruf. Einmal, kurz nach dem Überfall, als sie abends gemütlich zusammensaßen, hatte sie ihn gefragt, ob er es bereute, keine Kinder zu haben.

»Charlottchen«, hatte er gesagt und sie liebevoll angesehen. »Kinder würden mir doch nur die Zeit stehlen, die ich mit dir verbringen möchte. Jede einzelne Minute ist kostbar.« Er hatte recht. Ihr spätes Glück war etwas Besonderes. Sie wussten zu schätzen, was viele Jüngere als selbstverständlich betrachteten. Sie achteten aufeinander.

Heute früh zum Beispiel. Ludwig hatte sie liebevoll dazu gedrängt, sich doch wieder mal einen Einkaufsbummel zu gönnen und bei der Gelegenheit nachzufragen, wie es Madita mit ihrer Suche ergangen war. Gerührt von seiner Besorgnis ließ sie sich schließlich überreden – unter der Bedingung, dass er den Tag einfach im Bett verbringen würde. Für den Fall, dass er wieder nicht schlafen konnte, hatte sie ihm seine Vogelbücher hingelegt. Charlotte war überzeugt, dass eine dreißigseitige Abhandlung über das Brutverhalten der Rohrdommel jeden Menschen zum Einschlafen brachte.

Du willst ihm sagen, dass du dich für eine großartige Detektivin hältst. Und dass großartige Detektive zur Belohnung ihre Assistenten vernaschen dürfen. Na ja, ursprünglich Assistentinnen natürlich. Du hast dem Fall die entscheidende Wendung gegeben. Die Adresse deines Vaters ist zwar dreißig Jahre alt, aber darüber könnt ihr später nachdenken. Hauptsache, Nick ist wieder da.

Nick kriecht immer noch auf der Erde herum. Jetzt springt er auf und hält dir den Mund zu, bevor du deine verdiente Belohnung einfordern kannst.

»Nein. Jetzt bin ich dran.«

Wieso ist Nick dran? Nick ist der unfähigste Detektiv, der unter der Sonne lebt. Er weiß nicht, wo er ansetzen soll. Er kann sich nicht konzentrieren. Das kaschiert er mit seinen gefürchteten Langzeitvorträgen.

»Mach schon!« Wenn es sein muss. Du zappelst dich auf dem Sofa zurecht.

»Subhas Chandra Bose. Schon mal gehört?« Nick lässt sich nicht aus der Ruhe bringen.

Du schüttelst artig den Kopf.

»Aber von Mahatma Gandhi?« Über eine imaginäre Brille guckt er dich streng an.

Du nickst.

»Okay, also dieser Bose war der wichtigste Rivale Gandhis in der indischen Unabhängigkeitsbewegung. Wie Gandhi war er Mitglied der Kongresspartei, aber außerdem war er Sozialist und Befürworter des bewaffneten Kampfes gegen die britische Kolonialmacht.«

»Moment mal.« Auch wenn Indien noch nie dein Lieblingsthema war, hast du Ben Kingsley als Mahatma Gandhi deinen Respekt gezollt. »Ich dachte immer, Gandhi war für gewaltlosen Widerstand.«

»Das stimmt. Würdest du dich als Pazifistin bezeichnen?«

Was für eine idiotische Frage! »Natürlich, Nick! Ich bin ein Kind der Friedensbewegung. Ich habe schon gegen Pershing-Raketen demonstriert, als du noch in die Windeln geschissen hast!« Eine gute Gelegenheit, Nick auf die Nase zu binden, dass er drei Jahre jünger ist als du.

Nick grinst. »Sei froh, dass ich reife Frauen bevorzuge.«

Du willst dich auf ihn stürzen, aber er schiebt dich wieder in deine Sofaecke.

»Da siehst du, wie es um deinen Pazifismus steht! Die Briten verweigerten den Indern die Unabhängigkeit. Gandhi inszenierte aufsehenerregende Sitzstreiks und Protestmärsche. Aber hinter den Kulissen verhandelte er um Kompromisslösungen. Bose dagegen war ein radikaler Nationalist. Er bestand auf dem Recht auf Unabhängigkeit. Ohne Kompromisse. Und er hatte viele Anhänger.«

Irgendwas stimmt nicht mit Nicks Theorie. »Willst du damit sagen, der Pazifist Gandhi war in Wahrheit der Verräter und der Nationalist Bose der eigentliche Revolutionär?«

Du siehst, wie seine angelesene Eitelkeit wankt. »Das kann ich nicht beurteilen.« Nick wird plötzlich ernst und schwenkt die Zeitung. »Zumindest Mehmet Khan ist, nein, war der Ansicht, dass man aufpassen muss, wenn man das Ganze aus heutiger Sicht und von einem westlichen Standpunkt aus betrachtet. Nationalismus ist nicht gleich Faschismus, wenn es noch gar keine Nation gibt.«

Du schluckst. Mehmet Khan ist wirklich tot. London ist kein bizarrer Alptraum, den du einfach vergessen kannst. Wenn du nur wüsstest, worauf Nick eigentlich hinauswill!

»Subhas Chandra Bose war jedenfalls Gandhi und den Briten gleichermaßen ein Dorn im Auge. Also sorgte Gandhi für seine Entmachtung in der Kongresspartei und die Briten legten ihn mit immer neuen Verhaftungen und Hausarrest lahm. Bose jedoch trickste seine Bewacher aus, tauchte unter und floh 1941 mit Hilfe verschiedener Geheimdienste über Kabul und Moskau bis nach Berlin.«

Dir brummt der Kopf. Wo hatte Khan nur diese abstruse Agenten-Geschichte aufgetan? Das Ganze erscheint dir mehr als phantasievoll. »Nach Deutschland? Zu den Nazis? Also war er doch Faschist?«

»Lass mich ausreden.«

Du klappst deinen Mund wieder zu, aber du weißt nicht, wie lange deine Geduld noch halten wird.

»Bose sagte sich: Der Feind meines Feindes ist mein Freund. Er wollte Hitler überreden, ihn im Kampf gegen die Briten zu unterstützen. Diese Meinung vertraten damals viele Inder. Zur Abwechslung wollten sie endlich mal die Europäer für ihre Zwecke einspannen, statt immer nur deren Spielball um Rohstoffe oder Kolonialpolitik zu sein. Das Problem war nur, Hitler wollte nicht. Er fand, die Inder seien Untermenschen und noch nicht reif für die Unabhängigkeit. Nur ein paar

Strategen vom Reichsaußenministerium erkannten das Potenzial von Boses Idee. Er war das fehlende Puzzlestück für ihren Plan, nach Asien zu marschieren und sich dort mit den Japanern zu verbünden. Ein groß angelegter bewaffneter Widerstand in Indien, und die Engländer wären schneller draußen, als sie gucken konnten. Also ließen sie Bose aus indischen Kriegsgefangenen der britischen Armee eine eigene Legion aufstellen, die in Deutschland ausgebildet wurde.«

»Eine indische Legion? Moment mal, war deswegen nicht Mehmet Khan bei Tante Charlottes Freund?«

»Genau. Ludwig Hauser. Und nicht nur der.«

Nick gibt dir die *Tracks*. Du hast gar nicht mitbekommen, dass er sie überhaupt aus Khans Büro mitgenommen hat. Der Text ist eng gedruckt. Aber das Foto fällt dir sofort ins Auge. Drei Männer in Uniform. *Offiziere der indischen Legion: Albrecht Weidenkamp, Ludwig Hauser und Rajiv Kher* lautet die Bildunterschrift. Du siehst Nick an, aber der zuckt nur die Achseln.

Das wird ja immer schöner. Emma scheint nicht die Einzige zu sein, die ihre Geheimnisse hat, was Indien angeht.

43 Emmas Welt

Tropf, tropf. Alles ist nass. Wasser. Schiffe fahren auf dem Wasser weg. Weg von Emma. Traurige Emma. Muss büßen und beten, weil sie vom Glück geträumt hat. Am Wasser.

Wellen, das Wasser macht Wellen und Schaum. Gleich kommt er. Da! Er rennt direkt auf sie zu. Sie fällt.

Gefallenes Mädchen, Emma. Das Kind ist im Gummiboot! Sie muss es retten! Das Kind hat keine Schuld. Sie hat Schuld. Muss büßen. Emma, die gute Schwimmerin. DLRG-Leistungsabzeichen in Gold. Das Kind lacht.

«Dabissujamami!«

Hinter dem Boot! Er ist hinter dem Boot. Er flüstert. »Sei vorsichtig! Sonst erfährt die ganze Stadt von deinem Bastard!«

Jajaschongut.

Vorsichtige Emma. Immer vorsichtig. Muss sich in Acht nehmen vor dem Wasser. Das Wasser läuft hinter ihr her. Es läuft von den Wänden. Emma mag das Wasser nicht mehr. Es tropft aus dem Telefon. »Sei still und demütig, denn du hast Sünde auf dich geladen!«

Büßen und beten, Emma. Im Wasser sitzt der Teufel. Er kommt immer wieder. Will Emma für sich. Da! Da ist er! Neinneinnein!!!

44 Gott

Hinnarck riss sich den nassen Friesennerz vom Leib, zwängte sich in die Nische zwischen Tisch und Fenster und packte Emma mit beiden Händen an den Schultern.

»Emma! Ich bin's, Hinnarck!«

Sie war so verkrampft, dass ihre Muskeln sich anfühlten wie aus Stein. Er fluchte leise vor sich hin. Aber der Anfall war vorbei. Sie weinte jetzt nur noch. Langsam kehrte ein bisschen Farbe in ihr blasses Gesicht zurück.

Hinnarck griff in seine Hosentasche, fand aber kein Taschentuch und wischte ihr vorsichtig mit seinem Pulloverärmel die Tränen ab. Dann machte er ein paar Schritte rückwärts, bis er so stand, dass sie ihn von Kopf bis Fuß sehen konnte.

»Emma, ich bin's doch. Du musst keine Angst haben. Entschuldige, ich hätte mich abtrocknen sollen.«

Ihr Blick war jetzt klarer und hing vertrauensvoll an seinen Lippen. Leise redete er auf sie ein, erzählte ihr, wen er beim Einkaufen getroffen hatte, und räumte dabei die vollen Jutetaschen aus.

Emma guckte auf ihre neue Armbanduhr, die er ihr zum Geburtstag geschenkt hatte.

»Halb elf. Ich will meinen Kaffee trinken«, sagte sie.

Hinnarck seufzte und ließ die Konserven, die er gerade einräumen wollte, stehen. Er öffnete die Kaffeedose, um genau drei Löffel Kaffee in die Filtertüte zu füllen. Das Wichtigste für Emma war ein geregelter Alltag, so viel hatte er mittlerweile begriffen.

Vor Jahren, als er sie das erste Mal nach Ochsenzoll bringen musste, hatte der Professor ihn in sein Büro gerufen und ihm erklärt, was mit ihr los war. »Ihre Frau ist keine Psychopathin. Sie ist nicht verrückt. Ihr Geist ist unruhig und verweigert ihr das Instrumentarium, das wir alle brauchen, um unser Leben zu strukturieren.«

»Ist so was denn angeboren?«, wollte Hinnarck wissen.

»Macht das für Sie einen Unterschied?«, hatte der Professor zurückgefragt.

Nein, das glaubte er nicht. Hätte er sein Leben noch mal leben können, er hätte sich wieder in sie verliebt. Trotz allem.

Sie war noch ein halbes Kind, als er sie traf. Ihre Mutter war eine von der Sorte, die wollen, dass ihre Töchter was Besseres werden. Sie staffierte sie aus wie eine Prinzessin und schleifte sie zum Derby, wo die gute Hamburger Gesellschaft verkehrte.

Aber er war auch da, Hinnarck Junghans in seinem ersten eigenen Anzug und mit seinem ersten Lohn als Monteur in der Tasche. Er hatte sie gesehen und schon war es passiert. Nicht weil sie so schön war, das waren viele. Sie hatte ihn angesehen, als würde sie direkt in sein Herz gucken. Emma in ihrem weißen Petticoat.

In einem Anfall von Größenwahnsinn setzte er sein ganzes Geld auf ein Pferd, das *Prinzessin* hieß. Er hatte sowieso keine Ahnung von Pferden, er wollte einfach nur den Duft der weiten Welt schnuppern. *Prinzessin* gewann.

Hinnarck nahm all seinen Mut zusammen und lud Emma

und ihre Mutter zu Kaffee und Kuchen ein. Er wollte, dass sie ihn bewunderte, ihn für einen weltgewandten Mann hielt.

Es hatte geklappt. Sie hatte ihn geheiratet, sie war mit ihm nach Harmsdorf gekommen. In der ersten Zeit dachte er, sie liebte ihn auch. Bis diese Geschichte mit dem Inder rauskam.

Hinnarck schenkte Kaffee in ihre zwei Becher. Zwei Tropfen Kaffeesahne für jeden und für Emma ein Stück Zucker. Er stellte die Tasse vor sie hin und rührte um. Sie trank den Kaffee viel zu heiß, mit großen, schnellen Schlucken. Der nächste Griff ging zur Zigarettenschachtel auf dem Fensterbrett.

Emma war nicht weggegangen. Sie war bei ihm geblieben. Als es ihr schlechter ging, war er zuerst fast ein bisschen froh, ihr beweisen zu können, wie sehr er sie liebte.

Er wusste, dass die Leute hinter seinem Rücken quatschten, wenn er durch die Fußgängerzone ging.

»Der arme Mann.«

»Warum hat er sie nicht verlassen oder in ein Heim gesteckt?«

»Das ist doch kein Leben.«

Hinnarck tat, als hörte er nichts. Aber an schlechten Tagen fragte er sich, ob sie nicht recht hatten. Es war kein Leben. Warum hatte Gott sie mit so einem Schicksal gestraft?

Hinnarck glaubte schon lange nicht mehr an Gott.

Das Einzige, was er wusste, war, dass er sie nie verlassen würde.

Und sie ihn auch nicht.

45 Indien

Nick hing am Telefon und sprach mit dem Zeitungsarchiv.

»Ich weiß das genaue Datum der Ausgabe nicht, irgendwann nach dem 18.11.1971. Okay, okay, dann versuchen Sie es mit dem Namen: R-A-J-I-V neues Wort K-H-E-R. Ja, ich warte.«

Er sah zu Mattie, die unschlüssig in der Tür stand. »Sie wissen noch nicht, ob sie außer deinem Artikel noch was haben.«

»Und du meinst wirklich, wir sollen jetzt gleich nach Bombay fahren? Die Adresse ist immerhin dreißig Jahre alt! Wollen wir nicht erst mal von hier aus weitermachen?«

Er versuchte betont gleichgültig zu antworten. »Es gibt keinen Grund, nicht zu fahren. Deine komische Tante Charlotte verheimlicht vielleicht was vor uns. Es wäre besser, wir könnten sie unsererseits mit deinem Vater konfrontieren. Ich bin dafür, den direkten Weg einzuschlagen.«

Den direkten Weg zu Cal. Wenn er die Augen schloss, konnte er ihn vor sich sehen, wie er auf der Rolltreppe in Heathrow stand. Sogar das sarkastische Lächeln auf seinen Lippen. Nick kam sich albern vor, wie ein Groupie. Der Typ war ein brillanter Musiker, aber deswegen musste er ihm doch nicht gleich hinterherlaufen! Nick dachte an seine alten Freunde aus der Hamburger Musikszene, die er in den letzten Jahren wegen dem Kino viel zu selten zu Gesicht bekommen hatte. Fehlte ihm da was?

Die Stimme aus dem Zeitungsarchiv unterbrach seinen Gedankengang.

»Ja? Sie haben was gefunden? Okay, kleinen Moment bitte. BUCHEN!«, sagte er lautlos zu Mattie und sie verschwand aus dem Türrahmen. »Ja, gut, ich höre.« Er griff sich einen Stift und schrieb mit.

Du läufst durch den Schneematsch über das halb gefrorene Stück Erde vor deinem Wohnblock, das im Sommer noch eine zerfledderte Grasrabatte war. Während du vorsichtig die auftauenden Hundehaufen umschiffst, grübelst du darüber nach, ob ihr das Richtige tut.

Deiner Meinung nach gibt es einige Gründe, nichts zu überstürzen. Womöglich werdet ihr wieder in so ein Desaster wie in London geraten, wenn nicht in schlimmere Katastrophen.

Irgendwie wundert es dich, dass du nie den Wunsch hattest,

nach Indien zu fahren. Als gäbe es gar kein reales Land dieses Namens, sondern nur Emmas Phantasiewelt, ihre verworrenen Geschichten und die Kitschfilme im Fernsehen. In der Vorstellung deiner Kindheit musstest du den Inder nie suchen. Du hast einfach die Augen zugemacht und schon stieg er aus dem Zug, in Harmsdorf. Mit einem Turban auf dem Kopf und Pluderhosen an.

Vielleicht bist du genau wie Emma ein Mensch, der sich verzweifelt an einen engen Radius klammert, um sich zu erden. Während Hinnarck, der ja nun wirklich kein Reisetyp ist und seinen norddeutschen Stammbaum bis sechzehnhundertdazumal zurückverfolgen kann, überhaupt kein Problem damit hatte, monatelang nach Marokko oder Saudi-Arabien auf Montage zu fahren. Hinnarck weiß eben, wo er hingehört.

Du erinnerst dich, wie er dir mal aus Marokko eine bestickte Jacke mitgebracht hat. Sie war dunkelrot, mit einer Kapuze und Bommeln dran. Als du sie angezogen hast, hat Emma einen Schreikrampf gekriegt und sie am nächsten Tag in die Altkleidersammlung gegeben. Ein fremdartiges Design in Verbindung mit ihrer kleinen Tochter ließ die Lügen wieder hervorkriechen.

Ebenso gut hätte sie dir *Bastard* auf die Brust schreiben können.

Und da wunderst du dich, dass du kein normales Verhältnis zum Reisen hast.

»Madita!« Wieso steht plötzlich Tante Charlotte vor dir?

Sie wirkt ein bisschen verloren in ihrem schicken Persianer vor deiner runtergekommenen Häuserreihe. Nebenbei fällt dir auf, dass überhaupt noch nie einer von den Harmsdorfern hier gewesen ist. Tim nicht, Hinnarck nicht und Emma sowieso nicht. Und jetzt steht da Charlotte, irgendetwas Rundes an sich gedrückt, das unter einer Plastiktüte versteckt ist. Als hätte sie geahnt, dass ihr ein paar Fragen an sie habt. Na, dann lass sie mal anfangen.

»Ich wollte dich besuchen und wissen, wie es dir ergangen

ist mit der Suche nach deinem – na ja, nach Anand Kumar. Für dich – selbstgebacken.« Sie hält dir das runde Etwas entgegen.

Tut sie nur so naiv oder will sie dich aushorchen? »Eigentlich wollte ich gerade ins Reisebüro. Wir fahren nach Bombay«, sagst du vage.

»Bombay?« Ihre Überraschung wirkt echt. »Und ich dachte, du wolltest nach London!«

»Jaja, da war ich schon, aber dann haben sich einige Unklarheiten ergeben.«

Kurz entschlossen nimmst du sie am Arm und wendest dich wieder Richtung Haustür. Was hat Nick noch gesagt? Erst mal den direkten Weg versuchen. Wie aufs Stichwort kommt er plötzlich aus der Haustür geschossen und wäre fast an euch vorbeigerannt.

»Hey, Mattie!«, keucht er, als du ihn am Ärmel ziehst. »Gut, dass ich dich noch erwische. Wer ist denn das?«

Und Nick ist auch noch nie in Harmsdorf gewesen. Er kennt weder Hinnarck noch Emma und schon gar nicht Tante Charlotte. Fein säuberlich getrennt hast du deine beiden Welten. Jetzt stellst du die zwei einander vor. Sie beäugen sich misstrauisch.

»Na, das trifft sich ja gut«, sagt Nick zu deinem Erstaunen, »ich wollte dir nämlich eben vorschlagen, doch noch mal nach Harmsdorf zu fahren, um Ludwig Hauser zu fragen, ob er was über deinen Vater weiß.«

»Ludwig?«, kreischt du und deine Patentante in schaurigem Duett.

»Ja, genau der. Denn wenn Kumar etwas mit der Ermordung von diesem Rajiv Kher zu tun hat, dann vielleicht auch mit Ludwig Hauser. Der hat sich nämlich auf den Artikel hin bei der Polizei gemeldet und im Auftrag der indischen Familie des Toten die Leiche abholen lassen.«

Charlotte machte vorsichtig die Augen auf, erst das eine und dann das andere. Ihr war furchtbar schwindelig und sie wusste nicht, wo sie sich befand.

»Kreislauf«, diagnostizierte ihre innere Stimme und sie fühlte sich schon wieder etwas besser. Ihr niedriger Blutdruck hatte in letzter Zeit öfter Scherereien gemacht.

Vorsichtig sah sie nach rechts und links. Sie saß auf einer Bank. Neben ihr standen zu beiden Seiten Madita und ein ziemlich legerer junger Mann. Ach ja! Sie war in Hamburg, um ihre Patentochter zu besuchen. Dann war dieser Freund von ihr plötzlich aufgetaucht, wie hieß er noch? Mick? Jedenfalls redete der jetzt mit Madita, während die besorgt um sie herumscharwenzelte und ihr irgendein Kleidungsstück in den Nacken schob.

»Es geht schon wieder.« Das war ihre eigene Stimme, immerhin. Aber die beiden hörten ihr gar nicht zu. Sie stritten sich.

»Musstest du sie so erschrecken?«

»Ich hab doch noch gar nichts gesagt!«, verteidigte sich Mick. »Nur dass die beiden anscheinend was mit Rajiv Kher zu tun hatten.«

Schlagartig fiel ihr wieder ein, was er gesagt hatte. Über Ludwig.

»Rajiv Kher? Ermordet, hier in Hamburg?«, fragte sie. Die beiden hörten endlich auf zu reden und sahen sie an. »Er war ein Kriegskamerad von meinem Vater und Ludwig. Und was soll Anand Kumar damit zu tun haben? Ich verstehe nicht recht ...« Ihr wurde schon wieder ein bisschen schwindelig.

»Wir ja auch nicht«, sagte Madita. Sie hatte sich neben sie gesetzt und tätschelte ihre Hand. »Deswegen wollen wir ja mit deinem Ludwig reden, vielleicht kann er uns weiterhelfen.«

Charlotte nahm all ihre Energie zusammen, rückte ein Stück von Madita ab und straffte sich. »Nein! Das erlaube ich nicht. Ludwig geht es nicht gut. Das Letzte, was er momentan verträgt, ist Aufregung!«

Hieß er wirklich Mick? Jedenfalls guckte er sie an, als wollte er sich gleich auf sie stürzen. Aber sie würde sich nicht noch einmal von so einem jungen Streuner einschüchtern lassen, und schon gar nicht, wenn es um Ludwig ging!

»Aber verstehen Sie doch!« Immerhin wurde er nicht tätlich, sondern schrie nur herum. »Madita hat schließlich ein Recht zu erfahren, was mit ihrem Vater los war. Ihr Ludwig wird ja wohl nicht dran sterben, wenn wir kurz mit ihm reden!«

Madita legte ihr beruhigend die Hand auf den Arm, aber Charlotte hatte genug von den Unverschämtheiten dieses Freundes. »Nein!«, sagte sie und versuchte trotz ihrer Unpässlichkeit ihrer Stimme alle Schärfe zu geben, deren sie habhaft werden konnte. »Wenn hier jemand mit ihm redet, dann ich und nur ich!« Sie sprach jetzt nur noch mit Madita. »Ich melde mich bei dir, wenn er wirklich etwas weiß. Was ich nicht glaube, denn sonst hätte er mir davon erzählt.« Sie stand auf, immer noch ein bisschen unsicher, aber es ging schon wieder.

»Willst du nicht noch reinkommen und dich einen Augenblick hinlegen? Und dein Kuchen!«

Madita mochte ja ein nettes Mädchen sein, aber dieser Mick war nicht die Art von Gesellschaft, in der sie sich auch nur eine Minute länger aufhalten wollte. Entschlossen griff sie nach ihrer Handtasche und ging langsam, Schritt für Schritt, in Richtung der U-Bahnstation. Beim Herauskommen hatte sie einen Taxistand gesehen, und ein Taxi war es, was sie jetzt brauchte.

46 Darwin

Ludwig legte das Buch beiseite und hievte seinen schweren Körper aus dem Bett. Er hatte zwar wieder nicht geschlafen, aber die Ruhe hatte ihm gutgetan. Langsam schob er seine bloßen Füße in die Pantoffeln. Vielleicht hatte er sich einfach überanstrengt. Das merkwürdige Gefühl in seinem Kopf machte es ihm immer schwerer, klare Gedanken zu fassen und sich zu orientieren. Er wusste, dass er nicht rational, sondern intuitiv handelte, und er fühlte sich äußerst unwohl dabei. Als Anhänger von Darwin und Lorenz hatte ihn immer die Logik tierischer und menschlicher Verhaltensweisen fasziniert. Danach hatte er auch sein eigenes Handeln ausgerichtet. So etwas wie menschliche Unberechenbarkeit beruhte seiner Meinung nach ausschließlich auf Planungsfehlern.

Er nahm das Buch und schlurfte Richtung Küche. Charlotte hatte für ihn vorgekocht. Das Essen stand im Backofen. Er brauchte ihn nur noch einzuschalten. Während er wartete, blätterte er vor bis zu einer doppelseitigen Skizze der Vogelfluglinie. Vielleicht interessierten ihn auch die Vögel, weil sie sich in seinen Augen so absolut logisch verhielten. Sie folgten Jahr für Jahr exakt der gleichen Route, egal was in der Welt um sie herum geschah. Sie lebten logisch, sie ernährten sich logisch, sie pflanzten sich logisch fort und sie starben logisch.

Sein Gehirn hängte sich an diesem letzten Gedankengang auf und wiederholte ihn mechanisch wie eine alte Spieluhr. Der Kopf dröhnte. Er versuchte sich darauf zu konzentrieren, den Tisch zu decken. Wenn er Glück hatte, war es bald vorbei. Charlotte würde zurückkommen und die Göre würde aufgeben. Vielleicht konnte er dann endlich schlafen.

Er musste schließlich doch kurz weggenickt sein, denn als er wieder wach war, hörte er die Tür gehen. In der Küche roch es angebrannt.

Charlotte kam herein. Verwundert sah er zu ihr auf, denn sie verlor kein Wort über den Geruch und flatterte auch nicht wie sonst aufgeregt um ihn herum. Sie ging einfach zum Backofen, stellte ihn aus und setzte sich zu ihm an den Küchentisch.

»Charlottchen! Da bist du ja wieder. Es tut mir leid.« Er deutete auf den Backofen.

Sie schien etwas sagen zu wollen, aber stattdessen stand sie auf und ging hinaus. Einen Augenblick später kam sie wieder, mit einem gerahmten Foto in der Hand.

»Du hast mir nie erzählt, dass euer Kamerad Rajiv Kher hier in Hamburg ermordet wurde. Ich bin mir sicher, du hast es auch Vater nicht erzählt, denn sonst hätte er darüber gesprochen. Er hatte keine Geheimnisse vor mir.« Gedankenverloren strich sie über das Foto.

Ludwig griff nach ihrer Hand und hielt sie fest. »Charlottchen«, sagte er müde, »ich wollte euch die schreckliche Nachricht ersparen. Albrecht war schon krank, wie du weißt.«

Sie sah ihn an. »Wenn ich dir nur glauben könnte. Aber es scheint noch jemand in die Sache verwickelt zu sein, nämlich der Vater von Madita, Anand Kumar. Jetzt fährt sie sogar nach Bombay, um ihn zu suchen.«

»Kumar? Was hat denn der damit zu tun?« Er versuchte, seine Stimme echt klingen zu lassen, aber er konnte nicht verhindern, dass sein Griff sich fester um ihr Handgelenk schloss.

»Ludwig, du tust mir weh!« Ihre Stimme klang schrill und hallte in seinen Ohren wider.

Sie versuchte ihre Hand wegzuziehen, aber statt loszulassen packte er noch fester zu. »Charlottchen, du bist mein Ein und Alles, du musst mir glauben«, murmelte er beschwörend. Das geliebte Gesicht ihm gegenüber war zu einer ängstlichen Grimasse erstarrt.

Was tat er nur? Endlich stellte sich in seinem Kopf wieder Klarheit ein. Augenblicklich ließ er ihre Hand los. Die nachlassende Anspannung brachte sie irgendwie aus dem Gleichgewicht. Sie kippte mitsamt dem Küchenstuhl, auf dem sie gesessen hatte, nach hinten weg und verschwand aus seinem Blickfeld. Es gab einen fürchterlichen Krach. Dann war es still, ganz still.

Vorsichtig stand er auf und ging um den Tisch herum. Sie war mit dem Kopf auf die harten Fliesen aufgeschlagen. Ihr Körper lag wie hingegossen über der Stuhllehne.

»Charlottchen, was ist mit dir? Du musst aufpassen, du bist so zerbrechlich, was hast du dir nur dabei gedacht?«

Er strich ihr die blonden Löckchen aus dem Gesicht und

nahm ihre Hand, um den Puls zu fühlen. Kein Puls. Dann nahm er sie auf den Arm. Vorsichtig trug er sie zu ihrem Lieblingssessel mit dem Seeblick und setzte sie hinein.

Sie würde später wieder aufwachen. Sie würde hier sitzen und ihre schönen Scherenschnitte machen. Sie würde auf ihn warten, bis er zurück war. Er musste diese Angelegenheit so schnell wie möglich zu Ende bringen, damit es nie wieder Streit zwischen ihnen gab.

»Bombay«, murmelte er leise vor sich hin. Madita wollte nach Bombay. Er würde ihr zuvorkommen.

Survival of the fittest.

47 Handycam

Nick zwinkerte mit dem rechten Auge. Selbst durch den Sucher der Kamera blendete ihn das Sonnenlicht. Viel zu starke Kontraste. Er zoomte langsam auf die Hafenmole am Ende der engen Straße. Die alten Häuser mit den verschachtelten An- und Aufbauten, die meisten mit bunten Hotelschildern an der Fassade, verschwanden aus seinem Blickfeld. Er versuchte die Silhouetten junger Männer einzufangen, die in Grüppchen an der Mole herumstanden, aber im Telebereich kriegte er das Bild einfach nicht wackelfrei hin. Also verlegte er sich auf den Dreck, der im trägen Wasser dümpelte.

Auf einmal hörte er einen kreischenden Ton und zoomte schnell zurück. Ein Taxi raste hupend durch die enge Straße. Es verfehlte nur knapp die Kuh, die mit einer ganzen Familie von Menschen direkt unter ihrem Hotel wohnte. Ein leuchtend weißes Touristenpaar kletterte aus dem Auto. Der Mann hechtete an den Kofferraum und griff nach den Rucksäcken, noch bevor der Fahrer ausgestiegen war. Die Frau guckte verunsichert an der Fassade des Hotels nach oben. Sie trug einen Hut und hatte Sommersprossen.

»Codename Nick. Zwei neue Marsmenschen sind soeben eingetroffen.« Er schwenkte herum ins Innere des Zimmers und merkte, wie sich sein überreiztes Auge entspannte.

Mattie war wohl gerade hereingekommen. »Ich hab meine Mailbox abgehört, ich hab Charlotte angerufen. Nichts und niemand. Komisch.«

»Könnte es sein, dass sie uns telekommunikativ aus dem Weg geht? Ich hab dir doch gleich gesagt, die ist so loyal, da passt kein Blatt Papier zwischen sie und ihren Ludwig.« Er folgte ihr mit der Kamera durch das kleine Zimmer.

Sie zuckte die Achseln, warf sich aufs Bett und schlug ihren dicken Reiseführer auf.

Nick versuchte auf die grobe Skizze von Bombay zu zoomen, aber die Schärfe pumpte auf Matties Finger, der ständig durchs Bild wischte.

»Und die blöde Pedder Road finde ich auch nicht da drin.«

Er behielt vorsichtshalber die Kamera vor dem Gesicht, als Schutzschild sozusagen. »Frag doch Cal.«

Mattie fuhr hoch. »Cal ist in Bombay?«

»Wohnt hier.«

Sie starrte direkt in sein Objektiv oder wahrscheinlich eher auf das, was sie dahinter vermutete. Nick und mit ihm die Kamera wichen ihrem Blick nach oben hin aus. An der Decke des Zimmers drehte sich träge ein Ventilator.

Wupp. Wupp. Wupp.

48 Brown Sahib

Cal sprang aus dem Taxi, kramte mit der einen Hand in der Tasche seiner Jeans nach Kleingeld für den Fahrer und hielt mit der anderen sein Handy ans Ohr.

»Klar bin ich wieder hier, was dachtest du denn? Die Hauptstadt des Empire muss noch eine Weile ohne mich auskommen. Du, ich kann jetzt nicht, muss gerade ein paar Freunde treffen. Kennst du nicht. Bye.«

Er musste Nitya ja nicht gleich auf die Nase binden, dass er Leute aus Europa traf. Sie würde es noch früh genug erfahren. So eine Neuigkeit würde nicht lange sein Geheimnis bleiben. »Hast du schon gehört? Cal trifft sich mit irgendwelchen europäischen Plattenbossen.« Die Jungs aus dem Studio würden ihn mit einer Mischung aus Neid und Verachtung gegenüber dem Kollaborateur behandeln.

Etwas außer Atem war er am Ende der engen Treppe angekommen und stand jetzt vor der Rezeption, wo gerade ein junges Paar eincheckte. Cal tippte auf Briten oder Skandinavier. Die Frau starrte ihn unter ihrer Hutkrempe hervor an. Ein Grund, warum er nicht gern nach Colaba kam, war, dass hier das geballte europäische Mittelmaß auf der Durchreise nach Goa oder Rajasthan mit aufgerissenen Augen herumstolperte. Steuerberater auf Seelensuche.

»Kann ich mal kurz?« Er sprach Hindi mit dem Manager, der gerade einen goldenen Kugelschreiber aus der Tasche seines hellrosa Hemdes zog, um damit die Neuzugänge in eine Kladde einzutragen.

Der Kopf des Mannes schoss nach oben.

»Ich möchte zu Mr. Nikolaus –«, er las die Buchstaben von seinem Zettel ab, »O-S-T-R-O-W-S-K-I.«

»Das geht nicht«, flüsterte der Mann und schielte auf die beiden Touristen. »Inder sind hier auf den Zimmern nicht erlaubt.«

Cal biss die Zähne zusammen. »Dann holen Sie ihn bitte!«,

presste er hervor, nur mühsam seine Wut unterdrückend. Die Frau zuckte zusammen und verschwand halb hinter ihrem Begleiter. Sicher hatte sie gelesen, die Inder seien immer freundlich und zuvorkommend. Jetzt war sie bestimmt enttäuscht.

Der Manager wand sich wie ein schleimiges Reptil. »Madam, Sir, ich bitte Sie, mich einen Augenblick zu entschuldigen«, gurgelte er. Dann verschwand er über einen Flur im Halbdunkel seiner Kaschemme.

»Brown Sahib!«, zischte ihm Cal hinterher. Mit einer entschuldigenden Geste wandte er sich an den Europäer. »Sorry«, sagte er auf Englisch, »aber wir haben hier in Indien ein kleines Problem, das wir im Allgemeinen unser koloniales Erbe nennen.«

49 Marionetten

Hinnarck stand an der Spüle und wusch ab.

Wie immer am Tag nach einem Anfall schien es Emma besser zu gehen. Sie hatte ihm zum Mittagessen Kotelett mit Kartoffeln und Bohnen gekocht. Das Fleisch war nicht ganz durch und die Kartoffeln fielen auseinander und schmeckten nach nichts, aber für ihn war es ein Festessen.

Sie waren ein Ehepaar im Ruhestand.

Seine Frau kochte für ihn.

Alles war fast normal.

An solchen Tagen hätte Hinnarck gern die Zeit angehalten.

Jetzt saß Emma wieder auf ihrem Lieblingsplatz, aber sie stierte nicht wie sonst aus dem Fenster, sondern folgte aufmerksam seinen Bewegungen. Er trocknete den letzten Teller ab und schüttelte das Handtuch aus, um es zum Trocknen über die Heizung zu hängen.

»Die Tabletten, Hinnarck. Sind alle.«

Erstaunt sah er zu ihr hinüber. Sie hielt ihm ihr leeres Pillendöschen hin. Er hatte es sich angewöhnt, die Tabletten immer abzuzählen, damit er sofort merkte, wenn sie mehr als drei pro Tag eingenommen hatte. Es mussten mindestens noch vier Tabletten übrig sein.

Misstrauisch sah er sie an, aber sie wirkte nicht, als hätte sie zu viele genommen. Im Gegenteil, sie war so lebendig wie schon lange nicht mehr. Ihre Augen hatten einen hellen Glanz und waren nicht wie so oft von einer Art Schleier überzogen.

»Alle«, sagte sie noch einmal nachdrücklich.

Seufzend stand er auf. Wahrscheinlich hatte er den Besuch bei Charlotte einfach wieder zu lange hinausgeschoben. Natürlich hätte er das Rezept auch bei Emmas behandelnden Ärzten in der Hamburger Klinik holen können, aber er wurde die Angst nicht los, dass sie sie ihm wieder wegnehmen könnten, wenn sie mal nicht gut drauf war. Er wusste, dass sie dort unglücklich war.

Also fuhr er einmal im Monat zu Charlotte, und die stellte ihm das Rezept aus. Dafür musste er dann immer auf eine Tasse Kaffee dableiben. Charlotte zwitscherte unaufhörlich um ihn herum. Ihr sogenannter Freund sagte kein Wort und starrte die ganze Zeit durch sein Fernglas auf den See. Worüber sollte der Herr Biologe auch mit einem einfachen Monteur reden.

»Ich komm mit zu Charlotte«, sagte Emma plötzlich, und zwar so laut, dass er vor Schreck vergaß, worüber er gerade nachgedacht hatte.

»Aber du wolltest nicht mehr zu ihr seit …« Hinnarck wollte sie lieber nicht daran erinnern. Charlottes Geburtstagskränzchen vor – er rechnete nach – es musste schon bald zehn Jahre her sein. Emma zuliebe war er mitgegangen. Es war sogar ganz amüsant gewesen, bis plötzlich dieser alte Hauser hereingeplatzt war mit einem Strauß roter Rosen und ihr stammelnd seine Liebe gestanden hatte. Hinnarck schüttelte es noch. Peinlich war das gewesen, die reinste Gefühlsduselei. Und Charlotte hatte ihn angestarrt wie ein Backfisch. Zu allem Übel hatte auch noch Emma direkt neben Hinnarck am Kaffeetisch einen schlimmen Weinkrampf bekommen und er hatte sie unter den mitleidigen Blicken der anderen nach draußen tragen müssen.

Als er sie damals aus dem Krankenhaus abholte, riet der Professor ihm zur Frühpensionierung, wenn er Emmas Einweisung in die Geschlossene wegen akuter Suizidgefahr verhindern wollte.

Hinnarck hatte aufgehört zu arbeiten.

»Jetzt will ich aber!« Ihr Gesicht war ganz rot vor Aufregung. »Muss mit Charlotte reden. Madita sucht das Schiff. Darf nicht – Madita darf nichts passieren. Nicht zulassen, nein. Das große grüne Auto ist weggefahren.«

Er hatte nicht die leiseste Ahnung, was sie meinte. Hinnarck wusste nur, dass es ziemlich ungemütlich werden konnte, wenn er ihr jetzt widersprach und sie ohne Tabletten dasaßen. Gab er nach und nahm sie mit, konnte er diesen friedlichen Tag vielleicht noch retten.

Ohne weitere Worte half er ihr vom Stuhl hoch, nahm ihren Arm und brachte sie langsam in die Gänge Richtung Flurgarderobe.

Beinahe hätte er eine alte Frau umgefahren, die ängstlich einen Zebrastreifen überquerte. Und wenn schon. Ludwig fühlte sich wie gefangen in einer irrealen Kulisse, in der er sich mechanisch bewegte. Wie eine Marionette seiner eigenen Szenarien, die er in schlaflosen Nächten ausgebrütet hatte. Er verspürte vielleicht zum ersten Mal in seinem Leben den Wunsch, seine Entscheidungen von jemand anderem treffen zu lassen.

Vielleicht sollte er umkehren und Charlotte endlich nachgeben, damit sie ihn zu einem Arzt brachte. Aber sie hatte so friedlich geschlafen, als er wegging. Er durfte sie nicht wecken. Schlaf war etwas sehr, sehr Wertvolles.

Vor ihm tauchte das Flughafengebäude auf. Hamburg-Fuhlsbüttel. Er bog in den Parkplatz für Fluggäste ein und stieg aus seinem dunkelgrünen Passat Kombi. Dann nahm er eine Tasche aus dem Kofferraum und prüfte nach, ob der Wagen ordnungsgemäß verschlossen war.

50 Marsmenschen

Nick saß zwischen Mattie und Cal im Taxi und fühlte, wie sein schweißnasser Rücken unter dem hochgerutschten T-Shirt am Kunstleder festklebte. Vorne auf dem Beifahrersitz türmte sich ihr Gepäck.

Mattie guckte demonstrativ aus dem Fenster. Ausnahmsweise konnte er ihre schlechte Laune diesmal verstehen. Nach Cals Auftritt hatte der Manager sie gebeten, umgehend das Hotel zu verlassen. Auch Cal sagte nichts, aber er spürte seinen Blick. Er hatte gehofft, bei ihrem Wiedersehen würde sich die seltsame Unruhe, die ihn seit London verfolgte, endlich in Luft auflösen. Stattdessen war die Begrüßung den Umständen entsprechend ziemlich steif ausgefallen.

Nick versuchte es mit Humor. »Wahrscheinlich dachte der Typ, wir sind Europäer auf dem Drogentrip und du bist unser einheimischer Dealer.«

»Sehr witzig. Und wenn wir nicht bald ein Hotel finden, das nicht voll ist, dann sind wir vor allem Europäer auf dem Obdachlosentrip.« Mattie versuchte an ihm vorbei Cal einen bösen Blick zuzuwerfen.

Der hatte seine Sprache auch endlich wiedergefunden. »I tell you a story«, begann er wieder mal. »Ihr seid soeben Zeugen unseres kolonialen Erbes geworden. Lektion eins für Inder und solche, die es werden wollen«, jetzt warf er Mattie einen Blick zu. »Es gibt Inder, die sind britischer als die Briten vor hundert Jahren. Sie tragen Dinnerjackets. Sie spielen Golf und Polo. Und die Frauen benutzen spezielle Cremes, um ihre Haut heller zu machen.«

Mattie beugte sich vor. »So ein Schwachsinn, das glaube ich nicht.«

»Du wirst schon sehen«, Cal lachte. Dann schien er einen spontanen Entschluss zu fassen. »Wenn es euch nichts ausmacht, halbe Tage in Autorikshas und Vorortzügen rumzugondeln, könnt ihr bei mir wohnen.«

»Nein danke, das ist nicht nötig!«, protestierte Mattie sofort.

Nick stieß ihr seinen Ellenbogen in die Rippen, stärker, als er eigentlich wollte. »Komm schon, Mattie, klar wollen wir! Wenn du zwei Marsmenschen in deiner Wohnung erträgst, Cal.«

»Ich bin kein Marsmensch!«, sagte Mattie.

»Bist du doch«, antwortete Nick, »auch wenn du vielleicht nicht so aussiehst.«

51 Scherben

Hinnarck klemmte hinter dem Steuer und drehte mit steifen Fingern am Autoradio herum. Er war stolz darauf, dass sowohl Auto als auch Radio seit über fünfundzwanzig Jahren funktionierten. Jeden Monat las er in der Oldtimerzeitschrift nach, wie viel der Käfer gerade wert war. Nur die Antenne ließ langsam ein bisschen nach. Als er endlich NDR 2 fand, klang es wie ein Kurzwellensender aus China.

»So 'n Schiet.« Er stellte das Radio wieder aus.

Emma hatte ihn hier abgestellt wie einen Chauffeur. »Ich kann das alleine!«, hatte sie verkündet und war mit unsicheren Schritten zu Charlottes Haustür gestapft, die wohl offen gewesen war, denn Emma war einfach reingegangen.

Hinnarck guckte auf die Uhr. Jetzt war sie schon mindestens eine Viertelstunde da drin und er fror sich hier die Füße ab ohne Standheizung.

Plötzlich meinte er Emma schluchzen zu hören. Mit einem Ohr war er immer in Alarmbereitschaft, falls sie irgendwo einen Anfall hatte. Schnell stieg er aus. Er hätte ihr nicht erlauben sollen mitzukommen. Wenn Charlotte im Spiel war, gab es immer nur Ärger.

Die Tür stand weit offen. Er hatte sich nicht verhört.

Hinnarck ging Emmas Stimme nach bis ins Wohnzimmer. Charlotte saß in ihrem Sessel. Sie rührte sich nicht, als ob sie tot wäre. Neben ihr kauerte Emma auf dem Teppich, in der Hand ein Foto mit einem zersplitterten Glasrahmen. Sie starrte auf das Foto und schien gar nicht zu merken, dass ihr Tränen über die Wangen liefen und ihr Mund immerzu laut schluchzte.

»Emma! Was ist hier los?« Hinnarck hatte für einen Moment vergessen, dass sie schon lange keinen zusammenhängenden Satz mehr von sich gegeben hatte, nicht einmal, wenn alles ganz normal war. Er wollte einfach nur eine Erklärung für das schreckliche Bild, das sich ihm bot.

Wie in Trance sah Emma zu ihm auf. »Er war hier«, flüsterte sie, »aber mich wird er nicht kriegen.« Ihre Augen schienen sich an seinem Gesicht festzusaugen. Bevor er es verhindern konnte, griff sie mit der rechten Hand blitzschnell nach einer herumliegenden Glasscherbe. Sekunden später sah er den tiefen Schnitt unterhalb des linken Handgelenks.

Nicht schon wieder, dachte Hinnarck. Er presste seine Hand auf ihren Arm und sah das Blut darunter hervorsickern.

»Tut mir leid, Hinnarck«, sagte Emma noch, bevor sie wegsackte.

52 Jogging

Obwohl die Sonne gerade erst dunkelorange und riesig aufgeblasen vom Smog ins Meer gefallen ist, wirken die kantigen Felsen, die vor dir ins Wasser ragen, dunkel und kalt. Fröstelnd spürst du die Gänsehaut auf deinen Armen, ohne hinsehen zu müssen. Sie kommt dir falsch vor, diese halbe Stunde im Abendlicht, als hätten die monströse Stadt und ihre Bewohner kein Recht auf Glamour.

Die Panik steckt dir noch in den Knochen. Auf dem Weg zu Cal seid ihr mit der Riksha im Feierabendverkehr stecken geblieben. Es war wie die reale Version einer düsteren Science-Fiction-Hölle im Smog. Eineinhalb Stunden Stillstand, eingekeilt in einer endlosen Herde von Autos, Motorrädern, Rikshas und Bussen. Völlig benebelt und mit ausgetrockneter Kehle hat dein Instinkt nach einem Fluchtweg gesucht. Beinahe hättest du dich auf die Straße gestürzt, nur um dem Lärm und der Enge zu entkommen.

Cal muss deinen Muskelreflex gespürt haben, denn plötzlich drang seine Stimme an dein Ohr. »Vergiss es. Entspann dich. Es gibt keine Alternative.«

Was findet Nick bloß an diesem arroganten Schnösel, der sich aufführt, als wäre er Indiens Antwort auf Robbie Williams?

Du drehst dich nicht um, obwohl du weißt, dass die beiden jetzt hinter dir auf einer Bank sitzen und sich leise unterhalten. In einem kurzen Moment zwischen zwei Autos weht Nicks Lachen an dein Ohr. Du fühlst dich hintergangen und gedemütigt, ohne genau zu wissen, warum. Natürlich hat Nick recht, bei eurer Suche muss euch jede Hilfe willkommen sein. Und Cal spielt den Retter in der Not, nimmt euch bei sich auf, obwohl er euch kaum kennt.

Trotzdem, es ist, als hätte dir jemand die Fäden aus der Hand genommen und ein neues Strickmuster angefangen, mitten im Schal.

Du nimmst die Kamera aus der Tasche und filmst die Skyline

im Abendhimmel, wie um dem ganzen Aufwand pflichtbewusst Tribut zu zollen. Dann schwenkst du um hundertachtzig Grad auf die Carter Road. Das zittrige Sucherbild gleitet über einen Jogger, schneidet ihm den Kopf ab und bleibt auf einem kleinen zerrupften Kind hängen, das dir bettelnd seine Hand entgegenstreckt.

Sag mal, was machst du hier eigentlich? Einen Werbespot für *Brot für die Welt*? Schnell schaltest du die Kamera aus und packst sie wieder weg. Das Kind wirft dir einen vernichtenden Blick zu und verlegt seine Aufmerksamkeit auf zwei walkende ältere Damen in Saris und Nike-Turnschuhen. Du verziehst dich zu Nick und Cal, bei dem du dich zugegebenermaßen sicherer fühlst.

»I tell you a story«, sagt er gerade. Du verdrehst die Augen, aber Nick lacht schon wieder. »Noch höchstens drei Jahre, dann wohne ich da oben.« Er zeigt auf die weißen Prachtbauten hinter sich, die in protziger Ignoranz am Hang kleben. Sein Traumhaus hat einen Eingang, der von zwei überdimensionalen griechischen Säulen eingerahmt wird. Eine Villa aus Pappmaché. Der reinste Horror. »Oder hier.« Cal nickt zu der Familie hinter dir. Während die älteren Kinder immer noch versuchen, den Joggern ein paar Rupien zu entlocken, indem sie sich zu zweit und dritt an ihre Arme hängen, wäscht die Mutter auf einer ausgebreiteten Plane ein Baby. Konzentriert schöpft sie Wasser aus einem Eimer und reibt das Kind mit einem alten Lappen von oben bis unten ab. Sie summt ein Lied vor sich hin, dessen Melodie Cal sofort aufnimmt und mitpfeift.

Nick schüttelt den Kopf. »Du elender Zyniker«, provoziert er, »du redest von einem Leben, das du keinen Tag lang aushalten würdest.«

Cal hört auf zu pfeifen. »Ich bin kein Zyniker«, sagt er leise, »aber hier in Bombay –«

»Hier stinkt's nach Scheiße!«

Hast du das gerade wirklich gesagt? Scheint so, denn die beiden gucken dich an, als hätten sie zeitweise vergessen, dass es dich überhaupt gibt. Nick steht offensichtlich kurz vor einem neuen Lachanfall, und Cal beäugt dich abwartend, voller Hoffnung auf den nächsten Fauxpas, den er dir unter die Nase reiben kann. Na, du bringst aber auch Sprüche wie eine verwöhnte europäische Zicke. Dabei ist es gar nicht der Geruch, der dein Unwohlsein verursacht. Auch nicht die bettelnden Kinder.

»Ich weiß auch nicht«, du guckst dich um und suchst nach den richtigen Worten. »Die tun hier so, als wären sie in einem adidas-Spot, während sie durch anderer Leute Wohnzimmer laufen.« Du zeigst auf einen Jogger mit Walkman, der ungerührt über die Plane mit dem Hausrat der Familie hinwegsetzt, ohne seinen Laufrhythmus zu unterbrechen. Verstehen sie, was du meinst? »Ich könnte so nicht leben«, schließt du mit einem Schulterzucken.

»Musst du ja auch nicht.« Für den Bruchteil einer Sekunde bleibt Cal ernst, dann dreht er den Kopf zur Seite und zwinkert Nick zu.

Der steigt natürlich darauf ein. »Aber, Mattie, deine Gene, sprechen sie nicht zu dir?«

Du ignorierst sein Gefrotzel, denn Cals Bemerkung hat dich an Emma erinnert. Emma, die sich immer zu Anand in sein Märchenland geträumt hat. Was hat er ihr wohl über Bombay erzählt?

»Ich stell mir vor, meine Mutter mit ihren Kitschfilmen wäre tatsächlich hier gelandet«, sagst du mehr zu dir selbst als zu den beiden Männern. Unvermittelt fällt dir wieder ein, warum du hier bist. Du jedenfalls, bei Nick bist du dir nicht mehr so sicher.

Du fragst Cal nach der Pedder Road. Er zuckt die Achseln. »Irgendwo downtown, du fragst einen unwissenden bengalischen Einwanderer. Ich glaube, die ist vor gar nicht so langer Zeit umbenannt worden. Wir waren so stolz darauf, britischer zu sein als die Briten. Aber jetzt regieren die Hindus von der BJP und die sind indischer als die Inder. Und in den Köpfen sitzt trotzdem das –«

»Koloniale Erbe«, ergänzt du und Nick gleichzeitig wie zwei übereifrige Schüler.

»Ihr lernt schnell!« Cal lacht. »Du kannst froh sein, wenn du morgens aufwachst und deine Straße hat noch den gleichen Namen wie gestern. Ich glaube, für viele Leute existiert Bombay heute nur noch im Kino. Die Stadt ist zu ihrem eigenen Mythos geworden. Vergesst die Realität. Yeh hai Bombay meri jaan!« Er springt auf und winkt eine Riksha heran.

Ein Hubschrauber wäre dir lieber.

53 Fünfter Song

Auftakt. Man sieht das abendlich beleuchtete Nehru Center. Neben der Kuppel des Planetariums erhebt sich das futuristische *Discovery of India*-Gebäude. Menschen drängen in verschiedene Richtungen. Im Auditorium eine Sondervorführung des Internationalen Filmfestivals.

Cut. Wumm. Die Leinwand öffnet sich, an den Seiten explodieren bunte Feuerwerkskörper. Das Publikum jubelt. Der Song *Ae Dil Hai Mushkil Jeena Yahan* aus dem Klassiker *C. I. D.* von Guru Dutt braust in Dolby Surround durch den Saal.

Cut. Matties Gesicht nah.

Cut. Nicks Gesicht nah.

Cut. Cals Gesicht nah.

Cut. Drei Hände greifen gleichzeitig in einen Becher mit Popcorn.

Cut. Totale des Kinosaales, vom Eingang aus. Die Kamera fährt langsam zurück bis hinter die Tür, dann weiter, den Flur entlang. Ein leiseres Intermezzo in der Musik, ohne Gesang.

Totale vom Eingang aus auf einen kleineren Veranstaltungsraum. Im Publikum sitzen lauter Männer, dazwischen wenige Frauen im festlichen Sari. Ein Mann mit weißen Haaren in einer bestickten Kurta tritt ans Mikrofon. Break in der Musik.

»Ich möchte Ihnen heute Abend auf der Jahrestagung indischer Historiker nicht nur einen Freund vorstellen, sondern einen weit gereisten Veteranen der indischen Legion. Ludwig Hauser!« Donnernder Applaus.

Umschnitt. Der Song geht weiter. Bildfüllend in Schwarzweiß die berühmte Szene aus *C. I. D.:* Masters, der Taschendieb, springt auf die Kutsche seiner Liebsten und singt das Lied auf seine Stadt.

Oh du sanftmütiges Herz,
das Leben ist ein Kampf, der immer bergauf führt!
Sei wachsam. Sei clever.
Dies ist Bombay!

Umschnitt. Intermezzo. Solo für Mundharmonika. Im Tagungssaal steht Ludwig ein wenig schwankend am Mikrofon und spricht. Er hat sichtliche Schwierigkeiten, sich zu konzentrieren. Break in der Musik.

»Die indischen Kameraden, nun ja, sagen wir mal, einige von ihnen hatten doch erhebliche Schwierigkeiten mit der deutschen Disziplin. Nicht alle, wohlgemerkt. Es gab welche, die waren fast wie unsere deutschen Soldaten.«

Cut. Die Musik setzt wieder ein. Unruhe entsteht unter Ludwigs Zuhörern. Etliche sind empört aufgesprungen.

Cut. Diskutierende Münder nah.

Cut. Arme, die zur Wortmeldung emporschießen.

Umschnitt. Die Kutsche fährt am Marine Drive entlang. Die Freundin des Taschendiebes hat kein Mitleid mit seinem sanftmütigen Herz.

Nenne die Welt nicht unfair.
Sei nicht so naiv!

Cut. Das Kinopublikum singt mit.

Jara hatke, jara bachke
yeh hai Bombay meri jaan!

Alle außer Mattie und Nick.

Ende des Songs.

Ludwig machte eine Pause. Obwohl er immer noch ziemlich viel Hindi verstand, dröhnten die Stimmen in seinem Kopf und er konnte die einzelnen Wörter nicht unterscheiden. »Wie ein Schwarm Krähen« dachte er, als Rahul Kher zu ihm trat und ihm vorsichtig das Mikrofon aus der Hand nahm.

»Immer mit der Ruhe, meine Herren, Sie führen sich ja auf wie meine Studenten!«

Kher schaffte es, dass die Krähen sich beruhigten. Nun schien er eine Frage an ihn zu richten. Immer neue Fragen. Warum ließ man ihn nicht nach Hause gehen und schlafen?

Auf dem Flug von Frankfurt nach Bombay hatte er im Halbschlaf einen furchtbaren Alptraum gehabt. Charlotte war gestorben! Sie saß in ihrem Sessel am Fenster, und ihre blauen Augen starrten ihn aus dem blassen Gesicht an. Seitdem verfolgte ihn dieses Bild. Wie konnte sein Unterbewusstsein nur so einen Unfug zusammenfabulieren? Sie war schließlich eine rüstige Frau. Er hatte sich vorgenommen, gleich von seinem alten Freund Kher aus bei ihr anzurufen.

Doch Kher überredete ihn, zum Treffen der Historiker mitzukommen, und er wollte ihm die Freude nicht verderben. Den Anruf hatte er in der Hektik wohl vergessen.

Ludwig war enttäuscht von der Veranstaltung. Er fand nicht ein bekanntes Gesicht unter den Zuhörern. Die meisten waren ohnehin Zivilisten. Ein paar Veteranen waren vor Beginn der Veranstaltung zu ihm gekommen. Aber sie hatten alle in Boses zweiter Armee gekämpft, die 1944 von Japan aus nach Indien vorstoßen wollte. Diese sogenannte indische Nationalarmee war jämmerlich in den burmesischen Urwäldern gescheitert. Offiziell hieß es, ihnen sei der Nachschub ausgegangen. Aber er vermutete, es hatte ihnen einfach an Disziplin gefehlt. Seinen Männern wäre das nicht passiert.

Kher sprach immer noch.

»Und auch die indische Legion in Deutschland, das belegen die Aufzeichnungen meines Bruders und anderer Offiziere, hat bis zur Gefangennahme durch die Amerikaner tapfer gekämpft. Die dreißig Fahnenflüchtigen von Poitiers konnten sich niemals für ihr Verhalten rechtfertigen. Aber heute wissen wir, für sie war der Eid ungültig, denn statt gegen die Briten sollten sie plötzlich gegen die Franzosen kämpfen. Nicht wahr, Herr Hauser? Herr Hauser?«

Ludwig öffnete die Augen und sah auf das Publikum, das ihn fixierte. Lauter schwarze Krähenaugen. Sie warteten nur darauf, ihn in Stücke zu hacken. Aber darauf konnten sie lange warten. Er würde sich nicht einschüchtern lassen.

»Für mich waren sie nur Verräter«, sagte er zu Kher.

Während im Saal ein regelrechter Tumult losbrach, glaubte er plötzlich durch die offene Tür des Tagungsraumes Madita zu sehen, deren Freund mit seinen blonden Haaren aus einer Traube von Menschen herausragte. Er wollte von der Bühne hinuntersteigen. Aber Kher hielt ihn am Ärmel fest.

»Herr Hauser! Sie sollten sich jetzt besser nicht unter die Zuschauer begeben. Ich glaube, es ist besser, wir gehen hinten herum hinaus. Sie sehen nicht sehr wohl aus!«

Nicht sehr wohl. Das war gar kein Ausdruck dafür, wie er sich fühlte. So würde er sie nie wiederfinden. Und die Zeit lief ihm davon.

55 Shopping Mall

Cal, immer höflich, ganz der perfekte Gastgeber, hat euch geraten, in der Asiatic Library nach alten und neuen Stadtplänen zu suchen. Gleich nach dem Frühstück ist er in sein Tonstudio abgerauscht.

Du fragst dich, was er wirklich über dich denkt. Mit Nick verbindet ihn die Musik, ihr Sarkasmus, und denk lieber nicht darüber nach, was sonst noch alles. Mit dir verbindet ihn nichts. Nur ein paar Pigmente in der Haut und eine ähnlich geschnittene Nase. Es scheint ihm Spaß zu machen, dich damit aufzuziehen und zu verunsichern, als wärest du unfreiwillig in einer Aufnahmeprüfung gelandet. Auf jeden Fall spürst du seine Neugier, seinen Forschungstrieb, wenn er dich fasziniert beobachtet wie einen Käfer, der auf dem Rücken liegt und mit den Beinen strampelt.

In der Bibliothek, einem fragilen viktorianischen Prachtbau, stapeln sich Bücher und Papiere auf wackeligen Holzregalen bis unter die Decke. Nach einem kryptischen System von Tausenden kleiner Karteikarten hat euch eine junge Frau in fünf Minuten zwei Stadtpläne organisiert. Beide liegen jetzt ausgebreitet auf dem Tisch.

Nick sitzt physisch neben dir. Sein Blick ist durch das große Fenster in einen Park auf der anderen Straßenseite geflohen, wo Angestellte im Schatten ihre Mittagspause verbringen. Wo seine Gedanken sind, weiß der Himmel. Im Zweifelsfall noch weiter weg.

Du beugst dich über die Stadtpläne. Der ältere ist eine mit der Hand gezeichnete Ausgabe von 1963. Die neue nennt sich *Bombay City Map* und hat eine schicke Hochglanzhülle.

»Hey, Nick!« Keine Reaktion.

Na, egal. Du brauchst ihn nicht. Beide Karten basieren offensichtlich auf denselben Skizzen. Die mit Namen gekennzeichneten Straßen machen kaum die Hälfte der gesamten Fläche von Bombay aus. Der Rest schlängelt sich namenlos durch die enge Landzunge. Deine Augen springen hin und her zwischen dem Register und den aufgerasterten Zahlen und Buchstaben. Treffer! Die ehemalige Pedder Road gehört zum alten, kartografierten Teil der Stadt. Sie hat jetzt einen Namen mit ungefähr vierzehn verschiedenen Silben.

Wie hypnotisiert starrst du durch die Frontscheibe des Taxis auf den Lieferwagen vor euch, auf dessen Rückfenster sich ein schrillgelber Schriftzug um den Gott mit dem Elefantenkopf rankt: *Ganesha Enterprises Ltd.* Du hast bereits alle Möglichkeiten durchgespielt, was für eine Firma sich hinter diesem Logo verbergen könnte. Du hast dir sogar eingebildet, Lord Ganesh würde dir mit seinem Rüssel zuwinken.

In der letzten halben Stunde seid ihr höchstens fünfzig Meter vorwärtsgekommen. Die Welt draußen flimmert in der Hitze der Abgase. Hinten im Fond ist Nick schon vor langer Zeit eingeschlafen und schnorchelt leise vor sich hin.

»Gopalrao Deshmukh Marg – wie weit ist es denn noch?«, fragst du den Taxifahrer.

Der Mann spuckt einen roten Saft durchs offene Fenster auf die Straße und gibt dir lächelnd die gleiche Antwort wie schon die letzten zwanzig Male. »Soon, Madam. Reaching soon.«

Ein Neubau lenkt deinen Blick von Ganesh ab. Die Spiegelfassade fängt die Sonne ein und blendet die Passanten. Sie müssen die Augen senken vor so viel Stahl und Glas. *Bombay's First Shopping Mall, Gopalrao Deshmukh Marg Branch* steht in Goldlettern über dem Marmorportal.

»Aber das ist doch – wie heißt diese Straße?«

Der Fahrer sieht dich verständnislos an.

»Hier, wie heißt das hier?«

»Dies ist die Pedder Road, Madam«, sagt er langsam und deutlich wie zu einem Kleinkind.

Du sackst zusammen. Wozu benennen die ihre Straßen um, wenn es sowieso keinen interessiert? Du drückst dem Taxifahrer einen Geldschein in die Hand, und er nickt erfreut. Dann ziehst du Nick aus der hinteren Tür noch halb schlafend auf die Straße. Er guckt sich um wie ein verwirrter Zeitreisender.

»Hallo? Sir?«

Du hast dir einen der Wachmänner ausgesucht, die aufpassen, dass nur potenzielle Kunden die verlockende Konsumwelt unter Glas betreten. »Wissen Sie vielleicht, wo die Hausnummer 28 ist?«

»28?« Du kannst seine Augen nicht sehen, die hinter der verspiegelten Sonnenbrille ein einsames Leben führen. Mit dem

Gummiknüppel in der einen schlägt er ganz leicht auf die Innenfläche der anderen Hand. »Das ist hier.«

»Aber es muss ein Wohnhaus sein, ein altes Haus!« Du hast zu viel Smog intus und deine Stimme krächzt wie eine kaputte Autoriksha. Sauerstoff ist kostbar in Bombay. Du solltest ihn sparen für Fragen, auf die du die Antwort nicht schon längst weißt.

»Nein, Madam. Die alten Wohnhäuser sind alle vor einem Jahr abgerissen worden. Aber gehen Sie doch hinein, es ist jetzt viel schöner als früher!« Er macht eine einladende Geste, mehr zu Nick als zu dir, vermutlich weil er dessen blondes Haar mit einer dicken Brieftasche verwechselt.

Du musst nachdenken und Nick muss aufwachen. Ihr seid wieder mal in einer Sackgasse gelandet. Jede Zelle deines Körpers scheint sich mit einem Mal an den Hamburger Winter zu erinnern, als ihr durch die automatische Tür tretet und euch ein eisiger Windhauch empfängt, künstlich erzeugt in den gigantischen Kühlaggregaten von Bombays erster Shopping Mall.

Nick war immer noch halb mit den Fetzen des Traumes beschäftigt, der ihn seit dem Taxi verfolgte. Er erinnerte sich dunkel, dass er wohl im Kino in Hamburg Platten aufgelegt hatte. Plötzlich ging der Vorhang vor der Leinwand auf. Darauf erschien überlebensgroß Cals Gesicht. »Nick, du hast schon wieder deinen Einsatz verpasst!«, rief er und lachte. Und die Leute drehten sich alle zu ihm um und lachten auch.

Er war irgendwie nicht gut drauf heute. Besser, er ließ sich schnell etwas einfallen, um Mattie zu trösten, die neben ihm auf dem Rand dieses Springbrunnens hockte, während Bombays Shopping-Elite gelangweilt von Schaufenster zu Schaufenster schlenderte. Ihm war kalt hier drinnen und das Plätschern des Wassers hallte dröhnend in seinen Ohren.

»Ich dachte, wir sind ganz nah dran«, murmelte Mattie.

Im Fenster einer Buchhandlung tauchte eine ältere Frau im

Sari mit einer überdimensionalen Brille auf. Vorsichtig staubte sie die ausgelegten Bildbände über die Schweizer Bergwelt ab. Dabei mussten sie ihr aufgefallen sein, denn kurz darauf trat sie aus dem Laden.

»Möchten Sie nicht hereinkommen und unsere Fotografien aus Rajasthan anschauen?«, fragte sie freundlich. »Oder kann ich sonst etwas für Sie tun?«

Eher aus Höflichkeit und weil sie ja nicht ewig auf dem Brunnen sitzen bleiben konnten, traten sie in den Laden. Mattie fragte die Verkäuferin, ob sie die Gegend schon kannte, bevor die Mall gebaut wurde. Die Frau redete gestikulierend auf sie ein, während Nick zwischen den Regalen herumschlenderte. Er ließ seine Finger über die Buchumschläge gleiten. In der zweiten Regalreihe blieb sein Blick an einem dicken Bildband hängen. *More British Than In Britain – Traditional Clubs In Bombay* lautete der Titel. Nick musste lächeln. »Das koloniale Erbe«, sagte er leise und begann in den Hochglanzfotografien zu blättern. Plötzlich stutzte er. Es stand unter dem Foto eines alten Hauses. *Ballad Piers – Traditionsreicher Club der indischen Marine.*

Seine Müdigkeit war schlagartig weg. Er stürzte zur Kasse, entschuldigte sich bei der Frau, dass sie schnell zu einem Termin müssten, bezahlte das Buch und zog Mattie nach draußen.

Sie war sauer, weil er sie mitten aus der Unterhaltung gerissen hatte, aber er ließ sie gar nicht erst loslegen.

»Guck doch mal hier!« Er hielt ihr das Buch unter die Nase. »Mattie, das ist es. Damit kriegen wir ihn! Einmal im Club, immer im Club!«

Cal musste lachen, als Mattie zu der Geschichte mit der Shopping Mall kam. Er wusste genau, welchen Glaspalast sie meinte. In der Mall war eine berüchtigte Rolltreppe, auf der es immer wieder zu Unfällen kam, weil Leute mit ihren Haaren oder Kleidern stecken blieben und mitgeschleift wurden.

Es war schon spät. Mattie und Nick hatten ihn nach der Arbeit im Studio abgeholt und sie schlenderten langsam nach Hause. Mattie, die zwischen ihm und Nick lief, konnte ziemlich gut erzählen, jetzt, wo sie endlich mal den Mund aufmachte.

Den ganzen Tag hatte er sich gefragt, ob es ein Fehler gewesen war, Nick und seine Freundin zu sich einzuladen. Mattie schien einen Haufen Probleme mit Indien zu haben und dann noch ein spezielles mit ihm. Dabei hatte sie überhaupt keinen Grund für ihre Ablehnung. Sie lebte mit Nick zusammen und konnte sich seiner sicher sein. Er dagegen musste versuchen, sich seine Gefühle so schnell wie möglich aus dem Kopf zu schlagen, wenn er sie als Freunde gewinnen wollte.

Wollte er das? Auf jeden Fall war es schön, nicht alleine durch die Nacht zu wandern. Auch wenn ihm diese halbe Stunde normalerweise heilig war. Die Straßen waren nachts fast leer. Er konnte endlich laufen, ohne von Menschen, Tieren und Autos gebremst zu werden. Es war die halbe Stunde, in der seine Songs entstanden. Die Zeit, in der er sich vorsichtig eine Zukunft zusammenträumte, die ihm bei Tageslicht unerreichbar schien.

Er betrachtete Matties Profil, während sie weitererzählte. Ihre Haut war in der Sonne nachgedunkelt. Im spärlichen Licht der Straßenlaternen hätte sie als Inderin durchgehen können. Sie erinnerte ihn an die Kinder der *Non Resident Indians,* die in Seattle oder Manchester aufgewachsen waren und in letzter Zeit verstärkt in der Bombayer Szene auftauchten. Sie kamen angejettet, machten es sich in der Zweitwohnung bequem und genossen es, mit ihren schicken Klamotten und neuen CDs im Mittelpunkt der indischen Verwandtschaft zu stehen.

Er fragte sich, wie Mattie reagieren würde, wenn sie tatsächlich ihren Vater fand. Eine indische Großfamilie konnte einem ganz schön auf die Nerven gehen, besonders wenn man es nicht gewöhnt war. Und Mattie hatte nicht die geringste Ahnung. Sie war wirklich ein gut getarnter Marsmensch, wie Nick immer sagte. Cal schickte ihm über Matties Kopf hinweg ein Lächeln.

Nick wich dem Blick aus und legte demonstrativ seinen Arm um Matties Schultern. »Hey, ist das nicht toll? Wir laufen im Januar durch die Nacht und es ist warm!« Nick war ein Meister der Ablenkung.

Mattie nickte und Cal schüttelte den Kopf. »Warm? Es ist wunderbar kühl heute Nacht.«

Sie lachten und gingen dann schweigend nebeneinanderher, aber es war kein feindseliges Schweigen.

Nach einer Weile registrierte Cal unwillig, dass Lärm und menschliche Stimmen die Stille durchbrachen. In dem Viereck zwischen seinem eigenen und den angrenzenden Wohnblocks lag ein kleiner Park. Ausgerechnet hier hatte ein Wanderkino seine Zelte aufgeschlagen. Er wunderte sich, warum sie gerade in Bombay Station machten, wo es klimatisierte Kinos mit verstellbaren Polstersesseln in Massen gab. Aber die Holzbänke waren dicht besetzt. Er erkannte mehrere seiner Nachbarn, vor allem ältere Leute, die sonst so sehr auf ihre Respektabilität bedacht waren und nach Sonnenuntergang selten aus dem Haus gingen.

Auf der Leinwand lief bereits der Abspann. Mattie war stehen geblieben und verfolgte interessiert, wie die Techniker an dem portablen Projektor herumhantierten.

Plötzlich knallte es. Um sie herum gingen Raketen in die Luft. Mattie und Nick guckten sich erschrocken um. Cal musste laut schreien, um den Lärm zu übertönen.

»Morgen ist Republic Day!«, brüllte er.

Sie betrachteten den leuchtenden Himmel. Nick hatte immer noch den Arm um Matties Schulter gelegt. Zögernd nahm Cal die eine Hand aus der Hosentasche und legte seinen Arm dazu. Er spürte die Wärme von Matties Nacken und Nicks nacktem Unterarm. Keiner von ihnen sprach ein Wort, bis das Feuerwerk vorbei war.

57 Republic Day

Mattie winkte ihm zu. Sie stand nur ein paar Meter weiter auf dem Bahnsteig, aber er sah nichts als ihren Kopf zwischen einer wogenden Menge bunter Saris und Salwaars.

Nick hörte die Hupe des Vorortzuges und spannte die Muskeln an. Innerhalb weniger Sekunden wurde sein Körper zum Bestandteil eines festen Blocks aus vielen männlichen Körpern. Die meisten trugen zur Feier des Tages Hemd und Krawatte, einige in den indischen Nationalfarben. Kinderhände mit Fähnchen für die Parade ragten zwischen Schnurrbärten und anderen Haarteilen hervor. Der Zug fuhr ein, und die Menge setzte sich unter lauten Rufen und Gelächter in Bewegung. Nick versuchte mit aller Kraft, im Gleichgewicht zu bleiben und sich nicht abdrängen zu lassen. Als er endlich wie durch einen Strudel in das Innere des Waggons gesogen wurde, war der Zug schon in Bewegung.

Mattie saß wahrscheinlich längst gemütlich in ihrem Frauenabteil und tauschte Kochrezepte aus. Nick versuchte seinen Kopf zu bewegen und sich umzusehen. Er glaubte nicht, dass er das zweimal täglich durchstehen könnte und dazwischen einen achtstündigen Arbeitstag.

»Musst du ja auch nicht.« Cals sarkastische Bemerkung kam ihm in den Sinn. Überhaupt hatte er dauernd das Gefühl, Cal reden zu hören, auch wenn er gar nicht da war. Es war anders als in London, wo Nick sich auskannte. Hier musste er die

Welt neu lernen, und Cal war der einzige Maßstab, an dem er diese Welt messen konnte. Alles funktionierte nach Regeln, die er nicht verstand. Geräusche, die er nicht kannte. Sprachen, die für ihn wie Rhythmus klangen, aber keinen Sinn ergaben. Bombay rauschte in Nicks Ohren und auf der zweiten Spur mixte er Cals Stimme dazu.

»Hello, Sir!« Er konnte von dem Mann gerade mal ein Auge und den Knoten einer grell gestreiften Krawatte sehen. »Woher kommen Sie?«, brüllte es in sein rechtes Ohr.

Er war weiß Gott nicht in der Laune für einen gemütlichen Plausch, wollte aber auch nicht unhöflich sein. »Aus Deutschland!«, schrie er in die vage Richtung seines Gesprächspartners.

Das Gesicht eines älteren Herrn schob sich direkt vor seines. »Deutschland! Da war doch unser Netaji Subhas Chandra Bose, bei eurem großen sozialistischen Führer Adolf Hitler!«

Die umstehenden Gesichter reckten sich ihm neugierig entgegen. Nick wäre am liebsten im Boden versunken. »Hitler war kein Sozialist!«, brüllte er zurück, aber der Zug hielt schon wieder. Sein Gesprächspartner wurde von einer neuen Welle Männer abgedrängt, die johlend und lachend in den Wagen geschwemmt wurden.

58 Déjà-vu

Du winkst den drei jugendlichen Schönheiten in Gucci-Klamotten zum Abschied und versuchst in der Menschenmenge auf dem Bahnsteig Nick zu entdecken.

Es war ein komisches Gefühl, allein in dem Abteil mit all den Frauen. Sobald du Nick nicht mehr an deiner Seite hast, beachten dich die Leute kaum noch. Es tut gut, in die Anonymität abzutauchen. Aber auf den zweiten Blick haut es wieder nicht hin. So wie eben, die jungen Mädchen, reiche Kinder mit silbernen Mobiltelefonen, betrachten dich als eine der ihren und rutschen zusammen, damit du einen Sitzplatz hast. Die Frauen in deinem Alter dagegen checken dich mit strengen Blicken ab. Kein Bindi, keine Armreifen, kein Ring am Finger. Zuerst hast du gedacht, es wäre Abneigung, die sich in ihren Blicken spiegelt. Aber das ist es nicht. Eher Mitleid. Jeans und kurze Haare sind in deinem Alter wohl ein Zeichen, dass du immer noch keinen abgekriegt hast. Komplizierte Sache, das.

Nick klettert mit wirren Haaren und nassem T-Shirt als Letzter aus dem Waggon nebenan. Erschöpft wankt er auf dich zu und hängt sich um deinen Hals, wo sein Schweiß sich auf deiner Haut niederlässt. An seinem Kopf vorbei siehst du, dass sich schon der nächste Zug voller Leute nähert. Bombay hat einen harten Rhythmus. Immer weitergehen, nicht stehen bleiben. Es sei denn, du stehst im Stau. Dann stehst du für immer.

In der hohen Bahnhofshalle müsst ihr kurz anhalten, um euch zu orientieren. Reisende, Gepäckstücke und Frachtgut stapeln sich zwischen den Säulen. Bewegungen und Gegenbewegungen lassen Menschenmuster entstehen wie auf einer Satellitenwetterkarte. Du spürst einen Stoß von hinten und greifst nach Nicks Arm, als ein neuer Schub fröhlicher Paradebesucher euch in eine Richtung drückt, wo sich hoffentlich der Ausgang befindet.

Als ihr endlich die enge Türöffnung hinter euch habt, schließt du geblendet die Augen. Dann öffnest du sie. Wieder zu. Auf. Noch mal.

»Das gibt's doch nicht!« Das ist deine eigene Stimme, ganz klar. Kein Traum. Nick lehnt immer noch auf deiner Schulter. Ihr steht jetzt etwas im Abseits auf den Stufen des Bahnhofs.

»Was gibt es nicht?«

»Ich glaube, ich hab ein Déjà-vu.« So heißt das doch, wenn man plötzlich das Gefühl hat, an einem fremden Ort schon einmal gewesen zu sein. Nur dass du dich genau erinnerst, wann und wo. Ein Taxi. Ein Mann. Eine Frau mit einem Baby. Emma.

»Ich glaube eher, du hast einen Sonnenstich. Du bist ja ganz blass! Komm, wir gehen da rüber, in den Schatten.«

Nick zieht dich hinter sich her zu einem Baum in der Ecke des Vorplatzes. Deine Augen können sich nur schwer von der Szenerie losreißen. Gleichzeitig fühlst du dich beklommen und versuchst die aufsteigenden Bilder zu verdrängen. Nicht jetzt, später kannst du dich damit beschäftigen.

»Gib mir mal die Kamera!«

Nick sieht besorgt aus, aber er widerspricht nicht und greift in seinen Rucksack. »Mist, die habe ich gestern Abend bei Cal im Studio vergessen!« Sein entgeistertes Gesicht gibt dir wieder ein bisschen Bodenhaftung.

»Na, super! Jetzt haben wir endlich mal Aussicht auf Erfolg, und der Detektiv vergisst sein Handwerkszeug.« Das ist die Sprache, die Nick versteht.

»Immerhin habe ich das Buch gefunden, während du dir noch mit halb Bombay den Mund fusselig gequatscht hättest«, frotzelt er zurück.

»Poster! Poster!« Erst als er euch direkt anschreit, siehst du den Mann, der unter dem Baum sitzt. Vor sich hat er Plakate mit verschiedenen Porträts ausgebreitet. Vorsichtig ziehst du Nick zur Seite, der beinahe draufgetreten wäre.

»Nehru! Gandhiji! Netaji!« Der Mann zeigt auf seine nachkolorierten Fotos. Sie erinnern weniger an seriöse Politiker als an die Götterbilder, die sie hier vor den Tempeln verkaufen.

Nick hockt sich vor den Postern hin. »Welcher ist Bose?«, fragt er.

Der Mann, sichtlich erstaunt über den Erfolg seiner lauten Werbekampagne, zeigt auf ein pausbäckiges Konterfei in grüner Uniform mit grellrosa gefärbten Lippen. »Netaji«, flüstert er verschwörerisch, »er ist gar nicht tot. Er wird zurückkommen und Indien retten vor seinen Feinden. Nur fünf Rupien.«

Nick holt tatsächlich sein Geld raus und kauft ihm das Poster ab. Nachdem es ordentlich zusammengerollt und in Zeitungspapier eingeschlagen ist, gibt er es dir. »Hier. Das kannst du deiner Tante Charlotte und ihrem alten Heimlichtuer mitbringen. Für ihre äußerst konstruktive Mitarbeit an unserem Fall.«

Mit anderen Worten, du musst jetzt den Rest des Tages mit einem Poster von diesem Hitler-Freund in der Tasche herumlaufen. Wie gut, dass Theresa nicht da ist. Ihr Großvater wurde von den Nazis erschossen, weil er Kommunist war. Egal, was Bose für die Inder bedeutete, ihr würde das ganz und gar nicht gefallen.

Ludwig Hauser saß neben Rahul Kher auf der Ehrentribüne und starrte auf die Massen, die sich wie in Zeitlupe unter ihnen entlangschlängelten. Wie daraus eine Parade werden sollte, war ihm ein Rätsel. Aber er hatte andere Probleme.

Trotz der Hitze fühlte er sich heute besser, vielleicht weil er das erste Mal seit seiner Abreise wieder ein bisschen geschlafen hatte. Er war im Morgengrauen aufgestanden, hatte Khers Telefonapparat gesucht, dann aber beschlossen, Charlotte nicht zu wecken. In Harmsdorf war es erst kurz nach Mitternacht. Also hatte er unbemerkt das Haus am Marine Drive verlassen und die Hotels abgeklappert. In einer dieser billigen Touristenabsteigen unten in Colaba hatte er schließlich sogar Erfolg gehabt, aber sie waren nach nur einer Nacht wieder ausgezogen. Wahrscheinlich waren ihnen die Kakerlaken über das Bett gelaufen. Oder sie hatten schon gefunden, was sie in dieser stinkenden Stadt suchten. So schnell?

Khers Stimme schreckte ihn aus seinen Gedanken. Er gab gerade ein Interview vor laufenden Fernsehkameras.

»Ja, der Tod von Bose wird wohl immer ein Geheimnis bleiben. Offiziell ist er 1945 bei einem Flugzeugabsturz in Taipeh ums Leben gekommen. Aber seine Leiche wurde nie gefunden. Ich persönlich glaube jedoch ...«

Da unten! Ludwig sprang auf. Was für ein Glück, dass ihr Freund so blond war! Der fiel hier in Indien auf wie ein Leuchtturm. Ohne Khers Ausführungen zu unterbrechen, schob er sich an den Ehrengästen vorbei und tauchte in die Menge ein.

59 Playback

Cal saß im Tonstudio und wartete. Die große Protools-Workstation war extra für die Synchronisation von Tanzszenen eingerichtet, die schließlich über das Schicksal eines Bollywood-Films entschieden. Wenn er hier arbeitete, kam er sich immer vor wie der Commander eines Raumschiffes. Vorsichtig schob er den Masterregler hoch und wieder runter, ganz soft, darauf kam es an.

Die berühmte Sängerin, auf die er wartete, war bestimmt schon an die siebzig. Niemand kannte ihr genaues Alter. Sie würde ihre Stimme einer jungen Schauspielerin und Tänzerin von höchstens fünfundzwanzig leihen. Playback-Vertonung war der Deal und jeder wusste Bescheid, jeder einzelne Zuschauer.

Er scrollte mit der Maus durch die Szene. Die Geschichte des Films war ganz nett, aber die Songs hatten nicht das Zeug zum Superhit. Wahrscheinlich hatte der Komponist an drei Filmen gleichzeitig gearbeitet. Cal seufzte. So wollte er nicht enden, selbst wenn er dafür in Geld schwimmen würde.

Nitya steckte ihren Kopf zur Tür herein. Ihr Vater, ein berühmter Produzent, hatte ihr das Studio zum zwanzigsten Geburtstag geschenkt. Für ein reiches Bombay-Girl war sie ziemlich tough und hatte es geschafft, sich schnell einen guten Namen zu machen.

»Hey, Cal«, sie warf sich in den zweiten Ledersessel. »Asha kommt später, sie sitzt total fest wegen dem Stau. Ich hasse Republic Day.«

Cal grinste. »Na, wenn das nicht von mangelndem Patriotismus zeugt.«

Sie legte ihre Hand auf seinen Arm und lehnte sich vertraulich zu ihm herüber. »Nicht weitersagen«, flüsterte sie. »Eigentlich will ich sowieso nach Australien. Aber du willst ja nicht mitkommen. Also bleibe ich hier und vergeude meine Jugend.« Bevor er antworten konnte, war sie schon wieder draußen.

Nitya war die Einzige, die ihm eine Chance gegeben hatte, als er ohne Geld und ohne Beziehungen in Bombay angekommen war. Er wusste, dass sie es nicht bereute. Nicht nur, weil er ein guter Music Designer war. Wenn sie redete, hörte er zu, ohne ihr auf den Busen zu starren. Sie tat so, als würde es ihr nichts ausmachen, aber Cal sah, wie sie die Zähne zusammenbiss, wenn die Typen im Studio ihre üblichen Sprüche machten. Nitya hatte genau wie er einen Freund gebraucht. Sie arbeiteten zusammen, sie gingen zusammen aus, und sie trieben mit endlosen Wortspielereien ihre Handyrechnungen in die Höhe.

Wieder allein, sah er sich nach einer Beschäftigung um. Sein Blick fiel auf die Kameratasche von Nick und Mattie. Kurz entschlossen nahm er die Kamera vorsichtig heraus und verstöpselte sie mit dem Monitor. Er legte ein Tape aus der Tasche ein und drückte auf *Play*.

Auf dem Monitor erschien Matties lachendes Gesicht. Sie schien sich auf einem Schiffsdeck zu befinden.

Cal lehnte sich zurück. Er fühlte einen angenehm unanständigen Kitzel im Bauch, so als würde er jemandes Tagebuch lesen.

»Vergesst doch mal die Errungenschaften der westlichen Welt wie Stadtpläne und Reiseführer. Und vor allem, vergesst eure vornehme Zurückhaltung. Benutzt euren Mund und fragt.« Cals Spruch des Tages. Mehr als eine vage Andeutung – »irgendwo beim Hafen« – hat er euch nicht mit auf den Weg gegeben. Schnitzeljagd für Fortgeschrittene.

Direkt vor dem Bahnhof seid ihr mitten in die Parade zum Tag der Republik geraten. Die dicht gedrängte Zuschauermenge besteht anscheinend aus kompletten Großfamilien von der Oma bis zum Baby. Alle schreien durcheinander. Dahinter fahren irgendwo Panzer vorbei. Du kennst das Geräusch von den Manövern, die einmal im Jahr in der Nähe von Harmsdorf stattfinden. Dieses dumpfe Rumpeln auf dem Asphalt. Es macht Angst.

Nick gestikuliert in Richtung der Absperrungen, wo ein Polizist steht. Ihr drängelt euch zu ihm durch. Du schreist in sein Ohr. Er schwenkt seinen Schlagstock und brüllt: »Hafen!« Ihr kämpft euch weiter gegen den Strom der anrückenden Paradebesucher vor.

Eine alte Frau mit ihrem Enkel, dessen Haar pomadig an den Kopf geklebt ist. Er starrt Nick an und wedelt dabei unablässig mit seiner indischen Papierflagge.

Ein Kioskbesitzer, dem ihr drei Schachteln *Wills* abkaufen müsst, bevor er überhaupt mit euch redet.

Ein paar Seeleute, die vor einem Heuerbüro herumhängen. Sie kassieren die Zigaretten wieder ein.

Du guckst in das Buch, das Nick aufgeschlagen vor sich hält. Dann auf das Haus, das sich hinter einem hohen Zaun und ein paar schmächtigen Palmen versteckt.

»Kein Zweifel, das ist der Club«, musst du schließlich zugeben. Keiner der Leute hat die genaue Adresse gewusst. Sie haben euch immer weiter in die ungefähre Richtung geschickt und jetzt seid ihr wie durch ein Wunder hier gelandet. Magisches Indien. Du nimmst dir vor, diese Übung in Hamburg zu wiederholen, um zu sehen, was passiert.

»Und wer hatte die richtige Idee?« Nick steht die Selbstzufriedenheit ins Gesicht geschrieben. Lass dir bloß schnell was einfallen, sonst schnappt er über.

»Erstens haben wir Anand noch nicht gefunden.« Du nimmst ihm das Buch aus der Hand und stopfst es in deine Tasche zu dem Bose-Poster. »Und zweitens hast du die Kamera vergessen. Diese Aktion wird für immer undokumentiert bleiben. Was für ein Jammer.«

Du hast schon den gleichen Tonfall drauf wie Cal. Eine verwundbare Stelle suchen, den Finger drauflegen und Druck ausüben. Und es macht dir auch noch Spaß.

Nick muss ziemlich viel Kraft aufwenden, um das Eisentor aufzukriegen, dann stolziert er vor dir durch den kleinen Garten zum Eingang des Clubs.

Es gibt zwar noch keinen Plan, aber du hast vor, diesmal ziemlich fett aufzutragen. Zweifelnd betrachtest du Nicks ausgebeulte Hose von hinten. Na, mal gucken, ob es klappt.

Vor der Tür steht ein schmächtiger Junge in einer fürchterlichen Livree, der aussieht, als wäre er auch lieber auf der Parade.

»Hello, Sir, hello, Madam«, begrüßt er euch höflich auf die übliche Art. Wie jedes Mal, seit ihr in Bombay seid, fragst du dich kurz, ob er wirklich dich und Nick meint und nicht ein britisches Ehepaar um die siebenundneunzig.

Ihr wollt an ihm vorbei durch die Tür, aber er stoppt euch mit einer Bewegung seines Armes. »Nur für Mitglieder«, sagt er im selben monotonen Singsang.

Er hat euch noch nicht einmal angesehen. Das reicht, um deiner kreativen Energie den nötigen Schwung zu geben. »Wissen Sie nicht, wer ich bin?«, fragst du den Jungen mit der Mischung aus Autorität und Herablassung, die du in den letzten Tagen immer wieder gehört hast, wenn reiche Inder mit Rikshafahrern, Trägern oder Hausangestellten redeten.

Du solltest dich schämen, Enkelin einer Putzfrau! Natürlich funktioniert es. Der Junge sieht dich an und Nick hat einen Hustenanfall oder etwas Schlimmeres

»Ich bin die Tochter von Kapitän Kumar! Das ist mein Verlobter. Er ist bei der US Navy.«

Nick ist ganz rot im Gesicht. Bitte nicht. Nicht alles kaputtmachen.

»Wir sind nur für zwei Tage aus Philadelphia hierher geflogen und wollen uns die Räumlichkeiten für unsere bevorstehende Hochzeit ansehen. Siehst du, Schatz« – das ist gut, du musst Nick miteinbeziehen – »ich wollte ja nicht in diesem Club heiraten, aber Daddy besteht darauf. Ich persönlich hätte das Taj vorgezogen, du nicht auch?«

Nick starrt dich an und nickt entgeistert.

Der Junge sieht verlegen zu Boden. »Madam, wenn das so ist, entschuldigen Sie bitte vielmals.« Er gibt den Weg in den Club frei und verbeugt sich.

Du weißt, dass er weiß: Wenn du dich beschwerst, ist er seinen Job los. Was du gerade gekostet hast, ist das bittersüße Aroma der Macht. Es hinterlässt einen faden Nachgeschmack.

Gestärkt durch deinen zweifelhaften Erfolg rauschst du auf die Rezeption zu, wo ein weiteres Opfer deiner Intrigen schon bereitsitzt. Er schaufelt sich gerade seinen Lunch aus einer Aluminiumbox in den Mund und verfolgt auf einem kleinen Schwarzweißfernseher gebannt die Parade. Wenigstens ist er etwas älter. Ein würdiger Gegner.

»Bist du verrückt geworden?«, nuschelt es hinter dir auf Deutsch, aber du hast schon wieder das Upperclass-Lächeln aufgesetzt und wiederholst deine Geschichte mit dem, was du für einen amerikanischen Akzent hältst.

Der Mann springt auf, wischt sich hastig mit dem Ärmel den Mund ab und sieht dich verzweifelt an. »Madam, ich bin ganz allein hier. Der Clubvorstand, der Koch, die Bürokräfte – alle auf der Parade!« Er fuchtelt hilflos mit den Armen.

Du schweigst nur und guckst ihm direkt ins Gesicht.

»Aber natürlich ist es mir eine große Ehre, Ihnen die Räumlichkeiten zu zeigen.« Na, also.

»Das ist wirklich zu nett von Ihnen, Sir!«, flötest du, drehst dich um und schenkst Nick ein zärtliches Lächeln. »Schatz, du siehst müde aus. Ich weiß, das Klima hier ist nichts für dich. Bleib doch einfach hier und ruh dich ein bisschen aus, ja? Ich bin gleich zurück.« Nick sieht wirklich ein bisschen krank aus.

Sicherheitshalber nickst du noch einmal leicht zu dem Computer hinter der Rezeption und folgst dem Mann, der geduldig am Fuß einer spiegelnd polierten Holztreppe auf dich wartet.

Nick sah sich um. Der ganze Raum war holzvertäfelt. Lederne Clubsessel standen locker gruppiert um den hohen Tresen, der aus dem gleichen dunklen Holz gearbeitet war wie alles andere hier. »Teakholz«, sinnierte er vor sich hin und versuchte sich zu erinnern, welcher Krieg im Namen dieser Hölzer ausgebrochen war. Direkt hinter der Rezeption hing an der Wand ein vergilbtes Gemälde, auf dem Queen Elizabeth die Zweite, um einiges jünger als heute, den kleinen Prinz Charles an der Hand hielt. An der Decke drehten sich drei Ventilatoren aus Messing lautlos in perfekter Synchronizität um ihre Achsen.

Nick huschte hinter die Rezeption und machte sich am Computer zu schaffen. Er hoffte nur, dass kein Password ihn daran hinderte, die Mitgliederdatei zu öffnen. Aber die Datei war bereits offen. Schnell klickte er sich durch die lange Liste der Mitglieder. Das musste er sein! Dr. Kumar, Anand. Dann eine Adresse. Nick griff sich an den Kopf. Kumar war in London! Er schnappte sich einen Zettel und konnte gerade noch die Telefonnummer darauf kritzeln, als er schon wieder Matties Stimme hörte.

»Wissen Sie, mein Verlobter und ich hätten ja gern im kleinen Kreis in den USA geheiratet, aber mein Vater besteht einfach auf Tradition. Er hängt so an der Heimat. Es bricht ihm fast das Herz, dass seine Kinder nicht einmal richtig Hindi sprechen.« Und schon stand sie wieder neben ihm und schmiegte den Kopf an seine Schulter. »Es ist so hübsch hier, Darling, lass uns gleich Daddy anrufen, ja?«

Nick legte beschützend einen Arm um sie. »Aber, Schatz, denk an die Zeitverschiebung. In London ist es gerade erst sieben Uhr morgens. Wir wollen doch Daddy nicht aufwecken, oder?«

Matties Kopf zuckte an seiner Schulter.

Der Mann strahlte sie an. »Sir, Madam, was für ein schönes Paar. Ich wünsche Ihnen alles Glück für die Zukunft. Und viele Kinder.«

Er zwinkerte Nick zu, und Mattie sah verlegen zu Boden. Nur weg hier. Nick zwinkerte zurück und geleitete seine junge Frau galant durch die Drehtür. Draußen zog er einen Zehnrupienschein aus der Tasche und drückte ihn dem armen Türsteher in die Hand. Der Junge sagte vor Schreck kein Wort und betrachtete den Schein in seiner Hand wie eine Bombe, die bereit war loszugehen und ihn in Stücke zu reißen.

61 Filmstar

Ludwig sah durch das Seitenfenster des Taxis, wie die Göre und ihr Freund aus dem Haus kamen, in dem sie vor einer ganzen Weile verschwunden waren.

Der Freund hatte einen Zettel in der Hand und hielt ihn über den Kopf. Madita sprang hoch, aber sie konnte ihn nicht erreichen. Es folgte eine kindische Balgerei. Endlich hatte sie den Zettel und steckte ihn in ihre Tasche. Mein Gott, war er gerade noch rechtzeitig gekommen?

Ludwig beugte sich vor und sprach mit dem Taxifahrer. »Sehen Sie das Paar dort auf der anderen Straßenseite? Ich möchte, dass Sie jetzt hinübergehen und die Frau anrempeln.

Dabei werden Sie ihr die Tasche aus der Hand reißen. Anschließend verschwinden Sie und kommen wieder hierher zurück.«

»Aber, Sir!« Der Mann zupfte an seinem Schnurrbart. »Ich bin Taxifahrer und kein Dieb.«

Hauser seufzte und zog einen Hundertdollarschein aus der Tasche. Der Alte sah ihn vorwurfsvoll an, nahm zögernd den knisternden Schein und steckte ihn in die Hemdtasche. Langsam kletterte er aus dem Taxi.

Ludwig lehnte sich erschöpft zurück. Jetzt brauchte er nur noch abzuwarten. Er sah, wie der Mann die Straße überquerte. Ein Trüppchen versprengter Paradeteilnehmer mit ihren lächerlichen Papierfahnen kam ihm entgegen.

Plötzlich raste ein Jeep um die Ecke und hielt mit quietschenden Bremsen vor den Leuten. Eine dunkel getönte Scheibe öffnete sich. Dahinter erschien das Gesicht eines Mannes mit Sonnenbrille.

»Hey, Freunde!«, rief er in die Gruppe. »Wo ist die Parade jetzt?«

Und dann brach die Hölle los.

»Sohan Roy!«, kreischten die Leute. In weniger als zehn Sekunden war der Jeep vollständig eingekreist. Aus dem Eisentor gegenüber kam ein Junge in Livree gerannt und verlor dabei seine Mütze. Der Taxifahrer wurde halb mitgerissen, halb ließ er sich freiwillig zu dem Jeep ziehen. Hausfrauen kamen mehr oder weniger angezogen aus den umliegenden Häusern gerannt. Die Menge war völlig hysterisch und schrie durcheinander, während der Mann mit dem Namen Sohan Roy in aller Ruhe Autogramme gab.

Ludwig kletterte aus dem Taxi und versuchte Madita hinter dem Menschenauflauf zu entdecken. Wer, zum Teufel, war dieser Mensch mit dem Gehabe eines zweitklassigen Filmstars? Warum musste er ausgerechnet hier und jetzt auftauchen?

Als der Jeep endlich weiterbrauste und die Menge sich verlief, war von dem jungen Paar nichts mehr zu sehen.

Er fühlte, wie die Wut ihm das Blut ins Gesicht trieb. Vielleicht hatte der Taxifahrer ihn beobachtet, denn er war ebenfalls verschwunden, mitsamt seinen hundert Dollar. Ludwig zog ein Taschentuch heraus und wischte sich den Schweiß von der Stirn. Er hatte sie gefunden und wieder verloren. Versagt auf der ganzen Linie. Jetzt konnte er ebenso gut zu Charlotte nach Hause fahren und warten, bis die Polizei kam. Dann hätte er wenigstens noch ein paar Tage. Ein paar Tage mit ihr.

Gleich morgen früh würde er ins Büro der Fluggesellschaft gehen und jemanden bestechen, um noch einen Platz in der Frühmaschine zu bekommen.

62 Paki

Nellie Somers schloss die Praxis auf und hängte ihren Mantel an den Haken. Sie musste heute keinen Kittel anziehen, aber was ein altes Gewohnheitstier ist, fühlt sich irgendwie nackt ohne das gute Stück. Sie steckte ihr Namensschild an. Es war besser, immer mit dem Schlimmsten zu rechnen, das zahlte sich aus. Vielleicht kam ja doch jemand. Der Doktor hatte ihr angeboten, wegen dem Tag der Republik zu Hause zu bleiben.

»Lassen Sie mal gut sein. Ich und die Patientenakten, wir haben noch ein Wörtchen miteinander zu reden.«

Er hatte gelacht, wie immer, wenn sie einen Witz machte. Wenigstens einer, der lachte. Aber so weit war es ja dann doch noch nicht, dass sie als Britin die indische Unabhängigkeit feierte.

Sie goss die Kakteen, dieses exotische Grünzeug, das sie gekauft hatte, weil sie dachte, der Doktor würde so was mögen. Und er? Kam vorbeigerauscht, mit fliegendem Kittel. »Sie mögen Kakteen, Nellie? Na, wenn es Ihnen Freude macht. Aber gießen müssen Sie sie selbst.«

»Autsch!« Sie saugte das Blut aus dem winzigen Loch in ihrem Zeigefinger. Jetzt hatte sie die piksenden Dinger am

Hals. Ihr Blick fiel auf die Uhr über der Rezeption. Kurz vor zwölf. Ron saß bestimmt schon vorm Sportkanal. Wenn es nach ihm ginge, würde er sich nur noch von Bier ernähren.

Nellie ging zur Rezeption und wählte ihre eigene Nummer. Er brauchte Stunden, bis er abhob. »Geh schon ran«, murmelte sie.

»Ron Somers, wer zum Teufel ist da?«, hörte sie ihn endlich lallen.

»Ich bin's, Schatz. Geh sofort in die Küche und mach dir die Spaghetti warm, die auf dem Herd stehen! Ich bleib dran.« Sie hörte ihn brummen, aber den Geräuschen nach hantierte er wirklich mit dem Topf.

»Eine Schande ist das.«

Sie hielt den Hörer weiter weg und wickelte einen Kaugummi aus. Was jetzt kam, konnte sie auswendig.

»Frau, hast du gehört? Eine Schande! Der Mann steht in der Küche und die Frau geht für die scheiß Kanacken arbeiten!« Er sabberte bestimmt das Bier auf sein frisch gewaschenes Hemd. »Klauen uns die Arbeit, das Land und unsere eigenen Frauen!«

Nellie schob den Kaugummi in den Mund. Jetzt musste sie nur noch warten, bis die Spaghettisoße blubberte. Immer die gleiche Leier. Ron wusste genauso gut wie sie, dass er seinen Trainerjob bei der A-Jugend wegen der Sauferei verloren hatte. Der Verein hätte ihm sogar die Entziehungskur bezahlt, aber Ron wollte nichts davon wissen.

»So ein Weiberkram! Ich werd ja wohl noch ein paar Bier vertragen!« Er konnte kaum noch gerade gehen, als er aus der Vorstandssitzung kam. Jetzt faselte er dauernd, dass sie ihn zurückholen wollten. Eine verdammte Lüge war das. Ron war viel zu fett, ging nicht mehr vor die Tür, außer in den Pub und wenn die Hammers spielten natürlich. Seine einzige sportliche Betätigung waren die elenden Prügeleien nach dem Spiel. Und sie durfte nachher das Blut im Bad wegwischen.

Nellie hörte es scheppern. »Ron! Du Volltrottel!«, schrie sie in den Hörer, aber es war zu spät. Wieder ein Teller zu Bruch gegangen. Den Hörer hatte er auch fallen lassen.

»Geh doch zu deinem beschissenen Paki-Doktor«, hörte sie ihn brüllen, »vielleicht macht der dir gleich noch ein paar dreckige braune Bastarde!«

Nellie legte auf. Sie merkte, wie ihr eine Träne über die Backe lief. Bloß gut, dass sie niemand so sah. Ron war ein unerträglicher Scheißkerl. Ihr wurde richtig schlecht in seiner Nähe. Sie konnte schon nicht mehr einschlafen ohne Tabletten. Zwei Stück und sie hätte sich sogar neben einen Gorilla ins Bett gelegt.

In ihren Träumen ging sie wieder sonntags mit ihren Freundinnen auf den Platz, um den knackigen Linksaußenverteidiger zu bestaunen. Er wollte in die Nationalmannschaft, und Nellie wollte ihn. Doch dann kam die Knieverletzung, kurz nach der Hochzeit. Aus der Traum vom Luxusleben als Fußballstar. Das lebte jetzt der Beckham mit seiner Pop-Diva, konnte man ja jeden Tag in der Zeitung nachlesen. An ihr und Ron zogen die besten Jahre vorbei wie ein Alptraum ohne Ende.

Das Telefon klingelte. Nellie wischte sich mit der Hand die Tränen weg und nahm ab. »Praxis Doktor Kumar, guten Tag.« Sie schniefte noch ein bisschen, aber das konnte man auch für einen Schnupfen halten.

Die Stimme klang, als käme sie von weit weg. Die Frau hatte einen komischen Akzent, nicht so wie die anderen Inder. Höflich fragte sie nach dem Doktor.

»Tut mir leid«, sagte Nellie, »wir haben heute geschlossen wegen eines indischen Feiertages. Und morgen macht der Doktor Hausbesuche. Rufen Sie doch Freitag wieder an.«

Sie legte auf und zog den Papierstapel auf ihrem Schreibtisch zu sich heran. Angriff war die beste Verteidigung. Erst war der unerledigte Bürokram an der Reihe und dann die Patientenakten. Sie würde die Zeit schon rumkriegen, bis der Pub aufmachte und Ron endlich aus dem Haus war.

Ganz oben lag die Anmeldung zum Internistenkongress in Hamburg. Tagelang war sie dem Doktor damit hinterhergerannt, bis er unterschrieben hatte. Jetzt konnte sie das blöde Ding endlich wegfaxen. Wurde aber auch höchste Zeit.

63 TV

Du gehst langsam über den Parkplatz des Studios, auf dem heute, am Feiertag, nur zwei silberne Mercedeslimousinen und ein Honda Civic parken. Sonst ist er immer voll. Die Statussymbole der Filmbosse funkeln in einer Reihe direkt vor dem Gebäude, während das Fußvolk weiter hinten parken und durch den Staub laufen muss.

Dir ist immer noch ein bisschen flau, als ob sich dein Körper beschweren will, dass er in ein Rennen geschickt wurde, das jemand für ungültig erklärt hat. Du bist extra in einen Telefonladen gegangen, der ziemlich leer war. An einem Terminal im Hintergrund surften drei Mädchen mit Kopftüchern durch Websites mit indischen Kulturdenkmälern. Zweimal hast du den Hörer wieder aufgelegt, als du das Rattern der Überseeleitung gehört hast. Schließlich das Freizeichen, nur einmal. Das Klicken, wenn jemand den Hörer abnimmt.

Er war nicht da. Gib zu, du bist erleichtert über diesen Aufschub. Er lebt in London und geht an einem indischen Feiertag nicht arbeiten. Das sagt doch schon einiges. Daddy ist also tatsächlich ein Mann, der Wert auf Tradition legt. So einer hat dir gerade noch gefehlt in deiner Sammlung.

Nick kann sich freuen. Noch hast du die Wette nicht gewonnen.

Wie immer schnappst du nach Luft, als dein Kreislauf und die Air Condition aufeinandertreffen. Nick und Cal warten in einer Ecke der Eingangshalle auf dich.

Du genießt den Moment, bevor sie dich entdecken, wie ein

Theaterstück. Sie sitzen nebeneinander auf einer roten Couch, vor sich einen dieser großen Flachbildschirme, auf dem den ganzen Tag über Zee-TV mit den neuesten Bollywood-Songs läuft.

Weiter rechts siehst du Nitya herumfuchteln, die zwei Männer mit einem riesigen Glaskasten in eine der Ecken dirigiert. »Hey, Cal! Guck mal, ich hab mir gerade ein Aquarium als Raumteiler gekauft. Ist das nicht cool?« Nitya bricht den Bann, denn sie sieht dich und winkt. Aber ihre Augen hören auf zu lächeln.

Cal hat euch erzählt, dass sie ihn gefragt hat, was ihr von ihm wollt. Ist sie eifersüchtig, oder hat sie nur ein gesundes Misstrauen? Du winkst zurück.

»Mattie, was stehst du da rum! Wie ist es gelaufen?« Nick platzt gleich vor Neugier.

Cal rutscht zur Seite und macht in ihrer Mitte Platz für dich.

Du kannst es nicht lassen und zögerst die Spannung noch einen Moment hinaus. Wann gibt es schon Gelegenheit für solche Auftritte?

»Er ist ...« Du lässt dich zwischen den beiden auf die Couch sinken und schlägst dramatisch beide Hände vors Gesicht.

Vorsichtig riskierst du einen Blick durch deine Finger. Ja genau, so hast du dir das vorgestellt. Betroffenheit allerorten. Du lässt die Hände sinken.

»... nicht da. Praxis geschlossen. Republic Day.«

Aua! Nick hat dir ein Kissen ins Gesicht geknallt.

»Aber ist er der Richtige?« Cal scheint der geeignetere Partner für eine Detektei zu sein.

»Keine Ahnung. Da war nur eine Sprechstundenhilfe.«

»Schade.« Er verzieht sich wieder in seine Sofaecke. »Und ich dachte, du würdest mit seiner Frau sprechen, und die haut ihm dann die Chapatipfanne auf den Kopf und brennt mit einem britischen Popstar durch, der dreißig Jahre jünger ist als sie. Es lebe die Zerstörung der heiligen indischen Familie!«

Du greifst nach dem Kissen und wirfst es weiter in Richtung Cal.

»Cal. Ich sehe alles.« Nitya mischt sich von hinten ein. »Alles.« Liebevoll zieht sie Cal am Ohr. Ist ja schon gut!

Nick, immer noch beleidigt, hat seine Aufmerksamkeit vorübergehend auf den Fernseher verlegt. »Guck mal, Mattie!«, versucht er sich wieder ins Spiel zu bringen. »Ist das nicht der Typ in dem Jeep vorhin?«

Cal winkt ab. »Sohan Roy. Der hat seine beste Zeit hinter sich. Schlechter Schauspieler, guter Body.« Er schenkt Nick ein anzügliches Grinsen. Cal ist heute in Hochform, anscheinend.

»Ein guter Body ist doch auch schon was.« Du lässt deinen Blick vom einen zum anderen wandern. Sollen sie doch ihre Duelle alleine ausfechten.

Nick schnappt sich die Fernbedienung und zappt durch die Kanäle. Ist er etwa verlegen?

Da! Du greifst nach seinem Arm. »Da ist Ludwig Hauser! Neben dem Typen, der gerade interviewt wird!«

»Mattie, du siehst Gespenster!« Nick will schon weiterzappen, als eine Bauchbinde erscheint. »Rahul Kher, Historiker. Kher? Cal, was sagt denn der?«

»Wenn ihr nicht still seid, verstehe ich kein Wort.« Cal ist aufgestanden und geht näher an den Fernseher heran. »Also, er spricht über Netaji Bose und dann, ja, sein Bruder hat unter Bose gekämpft. Deswegen hat er Bose sein Lebenswerk als Historiker gewidmet. Und jetzt kommt wieder die Verschwörungstheorie über Boses mysteriösen Tod und so weiter. Moment mal …«

Cal steht direkt in deiner Sichtlinie, aber am Bildrand kannst du gerade noch erkennen, wie Ludwig Hauser aufsteht und aus dem Kamerawinkel verschwindet. Dann kommt die Werbepause.

64 Empire

Nick drückte die Klingel des großen Hauses am Marine Drive. Wieder waren sie eine Weile im Kreis herumgefahren, weil die Straße jetzt ausgerechnet Netaji Subhas Chandra Bose Drive hieß. Wenn da nicht der Bose-Experte Rahul Kher persönlich seine Hände im Spiel gehabt hatte! Alles hier sah nach kolonialem Erbe und vor allem nach sehr viel Geld aus.

Mattie kam neben ihm am Ende der Steinstufen an. »Vielleicht ist Tante Charlotte ja auch hier«, sagte sie, aber es klang keine große Begeisterung in ihrer Stimme.

Nick ging es genauso. Was war bloß los mit den beiden alten Leuten? Warum hatte Charlotte ihnen nicht erzählt, dass Hauser in Indien war?

Er merkte, dass er aufgeregt war, als sich die Tür öffnete und eine alte Dienerin vor ihnen stand. Sie verstand kein Englisch. »Mr. Rahul Kher? Ist er da?«, fragte Nick ungeduldig.

Ohne ein Wort dirigierte die Alte sie in ein riesiges Arbeitszimmer. Dann verließ sie den Raum und brachte ihnen kurz darauf ein Tablett mit zwei Gläsern Wasser. »Sir Kher gleich kommt«, sagte sie mit leiser Stimme und verschwand wieder.

Nick trat in eine etwas erhöhte Nische des Zimmers, die wie ein Museum ausstaffiert war. In der Mitte hing ein großes Schwarzweißfoto von Bose, daneben eines von Rajiv Kher in Uniform. Beide waren mit Blumengirlanden behängt. Rechts und links hingen kleinere Fotografien. Jede war mit einem kleinen weißen Schild versehen, auf dem in gestochener Handschrift Ort und Datum der Aufnahme vermerkt waren.

»Guck mal, da!« Nick winkte Mattie zu sich und deutete auf ein Foto, das Bose vor einer riesigen Menschenmenge in Bombay im Jahr 1938 zeigte. Das heißt, eigentlich sah man nur eine riesige Menge schwarzer Regenschirme.

Plötzlich erklang hinter ihnen eine knisternde Stimme. »It is true that every empire is based on the policy of divide and rule. But I doubt if any empire in the world has practised this policy so skillfully, systematically and ruthlessly as Great Britain. Ulster was separated from the rest of Ireland. Similarly, before any power is handed over to the Palestinians, the Jews will be separated from the Arabs. An internal partition is necessary in order to neutralize the transference of power. The same principle of partition appears in a different form in the new Indian constitution.«

Nick und Mattie hatten sich umgedreht. Nick blinzelte gegen das Licht, das durchs Fenster ins Zimmer fiel. Der alte Mann musste Rahul Kher sein. Ganz in Weiß gekleidet, stand er neben einem altertümlichen Plattenspieler. Langsam hob er den Tonarm von der Platte. Die unheimliche Stimme verstummte.

»Boses Worte haben nichts von ihrer Aktualität verloren.« Kher lauschte dem Klang seiner eigenen Worte, als ob er für die nächste Vorlesung probte.

Ein Mann, der sich gerne reden hört, dachte Nick.

Mit leisen Schritten kam der Historiker auf sie zu und stellte sich neben Nick vor das Foto mit den Regenschirmen. »Mein älterer Bruder war nach dieser Rede ein anderer Mann. Er blieb zwar bei der britisch-indischen Armee, aber sein Herz schlug für den Unabhängigkeitskampf. Doch Bose verschwand aus Indien und mein Bruder wurde nach Afrika versetzt, um für die Engländer zu kämpfen.« Er zeigte auf die beiden geschmückten Fotos. »Erst in Deutschland trafen sie sich wieder, als mein Bruder sich freiwillig zur indischen Legion meldete. Aber das sind alte Geschichten. Was führt Sie zu mir, meine jungen Gäste?«

Er lächelte salbungsvoll, aber sein Blick blieb leer, als sähe er mitten durch sie hindurch. Mit einer vagen Geste bot er ihnen zwei Sessel gegenüber seinem Schreibtisch an. Sein eigener Stuhl war auffällig unbequem, aus dunklem Holz mit Schnitzereien an den Armlehnen.

Nick stellte sich und Mattie vor. »Meine Verlobte ist eine Verwandte von Ludwig Hauser. Als wir Sie beide gestern im

Fernsehen sahen, sind wir kurz entschlossen hergekommen, um ihn zu treffen.«

Kher musterte Mattie flüchtig, wandte sich aber weiterhin direkt an ihn. »Ja, mein alter Freund wohnt bei mir. Er hat mir gar nicht erzählt, dass jemand aus seiner Familie in Bombay ist. Momentan ist er allerdings außer Haus.«

»Seine Freundin, Charlotte – ist sie auch hier?« Die Falte zwischen Matties Augenbrauen zeigte Nick, dass es ihr momentan egal war, ob sie gegen die Regeln der Höflichkeit verstieß.

Kher wandte ihr widerwillig seinen Blick zu. Nick fragte sich, wie er seine Studentinnen behandelte. »Freundin? Ich verstehe nicht – natürlich ist er allein hier.«

Nick legte eine Hand auf Matties Arm und wechselte das Thema. »Wir haben vom Tod Ihres Bruders gehört.« Besonders höflich klang das auch nicht. »Auch wenn es schon lange her ist, möchten wir Ihnen unser Beileid aussprechen. Immerhin ist er ja in unserer Heimat umgekommen. Ist denn der Mord jemals aufgeklärt worden?«

Kher fuhr auf. »Mord? Mein Bruder ist bei einem Unfall ums Leben gekommen! Er stürzte ins Wasser. Dieses furchtbar kalte Wasser in Deutschland. Wenn Ludwig Hauser sich nicht um alles gekümmert hätte, hätten wir vielleicht nie davon erfahren.«

»Nein«, sagte Nick. »Ihr Bruder ist ermordet worden. Er ist nicht von allein ins Wasser gestürzt.«

Die joviale Fassade war verschwunden. Übrig blieb ein schmächtiger alter Mann, in dessen Gesicht sich Unsicherheit und Misstrauen spiegelten. Nervös fuhr er sich durch die kurzen weißen Haare. »Was ist das für eine Geschichte? Warum sollte mir Ludwig die Wahrheit verschwiegen haben?«

»Schon gut, Sir. Beruhigen Sie sich.« Nick war selbst erschrocken über den Verlauf des Gesprächs. Er suchte Matties Blick, aber sie sah merkwürdig distanziert auf Kher, als guckte sie gerade einen Film.

Der alte Mann keuchte asthmatisch und rief nach seiner Dienerin. Die Frau kam mit einer Spraydose ins Zimmer gelaufen. Mit einer entschiedenen Handbewegung forderte sie sie auf zu gehen.

Nick stand auf. »Entschuldigen Sie bitte die Störung.« Er kritzelte Cals Adresse auf ein Stück Papier. »Sagen Sie Herrn Hauser doch einfach, dass Madita in Bombay ist und ihn gern sprechen würde.«

Kher konnte oder wollte ihm nicht antworten. Seine Dienerin hielt ihm das Asthmaspray wieder an den Mund. Nick legte den Zettel auf den Tisch und stand noch einen Moment unentschlossen herum, bis er Matties Hand an seinem Arm spürte. Wortlos gingen sie nach draußen.

Das grelle Licht und der Verkehrslärm trafen ihn mit voller Wucht. Sofort erschien ihm die vergangene Viertelstunde düster und unwirklich.

Mattie atmete tief aus. »Die Lügen werden nicht weniger, Nick«, sagte sie leise, als sie die Treppe hinunter auf das Meer zugingen. »Sie vermehren sich wie die Schmeißfliegen, hätte meine Oma gesagt.«

65 Sechster Song

Eine Trompetenfanfare erklingt. Tablas setzen ein und geben einen militärischen Takt vor. Schwarzweiß-Bilder. Subhas Chandra Bose hält eine Rede auf dem Platz vor dem Bahnhof.

»Kampf dem britischen Imperialismus!«, brüllt er.

Cut. Die Menge jubelt. Es regnet.

Cut. Nahaufnahme. In der Menschenmenge mit den Regenschirmen steht Ludwig Hauser. Hoch über seinen Kopf hält er das blumengeschmückte Foto von Rajiv Kher.

»Es war kein Unfall!«, brüllt er.

Cut. »Mord!«, brüllt die Menge zurück.

Cut. Eine elektrische Gitarre setzt zu einem Solo an. Das Bild ist jetzt farbig, der Beat treibend. Am Rednerpult steht Cal.

»I tell you a story!«, brüllt er.

Cut. »Ja, tu das!«, brüllen die Leute.

Cut. »Wollt ihr das koloniale Erbe loswerden?«

Cut. »Ja!«

Cut. »Dann zerstört die heilige indische Familie!«

Die Menge tobt.

Cut. Dumpfe Trommeln, Gitarre, ein dramatischer Popsong. Cal springt von der Tribüne auf ein vorbeifahrendes Taxi. Aus den beiden Türen klettern Mattie und Nick zu Cal auf das Autodach. Sie wirbeln durch die Tanzszene.

Cut. Nick und Mattie.

Cut. Mattie und Cal.

Cut. Cal und Nick.

Cut. Totale. Das Auto bleibt in der Menge stecken.

Cut. Plötzlich bricht die Musik ab. Mattie steht allein auf dem Dach des Taxis. Die Menschen um sie herum starren sie wortlos an, wie sie da steht, in T-Shirt, Jeans und Turnschuhen.

66 Chatroom

Cal hing vor seinem PC. Er konnte es nicht lassen. Selbst jetzt, wo Mattie und Nick da waren, musste er nachts kurz mal ins Netz, wenn sie schliefen.

Ein Freund hatte ihm vor über einem Jahr von den großen Gay-Chatrooms im Internet erzählt. »Die scheiß Schwuchteln tauschen da ihre dreckigen Geheimnisse aus«, hatte er gesagt und Cal auf die Schulter gehauen.

Seit diesem Abend war er einer von ihnen, unter einem Decknamen natürlich. Es waren ziemlich nette Typen dabei.

Mit einem hätte er sich fast einmal verabredet, aber dann hatte ihn doch die Angst gepackt, dass sie jemanden aus dem Studio treffen könnten.

Er hörte ein Geräusch hinter sich und klickte schnell auf das Logo, um das verräterische Fenster zu schließen.

Zu seiner Überraschung kam Mattie im T-Shirt herein und setzte sich auf die Lehne seines Stuhles. »Was machst du hier?«, fragte sie verschlafen.

»Arbeit«, sagte er hastig, zu hastig. »Und du?«

»Komische Sachen hab ich geträumt«, murmelte sie und berührte ihn leicht am Arm. »Hast wohl mit deiner Nitya gechattet, was?«

Cal hatte sich wieder im Griff. »Du kannst dich in der langen Schlange meiner Verwandten anstellen und fragen, wann ich endlich heirate«, sagte er sarkastisch. »Aber du und Nick scheint es ja mit Familie auch nicht so zu haben.«

»Ich und Nick«, murmelte sie, »ich und Nick und du und Nick.«

»Ich und Nick? Wie kommst du denn darauf?« Cal zog seinen Arm zurück.

Sie sah ihm direkt in die Augen. »Passiert es in Indien nie, dass sich ein Mann in einen anderen verliebt?«

»Spinnst du?« Er versuchte sie vom Stuhl zu schieben, aber sie hielt sich an der Tischkante fest.

»Cal, es ist mir völlig egal, ob du schwul oder hetero oder sonst was bist. Ich will nur wissen, was hier läuft. Nick ist so anders. Und du …« Sie hob die Hand, zögerte kurz und legte sie dann in seinen Nacken. »Ich könnte ihn schon verstehen. Leider.«

Er fühlte, wie die Panik in ihm hochstieg. War das jetzt ein Test oder was?

»Ich weiß überhaupt nicht, wovon du redest«, stammelte er nicht sehr überzeugend.

»Nein? Weißt du nicht? Und was ist das hier?« Bevor er sie daran hindern konnte, hatte sie nach der Maus gegriffen und das Fenster wieder aufgeklickt. »Bombay Boys Chatroom«, las sie laut vor.

»Hör auf.«

Er nahm ihr die Maus aus der Hand und beendete das Programm. Als das Gebläse schlagartig verstummte, hörte er die Krähen vor seinem Fenster. Einen Moment lang starrte er auf den erloschenen Bildschirm, dann drehte er sich wieder zu ihr um.

»Mattie, wenn du zu irgendwem aus dem Studio ein Wort sagst, bin ich geliefert. Meine Zukunft liegt in deiner Hand.«

»Zukunft«, sie ließ sich das Wort auf der Zunge zergehen. »Nick weiß noch nicht mal, wie man Zukunft buchstabiert.« Dann rutschte sie langsam auf seinen Schoß. »Ich werde morgen mit meinem Vater telefonieren und ich habe Angst«, sagte sie und rollte sich zusammen.

Er schloss seine Arme fest um ihren Körper.

So schliefen sie ein.

67 Bombay Breakfast

Ludwig saß auf einer Bank in dem kleinen Park zwischen den Wohnblocks. Es dämmerte bereits.

Er zog ein Samosa aus der Tasche und aß die Hälfte. Den Rest verfütterte er an die großen schwarzen Krähen, die sich um die Beute stritten. In einiger Entfernung saß eine Gruppe alter Männer im Kreis und schien eine Art Lachtherapie zu machen, jedenfalls brachen sie alle paar Minuten völlig unvermittelt in wieherndes Geschrei aus. Er fragte sich, wann er das letzte Mal gelacht hatte. Mit Charlotte?

Eigentlich wollte er jetzt schon wieder auf dem Weg zu ihr sein. Er war wie geplant ins Reisebüro gegangen, hatte Dollarnoten in verschiedene Taschen platziert und einen Flug für heute ergattert. Danach war er lange in Colaba herumgebummelt und hatte nach einem passenden Mitbringsel für Charlotte gesucht. Alles erschien ihm zu billig, zu schrill, zu gewöhnlich für diese außergewöhnliche Frau. Am Ende hatte er einen schlichten Ring aus Weißgold gekauft. Warum nicht? Warum sollte er sie nicht fragen, ob sie seine Frau werden wollte?

Spät war es gewesen, als er an den Marine Drive zurückkehrte. Und dann?

Er versuchte sich zu konzentrieren, aber je mehr er sich anstrengte, desto nebulöser wurden die Bilder in seinem Kopf. Es war so ein schreckliches Durcheinander gewesen. Sein Freund Kher hatte mit der Pistole herumgefuchtelt und ihn furchtbarer Dinge beschuldigt. Rajiv? Rahul? Sie waren doch alte Kameraden. Und nun war Rajiv tot. Oder Rahul?

Später hatte er auf dem Schreibtisch den Zettel mit der Adresse gefunden. Madita und ihr Freund hatten ihm eine Nachricht hinterlassen. Also war es doch noch nicht zu spät. Schweren Herzens hatte er seinen Flug zu Charlotte abgeschrieben. Wenn er jetzt an der Göre dranblieb, konnte er vielleicht noch das Schlimmste verhindern. Er musste vorsichtig sein. Sie durften ihn nicht sehen. Aber er würde sie sehen. Keine Fehler mehr ab jetzt.

Vielleicht sollte er die Männer hier im Park fragen, ob er mitmachen durfte. Was für ein absurder Gedanke. Aber vielleicht, wenn er lachen könnte, würde er auch wieder schlafen.

Ludwig hob sein Fernglas und stellte zum wiederholten Mal auf das Haus mit der Nummer 46 scharf. Langsam ließ er den Blick über die offenen Veranden gleiten, von denen die Wohnungstüren abgingen.

Da! Jemand kam aus einer Tür im dritten Stock. Er hatte Glück. Endlich hatte er Glück! Fast hätte er in den nächsten Stoß des Gelächters eingestimmt.

Ein wenig steif erhob er sich von der Bank und wartete, dass sie aus der Haustür kam. Madita blinzelte kurz in die Morgensonne und ging eilig die Straße hinunter.

Cal war bestimmt in der Küche und brutzelte etwas, das verdammt gut roch. Nick folgte mehr seiner Nase als den Augen, die noch halb geschlossen waren.

»Mmmh, Bombay Breakfast«, sagte er und lehnte sich in den Türrahmen.

Cal drehte sich nicht um.

Nick versuchte es noch mal. »Was machst du schon hier? Wo ist Mattie?«

»Telefonieren«, murmelte Cal. Endlich zeigte er mal sein Gesicht.

»Du siehst müde aus«, sagte Nick. »Was habt ihr eigentlich ausgeheckt letzte Nacht? Ich hab euch reden gehört.«

Cal sah ihn an. Der Blick allein genügte. Nick spürte, wie ihm der Appetit verging. Sein Magen war nicht in Ordnung in letzter Zeit. Vielleicht lag es am indischen Essen.

»Nick, vielleicht ist jetzt nicht der richtige Zeitpunkt, aber ich muss …« Es klingelte, und Cal guckte irritiert zur Tür. »Ach, vergiss es, nicht so wichtig. Könntest du mal aufmachen, ich kann hier jetzt nicht weg.«

»Klar.« Nick ergriff dankbar die Flucht.

In der Tür stand der Zeitungsjunge und hielt ihm die *Times of India* entgegen. Nick bezahlte und schlug die Zeitung auf, während er langsam zurück in Richtung Küche ging. Er war schon richtig süchtig nach dem täglichen Klatsch aus Bollywood. Aber er kam gar nicht bis zur letzten Seite.

»Cal! Hier! Rahul Kher ist erschossen worden. Mit seiner eigenen Pistole.« Schnell überflog er den Artikel. »Man vermutet, es handelt sich um versuchten Einbruch. Kampf mit den Eindringlingen. Die alte Dienerin hat ihn gefunden.« Er suchte die Zeilen ab. »Und was ist mit Hauser? Nichts. Kein Wort!«

Cal hatte die Pfanne beiseitegestellt. »Die werden sich hüten, einen Europäer zu verdächtigen. Du weißt schon, das koloniale Erbe. Dieser Hauser verhält sich allerdings ziemlich merkwürdig. Ich hab mich neulich schon gefragt, wo ich den schon mal gesehen habe.« Plötzlich griff er nach Nicks Arm. »Wo ist eure Kamera?«

Nick deutete hinter sich. »Wieso? Was ist los? Du verhältst dich heute auch ziemlich merkwürdig.«

Aber Cal hatte ihn schon ins andere Zimmer gezogen und die Kamera aus der Tasche gerissen. Er schaltete sie ein und klappte das seitliche Display auf. Ungeduldig drückte er den Rückspulknopf.

»Ich hab neulich ein bisschen in euren Videoaufnahmen gestöbert«, murmelte er.

Nick rückte von ihm ab. »Was hast du?«

»Ja, vergiss es. Ich wollte einfach mehr von dir wissen, du bist so …«

»Wie bin ich?« Nick war überfordert von diesem Tagesbeginn. Er hatte das Gefühl, den Ereignissen um Längen hinterherzulaufen.

»Nick!« Unwillig richtete Cal seinen Blick vom Kameradisplay auf ihn. »Können wir das vielleicht später klären? Ich weiß jetzt wieder, wo ich diesen Hauser schon mal gesehen habe, und ich glaube, du und Mattie, ihr habt ein Problem!« Er drückte auf die Starttaste der Kamera. »Da!«

Das unwirkliche Gefühl vom Vortag kam zurück. Nick starrte auf den kleinen LCD-Monitor. Da stand dieser Ludwig Hauser, an einem Pfosten auf der Englandfähre. Jetzt verschwand er schnell im Halbdunkel. Cal schaltete den schnellen Vorlauf ein. Ludwig Hauser auf der Straße vor dem Asian Community Center, an ein Auto gelehnt, undeutlich.

»Du meinst«, er raufte sich die Haare, »du meinst, Hauser ist überall da, wo wir sind? Aber warum? Was soll das Ganze?«

Nick griff nach der Kamera und drückte die Pause-Taste. Das Auto. Ein dunkelgrüner Passat mit Harmsdorfer Kennzeichen.

»Cal! Das Auto. Mehmet Khan. Und jetzt Rahul Kher.« Er schlug die Hände vors Gesicht. »Und ich Idiot habe ihm unsere Adresse aufgeschrieben!«

Er schrie auf, als Cal ihn hart am Arm packte. »Du bist wirklich ein Idiot, Nick. Ich glaube, euer Spiel ist ernster, als ihr denkt. Und Mattie ist ganz alleine da draußen!«

»Verdammt!« Nick sprang auf und rannte zur Tür. »Los, komm, worauf wartest du, wir müssen sie finden!«

68 Kaninchen

Ludwig kletterte mühsam die Holzleiter hoch, die zum zweiten Stock des Rohbaus führte. Oben angekommen, musste er sich einen Augenblick hinsetzen und verschnaufen. Dann tastete er sich vorsichtig zurück bis an die Fensterkante.

Er kam sich vor wie auf einem Beobachtungsturm, wo die Ornithologen tagelang auf der Lauer lagen, um einmal im Leben eine Großtrappe zu sehen. Von hier oben hatte er einen ausgezeichneten Blick auf die große Straße, die unter ihm langsam ihr morgendliches Treiben entfaltete. Gegenüber in dem kleinen Telefonladen verhandelte Madita mit einer jungen Frau im Sari. Schließlich einigten sie sich offenbar.

Er hatte wieder Glück. Madita ging in die erste Kabine, deren Glasfront direkt an die Straße grenzte. Seine linke Hand hielt das Fernglas. Mit der rechten zog er ein Notizbuch aus der Tasche. »0044 …« Er wiederholte die lange Nummer so lange, bis er auch einen Stift hervorgekramt hatte. Endlich sah er die ganze Zahlenreihe vor sich.

Kumar war also doch in England.

Anand Kumar behandelte gerade eine Patientin, deren Sodbrennen wahrscheinlich von dem öligen Essen verursacht wurde, das sie ihrem Mann auch nach zwanzig Jahren in London immer noch jeden Tag kochte. Sie war stolz auf ihre Kochkünste und ließ sich von seinem Vorschlag, ab und zu einen Salat einzuschieben, absolut nicht beeindrucken.

»Hätten die Götter gewollt, dass wir rohes Gemüse essen, hätten sie uns als Kaninchen wiedergeboren«, sagte Mrs. Singh stoisch. In dem Moment klingelte das Telefon.

Er ließ sie auf der Liege sitzen und griff nach dem Hörer. »Nellie, ich habe Ihnen doch gesagt, keine Anrufe jetzt.« Er war im Begriff, wieder aufzulegen, aber Nellies Antwort hielt ihn zurück. »Aus Bombay? Na gut. Hallo? Hallo, ich verstehe Sie schlecht! Hamburg. Wann? Aber ich habe doch schon zugesagt, zu Ihrem Kongress zu kommen. Wer spricht? Hallo?« Ungeduldig ließ er sich in den Sessel fallen.

Mrs. Singh raffte ihren Sari zusammen und spitzte die Ohren.

Cal rannte aus dem Telefonladen auf die Straße, Nick dicht hinter ihm.

»Warum ist sie nicht hier?«, keuchte Nick idiotischerweise.

Cal hatte das Gefühl, jetzt sei nicht die Zeit für lange Erklärungen. »ISTD-Anschluss kaputt.« Das musste reichen, auch wenn Nick natürlich nicht wusste, was ein ISTD-Anschluss war. »Er hat sie weiter runtergeschickt, zur Hauptstraße.«

Sie rannten jetzt nebeneinanderher. Cal ertappte sich, wie er auf Nicks Beinmuskeln schielte. Der Schweiß hatte die dünne Hose an seine Haut geklebt und ließ die Konturen bei jedem Schritt hervortreten.

Er erschrak vor seinen eigenen Gedanken. War er schon so abgestumpft, dass er gar nichts mehr ernst nehmen konnte? Menschen waren gestorben. Mattie befand sich in Gefahr. Mattie, die eben noch in seinem Arm geschlafen hatte wie ein kleines Kind.

Wäre er bloß mit ihr mitgegangen, statt die blödsinnige Idee zu verfolgen, eine Aussprache mit Nick würde irgendwas ändern. Dann wäre sie jetzt wenigstens nicht allein. Fast erleichtert registrierte er, dass er wirklich Angst um sie hatte. Nicht nur, weil man das in so einer Situation von ihm erwartete.

An der Khar Danda Road wurden sie unsanft gestoppt.

»Hier nicht!« Ein bulliger Teenager mit Walkie-Talkie-Headset versperrte ihnen den Weg. »Hindi Cinema. Dreharbeiten. Sie kommen hier nicht weiter.«

Cal reckte sich und versuchte durch die Absperrgitter und Kamerakräne in den Telefonladen zu gucken. »Heb mich hoch, verdammt!«

Er spürte Nicks Arme um seine Hüften und merkte, wie seine Füße die Bodenhaftung verloren. Da war Mattie! Sie schien in aller Ruhe zu telefonieren. Unsanft plumpste er wieder auf den Boden.

»Hast du sie gesehen?«, keuchte Nick.

69 Casting

Du versuchst dich zu konzentrieren. Dein Herz klopft so laut, dass es in deinem Ohr widerhallt.

Was faselt der Mann denn da über einen Kongress? Gleichzeitig macht sich in deinem Bauch der Wunsch breit, dass du doch den falschen Kumar an der Strippe hast.

Du wirst dich jetzt nicht entschuldigen und auflegen. Wirst du doch?

Draußen auf der Straße schwillt ein unidentifizierbarer Lärm an. Im nächsten Moment gleitet direkt vor dir auf einem Kran ein Mann mit einer Kamera vorbei. Ein Film! Stell dir vor, du bist in einem Film. Würdest du jetzt auflegen? Natürlich nicht.

»Kein Kongress!«, brüllst du in den Hörer. »Waren Sie 1971 in Hamburg? Kannten Sie eine Emma Junghans? Ja?«

Du starrst durch die Scheibe. Absperrungen. Scheinwerfer. Das Ganze ist so lächerlich. Was sollst du jetzt sagen? Du kommst dir vor wie eine Schauspielerin, der man beim Casting verschwiegen hat, dass die Rolle eine Nummer zu groß für sie ist.

Er hat »ja« gesagt. Du hast es doch gehört. Jetzt scheint er zu warten. Worauf nur? Du schluckst.

»Ich bin Emmas Tochter. Und Ihre wohl auch. Madita heiße ich.« Du drehst dich von der Scheibe weg und drückst entnervt den Hörer ans Ohr. Er sagt immer noch nichts. Vielleicht hättest du das Ganze etwas taktvoller verpacken sollen. Vielleicht hat er einen Herzinfarkt und liegt ohnmächtig am Boden.

Anand war aufgesprungen und hatte Mrs. Singh unwillkürlich den Rücken zugedreht.

»Ma-di-ta!«, brüllte er in die Stille des Sprechzimmers. »Mein Gott! Nein, ich kann jetzt nicht reden. Wie geht es dir?«

Was für eine dumme Frage. Nach fast dreißig Jahren. Er spürte, wie er in Panik geriet. Er musste herausfinden, was sie überhaupt wollte.

»Du willst mich also treffen? Schön, aber auf keinen Fall in Bombay. Das geht nicht. Und auch nicht hier in London. Du musst mich verstehen, ich kann das nicht so einfach machen!«

Er drehte sich um und sah direkt in Mrs. Singhs Gesicht, das nichts als unverhohlene Neugier spiegelte. Ihre Englischkenntnisse schienen besser zu sein, als er immer vermutet hatte.

70 Set

Ludwig ließ das Fernglas sinken. Dieser verflixte Kran hing jetzt direkt in seiner Sichtlinie. Er lehnte sich weit aus der Fensterhöhle.

Madita schien immer noch zu telefonieren. Vielleicht hielt seine Glückssträhne an, und sie würde noch einen Treffpunkt notieren oder ein Datum. Im Augenblick konnte er sowieso nicht einfach wieder hinunterklettern, ohne Aufsehen zu erregen.

Was taten eigentlich die ganzen Menschen da unter ihm? Sie schwirrten hin und her wie ein Schwarm aufgeregter Kolibris. Er sah Männer in Uniform. Einen Moment lang dachte er, sie wären seinetwegen hier. Dann atmete er auf. Es war natürlich Unsinn. Ein Filmset. Direkt unter ihm wurde ein Film gedreht.

Du verstehst kaum noch ein Wort bei dem Lärm da draußen. Wieso ist es nicht ruhig? Mucksmäuschenstill müsste es sein, in diesem denkwürdigen Augenblick. Die Welt hört auf, sich zu drehen, und lauscht dem ersten Telefonat zwischen Vater und Tochter.

Stopp! Gerade hat er dich was gefragt.

»Ja, ja, ich wohne noch in Hamburg. Hören Sie, ich kann Sie kaum verstehen. Vielleicht kann ich Ihnen meine Lebensgeschichte ein andermal erzählen?«

Er redet schnell, zu schnell, verdammt, Englisch ist eine Fremdsprache für dich!

»Ein Kongress? Ja, ich verstehe.« Du kritzelst den Namen des Hotels auf einen Zettel. Jetzt kommt das Datum. Das ist ja schon in ein paar Tagen! So schnell? »Ich muss gucken, ob ich meinen Flug umbuchen kann. Ja, ich freu mich drauf. Wiederhören.«

Ich freu mich drauf. Was für eine blöde Floskel. Freust du dich wirklich darauf, deinen Vater zu treffen?

Seine Stimme klingt ganz sympathisch, aber es schlägt nichts in deinem Inneren an, wie du es aus Filmen kennst. Eltern und Kinder liegen sich in den Armen und sagen Dinge wie »Ich habe es vom ersten Moment an gewusst«. Gar nichts hast du gewusst.

Plötzlich merkst du, dass er schon lange aufgelegt hat. Du hältst immer noch den Hörer ans Ohr, als würdest du auf die alles entscheidende Antwort warten.

»Scheiße, Mensch, wir müssen da durch!« Nick versuchte neben dem Bodybuilder durchzukommen, aber der stand wie ein Fels in der Brandung.

»Hindi Cinema! Hier nicht durch«, schnauzte er, diesmal in gebrochenem Englisch.

Cal zeigte auf die Szenerie, die langsam aus dem sich lichtenden Durcheinander von Set-Designern, Kabelträgern und Kamera-Assistenten entstanden war. »Vergiss es«, murmelte er. »Sohan Roy und Jalaja. Höchste Sicherheitsstufe.«

Der Regisseur wurde von einem Assistenten auf das Set gebracht und nahm direkt vor ihnen in einem Stuhl unter einem hellen Sonnenschirm Platz. Jemand reichte ihm ein Megafon.

Seine Stimme schepperte laut und unverständlich über den Platz. Mitten in seiner Ansprache ertönte ein lauter Knall. Er verstummte abrupt.

Die umstehenden Schaulustigen stoben auseinander und wirbelten in Sekundenschnelle den Staub auf, so dass Nick nichts mehr sehen konnte. »Ein Anschlag!«, kreischte jemand auf Englisch und riss an seinem Arm. »Islamische Terroristen!«

Nick stolperte und versuchte sich loszumachen. Als er sich mit Cals Hilfe wieder aufgerappelt hatte, fiel sein Blick auf einen Rohbau direkt hinter ihnen.

Aus einer der Fensteröffnungen lehnte eine Gestalt. Ein weißer alter Mann. Er hielt eine schwarze Pistole in der Hand, das Auge noch am Visier.

»Cal!«, brüllte er. »Da oben sitzt Hauser! Er hat auf Mattie geschossen!«

Ein indischer Popsong. Der Sound ist plärrend, wie aus schlechten Lautsprechern. Ein Mann und eine Frau singen ein Duett.

Die Pistole liegt im Staub. Nahaufnahme von innen nach außen durch die Scheibe des Telefonladens.

Cut. Das Gesicht der Telefonladenbesitzerin, nah. Sie schreit laut auf.

Cut. Matties Gesicht nah, erschrocken. Sie lässt den Hörer fallen und duckt sich.

Cut. Sohan Roy hebt Jalaja vom Boden auf, wo sie mit zerrissenen Kleidern gelegen hat. Sie sieht ihm tief in die Augen. Dann beginnen sie zu tanzen.

Cut. Nick reißt dem Aufpasser das Headset vom Kopf und kriegt prompt einen Faustschlag ins Gesicht. Hinter ihm verschwindet Cal in der Menge. Nick greift noch einmal nach dem Arm des Security-Mannes.

Cut. Blickwechsel Sohan Roy und Jalaja. Sie sinkt in seine Arme.

Cut. Das Filmset in der Totalen. Man sieht einen Reflektor, der sich langsam durchs Bild bewegt.

Cut. Ludwigs Gesicht im Rohbau, nah. Das Fernglas verdeckt seine Augen. Dann lässt er es sinken, um festzustellen, was genau ihm die Sicht versperrt.

Cut. Mattie und die Telefonladenbesitzerin kauern hinter dem Schreibtisch. Die Tür des Ladens geht auf. Hinter dem Reflektor stürzt Cal hervor.

Cut. Nick fliegt in den Staub hinter der letzten Reihe Zuschauer. Gesichter beugen sich zu ihm hinunter.

Cut. Mattie und die Telefonladenbesitzerin reißen sich die Kleider vom Leib.

Cut. Blick durch Ludwigs Fernglas, verwackelt. Neben den Tänzern geht ein junges indisches Paar durch die Menge. Der Mann hält schützend seinen Arm um die Frau. Sie trägt einen

Sari und hat das Tuch tief ins Gesicht gezogen. Das Fernglas schwenkt zurück auf den Laden.

Cut. Sohan Roy und Jalaja wirbeln herum und verharren in ihrer Umarmung. Die Musik endet auf einem lauten Akkord. Ein Mann stürzt zu Jalaja und erneuert ihr Make-up.

72 Flucht

Cal schob Mattie durch die Zuschauermenge zu Nick, der immer noch am Boden saß und sich den Kopf hielt. Er wollte zu ihm laufen und ihn in den Arm nehmen, aber Mattie kam ihm zuvor.

»Nick!«, schrie sie und wischte ihm mit einem Zipfel ihres Saris den Dreck aus dem Gesicht.

Cal fühlte die Eifersucht, die nach seinen Eingeweiden griff und ihm die Kehle zuschnürte. »Dafür ist jetzt keine Zeit!«, krächzte er heiser.

Er winkte eine Autoriksha heran. Er schob Mattie hinein, danach Nick. Beide sahen ihn an. »Zum internationalen Flughafen!«, rief er dem Fahrer zu. »Schnell!«

Die Riksha wackelte kurz und verschwand in einer Staubwolke um die Ecke. Sein erster Impuls war hinterherzurennen, aber er zwang sich, stehen zu bleiben und sich umzudrehen.

Der Regisseur brüllte seinen Assistenten an. »Wer hat die Klappe geschlagen, bevor ich ›Action‹ gerufen habe? Und was hatte dieser scheiß Reflektor in meinem Bild zu suchen?«

»Ich weiß nicht, Sir.« Der Mann sah aus, als wollte er auf der Stelle die Flucht ergreifen.

»Wir sprechen uns noch!« Der Regisseur griff wieder nach seinem Megafon. »Tanzszene, die Zweite. Und Action!«, kreischte es in Cals Ohren. Wieder ertönte ein Knall. Durch die Köpfe der Umstehenden hindurch sah er, wie ein Komparse zu Boden stürzte. Sohan Roy blickte auf die Pistole in seiner Hand und warf sie angewidert auf die Straße. Dann wandte er sich zu Jalaja und hob sie sanft aus dem Dreck.

Cal starrte auf das Set. Die Musik begann wieder zu plärren. Er drehte sich langsam zu dem Rohbau um. Die Fensteröffnung war leer.

73 Sari

Du krallst deine Hand in Nicks Unterarm. Deine Augen sind so fest zusammengekniffen, dass du kleine weiße Lichtpunkte siehst. In deinem Magen bündelt sich die Angst zu einem dicken Strick.

»Du kannst mich jetzt loslassen. Wir sind oben.« Warum ist Nick nur so normal? Nichts bringt ihn wirklich aus der Fassung, nicht mal fliegen.

Du öffnest die Augen und versuchst, die verdrehten Muskelstränge deines angespannten Körpers wieder zu entwirren. Vorsichtig riskierst du einen Blick aus dem Fenster. Unter dir kippen die orangen Lichter von Bombay aus ihrem schiefen Winkel in die Waagerechte. Jetzt ist es dunkel. Ihr seid über dem Meer.

Langsam sickern die Ereignisse der letzten Stunden in dein Bewusstsein. Eine halbe Ewigkeit seid ihr im Flughafen herumgelaufen, um noch zwei Plätze für die Nachtmaschine nach Frankfurt zu bekommen.

In langen Gängen zwischen den einzelnen Büros hat Nick immer wieder versucht, dir zu erklären, was eigentlich los ist. Aber dein Gehirn bockt immer noch und kriegt die einzelnen Teile nicht richtig zusammen. Es ist, als hätte er dir die komplizierte Handlung eines Filmes erzählt, den du im Fernsehen verpasst hast.

»Ich versteh das nicht.« Du drehst dich zu Nick, der in sein Glas mit Whisky starrt.

Bei näherer Betrachtung sieht er überhaupt nicht mehr normal aus, selbst ohne Flugangst. Seine Kiefermuskulatur arbeitet, der Mund ist fest geschlossen.

»Du glaubst also, Ludwig Hauser verfolgt uns. Dabei hat er zuerst den Journalisten umgefahren und jetzt auch noch den Historiker erschossen? Warum sollte er das tun? Und warum schießt er auf mich, hier in Bombay? Das hätte er doch zu Hause einfacher haben können. Die ganze Geschichte ergibt keinen Sinn!«

Nichts. Nur die malmenden Kiefer.

»Hallo, Nick!«

Widerstrebend löst er den Blick von dem Glas, stellt es aber nicht ab, sondern lässt es über der kleinen Tischplatte schweben, so dass die Flüssigkeit gefährlich hin und her schwappt. »Ich kann es dir auch nicht erklären, aber es ist nun mal so.« Seine Stimme klingt gepresst.

Du musst zugeben, dass er recht hat. Die logische Erklärung ist eine Sache, aber du kannst nicht leugnen, dass der Schuss gefallen ist.

Jemand hat versucht, dich zu erschießen. Die Erkenntnis trifft dich wie ein Schock.

Nick hat deinen Blick richtig gedeutet und stellt das Glas mit einem harten Klirren ab.

Neben euch schießt ein Tourist aus dem Tiefschlaf und sieht sich verwirrt um. Mit einer Hand zieht er sich die dünne Wolldecke ganz über den Kopf, murmelt etwas in einer fremden Sprache und dreht sich in die andere Richtung.

»Ich könnte mich in den Arsch treten, weil ich dir die ganze Sache vorgeschlagen habe. Ich wusste doch nicht, dass wir so einen Irren auf den Plan rufen. Und solange wir keine Erklärung haben, können wir nicht mal zur Polizei gehen. Die denken ja, wir sind in Indien auf einem Trip hängen geblieben.« Gierig stürzt er den Whisky runter und winkt der Stewardess, damit sie sein Glas zum dritten Mal auffüllt.

»Nick! Jetzt mach mal halblang!« Die klägliche Absurdität

eurer Situation lässt deine Angst weniger wirklich erscheinen. Nick hängt sich in die Seile und besäuft sich, während du erschossen werden sollst, ohne auch nur einen Schimmer zu haben, warum. »Dein Selbstmitleid hilft uns jetzt auch nicht weiter.«

Warum wünschst du dir bloß, Cal wäre jetzt bei euch? Cal mit seinen nie versiegenden Geschichten.

»I tell you a story«, versuchst du es mit seiner Methode. Immerhin guckt Nick dich an, wenn auch mit glasigen Augen. »Für den Moment haben wir Hauser abgehängt. Und bis der wieder auftaucht, haben wir mit Tante Charlotte gesprochen. Und mit Anand. Und ich bin reich, weil ich dir dein ganzes Geld abgeknöpft habe. Davon leiste ich mir einen Bodyguard.«

Mit der typisch verzögerten Reaktionszeit eines Betrunkenen zaubert Nick ein schiefes Lächeln auf sein Gesicht. »Ich wette, dein Vater hat schon einen erfolgreichen indischen Geschäftsmann im Kopf, der demnächst um deine Hand anhält. Und weg bist du. Happy End.« Das klingt schon wieder ganz nach Nick. Jetzt lässt er sogar das Glas los und zieht am Zipfel deines Saris.

»Hör auf!« Seine zaghafte Geste erinnert dich daran, dass du im Moment ein viel dringenderes Problem hast als Ludwig Hauser, der dich erschießen will. »Ich muss mal.«

»Ja und?« Nick lächelt abwesend die Stewardess an, die ihm gerade nachschenkt. Ihr Sari in den Farben von Air India sieht aus, als wäre er ihr auf den Leib gebügelt.

»Was ist, wenn das Ding hier auf dem Klo auseinanderfällt?« Du flüsterst, damit sie dich nicht hört. »Dann bin ich geliefert. Keine Ahnung, wie ich das wieder so hinkriegen soll, wie Cal es gewickelt hat!«

»Dann komme ich und rette dich. Was Cal kann, kann ich schon lange.« Er bläst dir seinen Whiskyatem ins Gesicht.

Ist es nicht so, dass Alkohol in großer Höhe doppelt so stark wirkt? Für den Moment bist du jedenfalls auf dich allein gestellt.

Vorsichtig schlängelst du dich durch den Gang und schlüpfst in die enge Kabine. Über dem Klo balancierend raffst du allen Stoff unterhalb deiner Hüfte zusammen und stopfst ihn in die linke Hand. Mit der anderen zerrst du deine Unterhose runter. Geschafft. Zum Glück gibt es keine Turbulenzen. Nach zwei endlosen Minuten bist du wieder in der Senkrechten.

Mehr im Vorbeigehen guckst du in den Spiegel. Eine Fremde im Sari starrt dich aus großen Augen an, unter denen tiefe Ringe liegen. Irritiert greifst du nach dem Riegel, und die Tür springt auf. In der spärlichen Beleuchtung vor dem Klo steht eine Frau mit langen blonden Dreadlocks. Sie liest in einem Buch mit dem Titel *Magisches Reisen in Indien.*

»Tschuldigung, dass es so lange gedauert hat«, sagst du auf Deutsch, immer noch unter dem Eindruck deines eigenen Spiegelbildes.

Die Frau hebt überrascht den Kopf. »Kein Ding«, sagt sie und lässt ihre Augen neugierig von deinem Kopf bis zu deinen Füßen wandern. »Cooles Outfit!«

74 Deutschheit

Nicks Blick aus dem Fenster des Taxis verlor sich in den Schneeflocken, die fast waagerecht vorbeiflogen.

Hamburg lag im winterlichen Dämmerlicht, und für einen Moment wusste er nicht mehr, ob es Morgen oder Abend war. Aber was machte das schon für einen Unterschied? Die Tageszeit würde nichts daran ändern, dass diese Rückkehr alles andere war als ein Happy End. Er schloss die Augen zur Hälfte und versuchte sich die gleißende Helligkeit von Bombay vorzustellen. Es klappte nicht. Das Einzige, was er fühlte, war ein kalter schwerer Klumpen in seinem Inneren.

Mattie neben ihm zitterte in ihrem dünnen Sari. Er drückte sie an sich.

»Die haben meinen Pass ungefähr eine Million Mal durch ihre Geräte gejagt. Dann haben sie mich alle möglichen komischen Sachen gefragt: Wo liegt Harmsdorf, wann hat meine Mutter Geburtstag und so was. Ich frag mich, ob die das dürfen.«

»Wenn du so rumläufst, müssen die eben ernsthaft deine Deutschheit überprüfen, bevor sie dich reinlassen.« Immerhin konnte er sie noch zum Lachen bringen.

Sie zog das Tuch über den Kopf, so dass sie komplett indisch aussah. »Ich hab mich selten so verkehrt gefühlt wie in dem Zeug hier.«

Das Taxi hielt endlich vor Matties Sozialbausiedlung. Nick bezahlte, und sie rannten durch den Schnee zur Eingangstür. Die türkisch-serbische Hausgang hatte wie üblich ihr Winterquartier vor dem Fahrstuhl aufgeschlagen. Einer reichte einen Joint weiter. Nick konnte sich nicht erinnern, dass sie jemals die Klappe gehalten hatten, wenn er vorbeigegangen war. Aber zu Mattie im Sari fiel ihnen auch nichts ein.

»So, jetzt reicht's mir aber mit der Modenschau. Zieh mal.« Mattie warf ihr Handgepäck aufs Sofa und reichte ihm einen Zipfel. Er zog und sie drehte sich langsam aus dem Stoff. Zum Vorschein kam wieder die alte Mattie. Sie griff nach ihrer geliebten Jeans, stieg mit einem Bein hinein und versuchte mit der anderen Hand ihr Handy abzuhören.

Er ließ sich in den Sessel fallen und sah ihr zu. Es kam ihm vor, als wäre sie jetzt, wo die Ereignisse aus dem Ruder liefen, viel weniger deprimiert als er. Sie machte einfach einen Schritt nach dem anderen. In seinem Kopf brummten der Whisky, Angst und ein unbestimmtes Schuldgefühl durcheinander.

Plötzlich merkte er, dass mit Mattie etwas nicht stimmte. Sie setzte sich einfach halb angezogen auf den Fußboden und riss die Augen auf. Ihre Hand mit dem Telefon sank langsam auf den Boden.

»Hinnarck«, murmelte sie. »Charlotte ist tot. Emma liegt in Ochsenzoll. Selbstmordversuch.«

Nick seufzte. Langsam ließ er sich neben Mattie auf den Teppich gleiten. »Es ist mir ein Rätsel, wie man in so einer Familie mal an seine eigenen Probleme denken kann«, sagte er leise.

»Man lässt es einfach bleiben«, antwortete Mattie.

75 Ochsenzoll

Hinnarck saß auf einem der roten Plastikstühle im Flur der geschlossenen Abteilung. Um ihn herum wurden Patientinnen aus den Zimmern gerollt, damit ein junger Mann mit einem Hochdruckreiniger die Böden säubern konnte. Höflich versuchte Hinnarck, die Frauen, die apathisch in ihren Betten lagen, nicht anzustarren. Es war direkt gespenstisch still auf dem Flur, kein Wort wurde gewechselt.

Neben ihm lag ein Mädchen, vielleicht fünfzehn, sechzehn. Das strähnige blonde Haar fiel ihr quer über das eingefallene Gesicht. Niemand hatte sich die Mühe gemacht, es nach hinten zu streichen. Obwohl er schon so viele Tage auf den Fluren der psychiatrischen Klinik Ochsenzoll verbracht hatte, überkam Hinnarck ein Gefühl der Hilflosigkeit. Die Frauen waren doch nicht krank! Nicht richtig jedenfalls, man hatte schließlich für alles Medikamente erfunden.

Zögernd stand er auf und ging zu dem Mädchen. Er hob die Hand, dann ließ er sie wieder sinken. Da musste doch jemand zuständig sein! Er blickte sich suchend um. In dem Moment kam ein junges Paar um die Ecke, die Frau eine Ausländerin. Hinnarck blinzelte. Er wusste, dass er eine Brille brauchte, aber er wollte nicht zum Augenarzt gehen. Die Ausländerin kam direkt auf ihn zugelaufen. Madita!

Er fühlte ihre Arme um seinen Hals und versuchte seinen Schrecken zu verbergen. Sie war so – dunkel. Ganz fremd kam sie ihm vor.

»Wo hast du nur gesteckt?« Er konnte den vorwurfsvollen Ton nicht unterdrücken.

Sie ließ ihn los. »In Indien«, antwortete sie schnell.

Er spürte einen Stich in der Herzgegend. Sein Blutdruck schoss in die Höhe, er hörte das Blut in seinen Ohren rauschen. »Indien« war das letzte Wort, das er hören wollte. Erst die Frau und jetzt die Tochter.

»Aha«, sagte er steif. »Na, deine Mutter und ich kommen ja auch ohne dich zurecht.« Er sah ihr an, dass sie noch was sagen wollte, aber in dem Moment kam die junge Ärztin dazu, die Emma behandelte. Sie begrüßte ihn.

»Frau Doktor, meine Tochter ist endlich aufgetaucht.«

»Das ist also Ihre Tochter.« Neugierig blickte sie von ihm zu Madita. Er kannte diesen Blick, sie suchte nach Ähnlichkeiten. »Freut mich, Sie kennenzulernen.«

Sie schüttelten einander die Hand.

»Ich würde mich gern einmal mit Ihnen unterhalten. Allein.«

Madita nickte und lief hinter der Ärztin her.

Was hatten die nun wieder zu bereden, was er nicht hören sollte?

Erst jetzt nahm er den jungen Mann richtig wahr, der neben ihm stand. Das war also Nikolaus. Ein blasser, dünner Bursche, sah aus, als würde er gleich umkippen.

Hinnarck versuchte sich zu erinnern, was Madita ihm erzählt hatte. Der Junge kam aus guter Familie, sein Vater war Anwalt oder Richter. Er reichte ihm die Hand und fragte sich, was er sagen sollte.

»Ich freue mich, dass wir uns endlich mal treffen«, sagte Nikolaus. Sie setzten sich nebeneinander auf die roten Plastikstühle.

»Ja.« Hinnarck wollte sich eine höfliche Antwort zurechtlegen, aber es gelang ihm nicht. »Maditas Mutter braucht sie jetzt. Ich hoffe, Sie unterstützen sie nicht noch mit diesen Flausen über Indien.«

Nikolaus schüttelte den Kopf. Erst dachte Hinnarck, der

Bengel würde sich über ihn lustig machen. Misstrauisch sah er ihn an. Nikolaus legte eine Hand auf seine Schulter. So saßen sie da und schwiegen.

76 Störung

Die Ärztin sieht nach altem Hamburger Geld aus. Pferdeschwanz, dezente Perlen und eine graue Flanellhose unter dem Kittel. Vielleicht eine Enkelin der alten Frau mit dem Stock, bei der deine Oma geputzt hat. Wie von selbst fährt deine Abneigung hoch. Du hast Mühe, dich auf das zu konzentrieren, was sie sagt.

»Wir können nicht mit der Therapie beginnen, wenn wir nicht wissen, was es mit der Psychose Ihrer Mutter auf sich hat. Ihr Vater ist – nun ja, nicht sehr kooperativ.«

Du musst lachen. Hinnarck glaubt zwar an die Macht der Ärzte. Er sieht aber überhaupt nicht ein, was es für einen Sinn haben soll, sein ganzes Leben vor ihnen auszubreiten. »Mein Vater ist eben ein bisschen schüchtern.«

Sie sieht dich überrascht an. Du wunderst dich selbst, wie viel Wärme in deiner Stimme liegt. Vorhin schon, als du Hinnarck gesehen hast, ist dir aufgefallen, dass es anders war als all die vorherigen Male. Wie oft du mit hochgezogenen Schultern nach Ochsenzoll geschlichen bist! Es ist, als hätte sich in den letzten Wochen in deinem Inneren ein Knoten gelöst, Stück für Stück. Und obwohl die Welt im Moment alles andere als rechtwinklig ist, scheinst du dich darin selbstverständlicher zu bewegen.

»Ihre Mutter hat eine schwere paranoide Störung.« Die Stimme der Ärztin holt dich aus deinen Gedanken. »Wir müssen versuchen diese Störung zu begreifen. Sie fühlt sich verfolgt von einem Mann. Ein Mann, der aus dem Wasser kommt. Was könnte es auf sich haben mit dieser Figur?«

Du zuckst die Achseln. »Davon redet sie schon, seit ich mich erinnern kann. Keine Ahnung, was das zu bedeuten hat. Sie sind die Psychologin. Wasser, ein Mann. Daran hat sich schon Hamburgs halbe Ärztewelt die Zähne ausgebissen.«

Du siehst, wie dein Sarkasmus sie trifft. Cal wäre begeistert. Aber kann sie was dafür, dass sie aussieht wie die Enkelin von Krambach?

Sie scheint sich doch wirklich für Emmas Fall zu interessieren, statt sie einfach mit Medikamenten vollzustopfen. Wenn Hinnarck schon nicht kooperiert, kannst du es wenigstens versuchen.

Für einen Moment scheint sie dir etwas entgegnen zu wollen, dann dreht sie sich um und holt eine lederne Aktenmappe vom Schreibtisch. Daraus zieht sie ein gerahmtes Foto ohne Glas. »Natürlich stand Ihre Mutter unter Schock, weil sie Frau Doktor Weidenkamp gefunden hat. Deren Tod bereitet uns im Übrigen auch noch einiges Kopfzerbrechen, aber dazu komme ich später. Ein solcher Schock löst jedoch in der Regel keine Paranoia aus. Dieses Foto hielt sie bei ihrer Einlieferung in der Hand. Sie wollte es nicht loslassen. Wir mussten es ihr mit Gewalt abnehmen, um ihre Schnittwunden zu versorgen. Seitdem hat sie praktisch nicht mehr gesprochen. Sehen Sie es sich in Ruhe an, vielleicht fällt Ihnen ja doch etwas ein.«

Du nimmst das Foto. Dir wird schwindelig. Ein kurzer Blick genügt. Das gleiche Foto. Hauser, Kher und Weidenkamp in Uniform.

»Frau Junghans! Alles in Ordnung mit Ihnen?«

Du öffnest die Augen und siehst in das besorgte Gesicht der Ärztin. »Ja, danke, es geht schon.«

Abwartend sieht sie dich an.

»Hören Sie, ich möchte gern mit meiner Mutter sprechen und ich brauche das Foto.«

Sie blickt sich zweifelnd um, als suche sie nach jemandem, der ihr die Verantwortung abnimmt. »Ich weiß nicht, Ihre

Mutter ist noch sehr instabil«, sagt sie zögernd. Dann gibt sie sich einen Ruck. »Also gut, ich bleibe in der Nähe. Wenn sie einen Anfall hat, klingeln Sie bitte sofort.«

Du reichst ihr die Hand, und sie drückt sie wortlos. Langsam verlässt du den Raum und gehst über den Flur zu Emmas Zimmer. Weiter hinten siehst du Nick und Hinnarck mit dem Rücken zu dir am Aschenbecher stehen.

Du fühlst dich, als ob die Realität plötzlich nahtlos in einen deiner Träume übergegangen ist, ohne Vorwarnung. Ein schlechter Witz, dieser Traum.

77 Emmas Welt

Weiß, weiß, weiß sind alle meine Kleider, weiß, weiß, weiß ist alles was ich hab, weil mein Schatz ein – ein Arzt ist? Wie schön weiß ihre Arme leuchten. Zeitlose Eleganz bis fast hinauf zu den Ellenbogen. Stulpenhandschuhe hat man das in ihrer Jugend genannt.

Schläfrige Emma. Immerzu schlafen möchte sie. Aber nicht tot. Emma ist nicht tot. Wieder nicht. Hinnarck ist froh, dass sie nicht tot ist. Warum nur? Sie ist aufgewacht und Hinnarck hat geweint.

Da kommt er! Nein, nicht Hinnarck. Madita. Kleines Mädchen. Nichts passiert. Nur ihr Gesicht. Nicht weiß, nein gar nicht. Maditaanand. Madita fragt immer. Nicht fragen. Nein!

Er kommt wieder. Sie weiß es. Nein! Madita! Nicht böse werden! Emma sagt die Wahrheit. Der Teufel ist aus dem Wasser gekommen. Damals, beim ersten Mal. Wildes Wasser. Schreie im Wasser. Dann kommt der Mann. Sein Gesicht. Sie hat sein Gesicht gesehen. Er rennt direkt auf sie zu. Emma fällt. »Anand!«

Du hast Angst. Wie damals, als du noch ein Kind warst. Die Angst verhindert jeden klaren Gedanken. Du willst nur, dass es aufhört.

Deine Hand greift nach der Klingel neben Emmas Bett. Gleich nachdem du reingekommen bist, hat der Anfall angefangen, ohne dass du überhaupt Zeit hattest, sie zu fragen. Im letzten Moment zögerst du. Wenn du jetzt klingelst, ist es vorbei.

Emma ist aufgeregt, Spucke läuft ihr aus dem Mund. Ihre Arme rudern auf der Bettdecke herum. Du kannst dich nicht erinnern, jemals Öl ins Feuer ihrer Wahnvorstellungen gegossen zu haben. Unbeholfen nimmst du ihre Hand, die mit dem weißen Verband.

»Emma! Beruhige dich. Ich glaube dir doch!« Du hörst den Hall deiner eigenen Stimme und wunderst dich, wie das klingt. »Ich glaube dir doch!«

Auch Emma hört vor Überraschung auf herumzuzappeln und sieht dich misstrauisch an. Hält sie dich jetzt für eine Kollaborateurin ihrer unsichtbaren Feinde?

Vorsichtig legst du ihre Hand auf die Bettdecke und holst das Foto vom Tisch. Du zeigst auf Rajiv Kher.

»Mama. Da ist der nasse Mann. Aber er ist tot. Schon lange tot. Warum hast du solche Angst vor ihm? Was hat er dir getan? Und was hat Anand getan?«

Es fängt wieder an. Emma wirft den Kopf auf dem Kissen hin und her. »Anand! Hilf mir! Bleib hier!«, schreit sie.

Du fühlst dich hilflos, ausgeschlossen aus ihrem Alptraum.

»Er kann dir nicht helfen, Mama.« Du redest jetzt leise auf sie ein, nicht so wie sonst, als ob sie schwerhörig wäre. »Anand ist lange weg. Du hast ihn weggeschickt, erinnerst du dich nicht? Aber ich bin da. Ich bin kein Kind mehr. Ich kann dir helfen!«

Wieder bricht Emmas Anfall mitten in der Bewegung ab. Sie sieht dich an. »Mein kleines Mädchen. Es ist alles meine Schuld«, flüstert sie. Dann nimmt sie mit ihrer kalten Hand deinen Finger und schiebt ihn langsam über das Foto.

»Ludwig Hauser!« Du guckst vom Foto hoch in Emmas Gesicht, aber sie wirkt jetzt ganz ruhig. »Hauser ist …«

»Er ist ganz nass.«

Sie hat es dir gesagt, laut und deutlich. Erschöpft dreht sie ihren Kopf zur Seite.

»Und Anand? Was hat er damit zu tun?«

Keine Chance. Emma hat sich ausgeklinkt. Ihre Hand greift noch einmal nach deinem Kopf und zieht ihn dicht zu sich hinunter aufs Bett. »Ein Schiff wird kommen«, summt Emma leise.

78 Hotel

Einen Moment lang hatte er Angst, der Passat wäre nicht mehr da. Aber der Wagen stand genau dort, wo er ihn verlassen hatte. Ludwig öffnete den Kofferraum, verstaute seine Tasche und stieg ein.

Er fühlte sich besser, viel besser. Alles lief jetzt nach Plan. Im Flugzeug hatte er in der ornithologischen Monatszeitschrift gelesen, dass auf der Ostseeinsel Poel die Stelle des Vogelwartes frei wurde. Er kannte die Warte, sie lag auf einer vorgelagerten kleinen Insel, die man nur nach vorheriger Anmeldung betreten durfte. Er war eingedöst und hatte von der Sandbank geträumt, auf der sich Kormorane, Möwen und Strandläufer ungestört tummelten. Als er aufwachte, klangen die Schreie der Seevögel noch in seinen Ohren, und das Bild der Sandbank hatte ihm Zuversicht eingeflößt.

Er startete den Wagen und zwang sich, die Tagträumereien zu verschieben und sich auf das Wesentliche zu konzentrieren. Er brauchte ein Telefon. Er dachte kurz daran, nach Harmsdorf zurückzukehren, doch dann verwarf er den Gedanken wieder. Vorsichtig tastete er nach dem kleinen Tütchen mit dem Ring in seiner Hemdtasche. Er durfte erst zu Charlotte gehen, wenn die ganze Sache bereinigt war. Ja, er selbst würde gereinigt vor sie treten und sie um einen neuen Anfang bitten.

Irgendwo in seinem Inneren fühlte er einen dumpfen Schmerz, dessen Ursache er sich nicht erklären konnte. Der Schmerz saß dicht unter der Oberfläche seines Bewusstseins. Er wusste instinktiv, er durfte niemals zulassen, dass die dünne Haut riss. Er musste vergessen, um zu überleben. Kurz schoss ihm die Frage durch den Kopf, ob es Menschen gab, die an Schlaflosigkeit starben. Dann verwarf er den Gedanken. Die primäre Todesursache wäre immer noch Herzversagen.

Unbewusst hatte er den Wagen auf die Autobahn Richtung Puttgarden gelenkt. Die Vogelfluglinie. Es tat ihm gut, in die Anonymität der Reisenden einzutauchen, die sich, eingeschlossen in die kleine individuelle Welt ihrer PKWs, Kilometer für Kilometer ihrem Ziel entgegenbewegten. Wie die Vögel, die bald aus Afrika zurückkehren und diesen Weg nehmen würden, um an den jahrhundertealten Stammplätzen ihrer Sippe zu brüten.

Spontan entschied er sich für einen kleinen Rasthof, an dem nur wenige LKWs auf dem spärlich beleuchteten Parkplatz standen. Er parkte den Wagen genau zwischen den weißen Strichen auf dem Asphalt. Das Restaurant sah einladend aus, aber er hatte keinen Appetit. Ludwig ging direkt zur Rezeption und fragte nach einem Zimmer mit Telefon.

»Nick, ich finde das ein bisschen übertrieben.«

Er sah Mattie an, die, den Kopf in die Hände gestützt, neben ihm auf der Fensterbank lehnte. Ihr Gesicht schien langsam in der Dämmerung zu verschwinden. Draußen war gerade die Fähre nach England vorbeigefahren.

Wie in einer Rückblende schob sich vor die Gegenwart das Bild von ihm selbst, wie er mit seinem elektronischen Detektiv-Spielzeug vor Mattie angab. Was für ein naiver Witzbold er damals gewesen war.

»Es ist mir egal, wie du das findest. Ich will einfach kein

Risiko mehr eingehen. Hauser kann jeden Moment hier in Hamburg auftauchen. Nach dem, was wir wissen, hat er sogar seine Freundin auf dem Gewissen. Der schreckt vor nichts zurück.« Er sah die Angst in ihren Augen aufflackern. Das war wirklich das Letzte, was er wollte. Nick kramte seinen Galgenhumor hervor. »Hast du mich immer noch nicht durchschaut? Ich will heute möglichst viel Geld ausgeben, bevor du es morgen sowieso alles kriegst.« Er versuchte sein altes Grinsen, aber es gelang nur halb.

Sie deutete zum Fenster und ging auf sein Spiel ein. »Und außerdem wolltest du schon immer mal eine romantische Nacht in diesem Luxusbunker hoch über dem Hafen verbringen. Wie die alten Seefahrer, bevor sie Abschied von ihren holden Ehefrauen nahmen und in See stachen.«

Nick erschrak. Manchmal hatte er das Gefühl, Mattie wusste mehr von ihm als er selbst. Wieso redete sie von Abschied? »Quatsch«, brummte er. »Schließlich findet der Kongress hier im Hotel statt, und wir können deinen Vater gleich morgen früh abfangen.«

»Schon gut, du hast ja recht.« Sie richtete sich auf und gähnte. Einen Moment lang beobachteten sie beide den Hafen, in dem nach und nach die Lichter angingen. »Ich würde so gerne vorher wissen, was für eine Rolle mein Vater in dem ganzen Schlamassel gespielt hat«, sagte Mattie.

Nick wünschte, er könnte es ihr erklären. »Komm, du holde Seefahrerbraut«, flüsterte er ihr stattdessen ins Ohr und zog sie ins Zimmer. »Wenn deines Vaters schlimme Machenschaften ans Tageslicht kommen, nehme ich dich mit mir auf hohe See. Aber vorher plündern wir noch die Minibar!«

Er holte eine Flasche Whisky und zwei Gläser heraus. Sie ließen sich nebeneinander auf das weiche Bett fallen. Nick goss ein, und sie tranken in kleinen schnellen Schlucken. Ihre Körper berührten sich nicht.

Mattie griff nach der Fernbedienung.

Im Fernsehen lief *Tatort,* wie jeden Sonntag.

79 Blind Date

Die gläserne Flügeltür zum Kongressraum steht weit offen, die Teilnehmer drängen in den Saal. Du hast dich direkt neben dem Eingang postiert, um Anand Kumar nicht zu verpassen.

Nervös versuchst du die Namensschilder einer Gruppe von Ärzten zu entziffern. Ihr breites Englisch schallt selbstbewusst durch das Foyer.

»Mattie! Das sind Amerikaner! Das hört man doch!« Nick zieht von hinten an deinem T-Shirt. »Jetzt reiß dich mal zusammen, sonst holt noch jemand die Hotel-Security, bevor wir ihn gefunden haben.« Nicks Stimme klingt auch nicht besonders ruhig.

»Ich weiß nicht, woran ich ihn erkennen soll. Ich hatte noch nie ein Blind Date!«, flüsterst du über die Schulter. Deine Füße wollen schon wieder weiter nach vorne, du tänzelst auf der Stelle wie ein Hund an der Leine.

Immer mehr Leute verstopfen den Eingang und versperren dir die Sicht. Du stellst dich auf die Zehenspitzen und reckst den Kopf. Mindestens die Hälfte der Ärzte ist männlich und über fünfzig. Die medizinische Fachwelt ist noch ein großes Stück von der Gleichberechtigung entfernt.

Plötzlich siehst du ihn. Er ist gerade um die Ecke gekommen, ins Gespräch mit einem Kollegen vertieft. Du weißt sofort, dass er es ist. Es ist eher eine gefühlte Ähnlichkeit als eine, die direkt ins Auge fällt. Ein bisschen enttäuscht suchst du etwas Besonderes an ihm, eine außergewöhnliche Ausstrahlung. Aber er sieht einfach aus wie ein seriöser indischer Geschäftsmann. In Bombay wärst du an ihm vorbeigelaufen, ohne dich einmal umzusehen.

»Mattie, los, das ist er!« Nick hat ihn auch gesehen und nuschelt von hinten in dein Ohr. Er gibt dir einen sanften Schubs.

Deine Nervosität ist weg. Auch der Lärm und die ganzen Leute um dich herum sind irgendwie ausgeblendet. Mit angewinkelten Armen schiebst du dich durch die Menge und bleibst direkt vor ihm stehen.

»Mr. Kumar?«

Er muss ein Stück zurücktreten, um dich richtig zu sehen. Sein Kollege wird abgedrängt, ruft ihm über die Köpfe der Menge etwas zu und verschwindet.

Das ist also dein Vater. Die kühle Skepsis eines reichen Mannes, von dem immerzu jemand etwas will, steht ihm ins Gesicht geschrieben. Du beobachtest, wie sich das Erkennen auch bei ihm langsam ins Bewusstsein schleicht. Gespannt wartest du ab, was als Nächstes kommt.

Dann kommt es. Wütend fährt er dich an. »Bist du verrückt geworden? Mir hier einfach so aufzulauern! Wir waren doch erst für heute Abend verabredet! Wenn dich jemand sieht!« Ohne ein weiteres Wort greift er sich deinen Arm und zieht dich an die Seite, als wärst du ein unartiges kleines Mädchen.

Ungeduldig schüttelst du die Hand ab, an der ein Ehering mit einem Stein aufblitzt. »Danke der Nachfrage! Ich heiße Madita, und mir geht es gut.«

Zögernd reicht er dir die Hand, aber sein Blick bleibt distanziert. Unwillkürlich musst du an Hinnarcks spröde Gesten der Zuneigung denken.

»Guten Tag, Doktor Kumar. Mein Name ist Nikolaus Ostrowski.« Nick ist hinter dir hervorgetreten und ergreift die ausgestreckte Hand, wobei er eine leichte Verbeugung andeutet. Natürlich beherrscht er die hier üblichen Umgangsformen besser als du.

Dein Vater zuckt zusammen. »Und wer sind Sie, wenn ich fragen darf?«

»Ich bin Maditas Freund«, lautet Nicks knappe Antwort.

»Ich verstehe.« Sein Blick wird etwas weniger unruhig und wandert von Nick zurück zu dir. Dann hinunter zu euren Händen, die wie selbstverständlich zueinandergefunden haben. Zwei nackte Hände. Ohne Ringe.

Anand legte den Hörer auf und zog die dicke Jacke an, ein Geschenk seiner Frau. Er fühlte, wie die Wärme der Daunen sofort auf seinen Körper überging. Deepa hatte ihn damit überrascht am Abend zuvor.

»Deutschland, da soll es ja noch kälter sein als hier!«

Sie saß an ihrem Schminktisch und trug das komplizierte Make-up für die Vorstellung auf. Er lag schon im Bett und sah ihr zu. Seit die Tochter aus dem Haus war und sein Sohn studierte, leitete sie eine kleine indische Theatergruppe im Londoner East End. Sie traten bei Hochzeiten und anderen Festlichkeiten auf.

Einmal im Jahr traf sich die ganze Familie in Bombay, wo seine Mutter mit ihrer Schwester in dem Haus wohnte, das er ihnen gekauft hatte. Seine Frau ging ins Theater, er ging in den Club, und die Kinder trafen sich mit gleichaltrigen Verwandten. Bald würden sie wieder eine Hochzeit feiern. Hunderte von Leuten würden das Haus mit Leben erfüllen. Er konnte zufrieden sein. Bis jetzt.

Anand war seit dreißig Jahren nicht mehr in Deutschland gewesen. Nach der Hochzeit in Bombay machte er mit dem Geld, das ihm sein Schwiegervater stillschweigend überwiesen hatte, endlich seinen Traum wahr. Eine eigene Praxis in London, wo man als Arzt gutes Geld verdiente, statt sich unterbezahlt in einem indischen Krankenhaus mit den korrupten Behörden herumzuschlagen. Am Anfang war es nicht leicht mit Deepa und den kleinen Kindern, aber der enge Zusammenhalt der indischen Einwanderer half ihnen, über die Runden zu kommen. Deepa hatte furchtbares Heimweh, doch sie biss die Zähne zusammen und schuf ihm inmitten von London ein Zuhause, das strikt nach den indischen Regeln funktionierte. Es gab Chapatis zum Lunch und Tee um fünf.

Seine Kinder sprachen fließend Hindi. Sie wussten, wo sie hingehörten, ganz wie es seine Mutter vorausgesagt hatte.

Anand schloss seine Zimmertür ab und ging am Aufzug vorbei. Wenn er die Treppe nahm, konnte er noch ein wenig Zeit gewinnen, bevor er Madita wieder gegenübertrat. Emmas Tochter. Eine erwachsene Frau. Sicher, sie war auch seine Tochter, darüber bestand kein Zweifel. Doch ihrer beider Leben waren so unterschiedlich, dass es besser war, ihr keine Hoffnung auf eine gemeinsame Zukunft zu machen.

Aber das kam ja jetzt sowieso nicht mehr in Frage. Er fragte sich, wie sie reagieren würde.

80 Zuschauer

Nick lief ein Stück hinter Mattie und ihrem Vater am Hafen entlang, um ihnen Zeit für ihre Unterhaltung zu geben.

Wenigstens redeten sie jetzt miteinander. Natürlich hatte Kumar nach Emma gefragt, und Mattie war gerade dabei, ihm deren traurige Odyssee durch die Welt der Psychiatrie zu schildern. Nick hoffte, sie würde sich rechtzeitig an ihn erinnern, wenn sie so weit waren, sich über Hauser und die Ereignisse am Hafen zu unterhalten.

Er fühlte sich deprimiert. Auch wenn die ganze Sache seine Idee gewesen war, am Ende war er doch nur der Zuschauer. Ein Gast im Leben der anderen. Ohne eigenen Willen.

Mattie wollte ihr Kino, das wollte sie wirklich. Cal wollte Musik machen. Nick wollte DJ sein. Oder nicht. Oder Detektiv. Oder nicht. Oder ein Kino. Wenn nicht, auch kein Problem. Ein Mitläufer.

Heftiges Selbstmitleid überkam ihn. Mattie hatte ihn wohl auch vergessen.

»Nick! Wo bist du denn?« Ihre Stimme klang angespannt. Sie und Kumar waren stehen geblieben. »Nick!« Sie kam zu ihm zurückgelaufen. »Ich weiß jetzt, was damals passiert ist. Du musst mir helfen, ihn zu überreden, jetzt gleich mit uns zur Polizei zu gehen.«

»Was soll ich machen?« In seinem Kopf drehte es sich.

Immer musste Mattie so schnell reden, dass ihm schwindelig wurde. Sie waren jetzt bei Kumar angekommen, der am Wasser stand und sich nervös umsah.

»Okay. Kurzversion. Also Emma und Anand sind spazieren gegangen. Hier irgendwo. Plötzlich hörten sie ein Geräusch. Zwei Männer kämpften miteinander im Wasser. Aber es kam nur einer wieder raus. Er rannte direkt in Emma rein. Verstehst du, Nick, das muss Hauser gewesen sein. Emma und Anand waren Zeugen, dass er Kher umgebracht hat. Und dann muss Hauser gemerkt haben, dass Emma genau wie er in Harmsdorf wohnte. Er hat sie jahrelang tyrannisiert, er ist ihr nasser Mann!« Mattie war so aufgeregt, dass sie deutsch geredet hatte.

»Können Sie mir vielleicht sagen, worum es hier geht?«, mischte sich Kumar ein.

Nick versuchte sich zu konzentrieren und die richtige Frage zu stellen. Vor ihnen stand der einzige Zeuge, den sie jemals haben würden. Wenn sie sein Vertrauen nicht gewinnen konnten, war es vorbei. »Sie haben also damals den Zwischenfall beobachtet? Und was haben Sie dann gemacht?«

Kumar nickte. »Als ich zurück zum Schiff kam und die Nachricht erhielt, dass wir wegen eines Toten im Hafen nicht auslaufen dürften, habe ich mir schon gedacht, dass es etwas mit unserem Erlebnis zu tun hatte. Emma wartete draußen, um sich von mir zu verabschieden. Ich ging zurück und wir – na ja …« Er zögerte.

»Aber warum haben Sie ihr das Märchen vom Buß- und Bettag aufgetischt?« Nick hatte immer noch Mühe, seine Gedanken in die richtige Reihenfolge zu bringen.

»Ich wollte sie nicht beunruhigen. Sie war schon damals etwas …«, Kumar sah vorsichtig zu Mattie, »… sensibel.«

Nick fragte sich, ob Mattie jetzt in die Luft gehen würde. Aber sie begnügte sich mit einem skeptischen Blick auf ihren Vater.

»Sensibel sind viele Menschen. Aber dieser Mann, den ihr

damals gesehen habt, hat Emma verrückt gemacht. Und jetzt ist er hinter uns her. Er wollte nicht, dass wir dich treffen. Er bringt lauter Leute um. Du musst uns helfen, ihn aus dem Verkehr zu ziehen!«

Nick konnte seinen Blick nicht von dem Inder losreißen. Etwas irritierte ihn zunehmend am Verlauf der Unterhaltung. Kumar war viel zu defensiv. Ständig versuchte er Matties Blick auszuweichen.

81 Showdown

»Er wird Ihnen nicht helfen.« Leise, auf Deutsch, hinter deinem Rücken.

Du drehst dich um. Da steht Ludwig Hauser. Er ist vom Wasser her auf euch zugetreten. Für einen Moment glaubst du, Emmas Halluzination hat sich jetzt auch in deinem Kopf eingenistet.

Aber er ist nicht nass. Er ist alt. Um seinen Hals trägt er wieder das Fernglas. Charlottes alter Vogelfreund.

»Danke, dass Sie mich angerufen haben, Herr Doktor Kumar.« Er spricht ein altmodisches Englisch, mit hartem deutschem Akzent. Der Inhalt seiner Worte knallt glasklar in deine Synapsen.

Du gehst drei Schritte rückwärts, damit du sie beide im Blick hast. Dein Vater hat die Augen gesenkt und betrachtet seine glänzenden Lederschuhe.

»Madita, du musst mich verstehen«, sagt er leise.

Was? Was musst du verstehen?

Er kann dich immer noch nicht ansehen, darum guckt er lieber zu Nick, von dem er sich wahrscheinlich Verständnis erhofft. »Er rief mich vorgestern an und drohte, die ganze Geschichte mit Emma meiner Familie zu erzählen. Ich konnte nicht anders.«

Nur ist Nick jetzt nicht mehr der wohlerzogene Junge aus gutem Hause. »Sie sind ein feiger Idiot!«, brüllt er und will sich auf Anand stürzen.

Im letzten Moment kapierst du, dass dies kein Film-Showdown ist. Du ziehst ihn am Ärmel zurück. »Lass ihn, Nick. Denk an die Knarre!«

Nicks geballte Faust bleibt auf halbem Weg zu Anand in der Luft hängen. Ludwig beobachtet euch schweigend, ohne sich zu rühren. Als wäret ihr Vögel und würdet gerade ein seltenes Ritual vollführen.

»Meine liebe Madita, bitte hören Sie mir zu.« Seine Stimme klingt leise und schleppend, fast ein bisschen wie Emma. Du musst an Gerd Fröbe denken, in einem alten Schwarzweißfilm, wo er den Kindern Schokoladenigel schenkt und sie dann umbringt. »Ich wollte, ich musste verhindern, dass Sie nach all den Jahren eine Geschichte ans Tageslicht zerren, die man besser vergessen sollte.«

Jetzt, wo er redet, hast du weniger Angst vor ihm als vorher. Die Art, wie er spricht, aktiviert deinen geschärften Sinn für atmosphärische Störungen in der Psyche. Der alte Mann ist kein Killer, oder jedenfalls nicht mehr. Er macht den Eindruck, als würde er auf ein schwarzes Loch zutreiben. Die Zeit ist gegen ihn.

»Und damit die Sache mit Kher nicht herauskommt, haben Sie Mehmet Khan umgebracht? Dann den alten Historiker! Und jetzt uns. Nur er darf gehen?«

Du nickst zu Anand, deinem Vater, ohne ihn wirklich anzugucken. Seine Körperhaltung reicht aus, um dir zu zeigen, dass er nur zu gern den Schauplatz verlassen würde. Aber deine Aufmerksamkeit gilt Ludwig. Er zwinkert mit den Augen, als wären sie zu trocken. Er hat offenbar Mühe, sich auf das zu konzentrieren, was er dir sagen will.

»Der Journalist. Rahul Kher.« Wieder diese schleppende Stimme. »Unfälle. Alle scheinen plötzlich Unfälle zu haben.« Er macht eine Geste, als wolle er etwas wegwischen. Das ist es.

»Und Tante Charlotte.«

Dachtest du, er würde jetzt zusammenbrechen? Deine amateurhafte Psycho-Taktik funktioniert nicht. Er reagiert nur auf das Stichwort.

»Charlottchen, nur für sie. Ich habe alles nur für sie getan. So lange gewartet. Ihre Mutter«, er blinzelt dich an, »sie hätte alles kaputtgemacht.«

»Also haben Sie sie kaputtgemacht.«

Nick macht eine kleine Geste in deine Richtung. Aber du hast keine Angst mehr. Emma hat genug Angst für euch beide gehabt, all die Jahre. In dir braut sich etwas Neues zusammen. Wut. Zerstörungswut. Du willst ihn vernichten. Selbst wenn er zehn Pistolen in der Tasche hat.

»Und nun war alles umsonst. Charlotte ist tot. Sie haben sie umgebracht. Es gibt zwar keine Beweise, aber ich weiß es, und Sie wissen es auch. Es war kein Unfall. Es ist Ihre Schuld!«

Der Alptraum aus dem Flugzeug sprang ihm ins Bewusstsein und verflüchtigte sich sofort.

Sein Kopf war schon wieder so wattig. Er hatte doch hier etwas zu Ende bringen wollen. Ludwig starrte die drei Menschen an, die vor ihm standen. Was machten sie überhaupt hier? Warum ließen sie ihn nicht allein? Er wollte jetzt zu Charlotte fahren. Er wollte ihr den Ring schenken und sie bitten, mit ihm nach Poel zu gehen. Er dachte an die Sandbank mit den Seevögeln. Vögel waren keine Verräter. Wie die Inder damals. Seine Inder. Als sie desertierten, hatte er vor Wut getobt. Er konnte sie nicht einfach gehen lassen. Zum Feind. Alles, was sie wussten, wussten sie von ihm.

Ludwig hatte den Brief geschrieben, anonym. »Eine Eliteeinheit zur Ausräucherung von Partisanennestern.« Das reichte schon.

Rajiv Kher, sein Offizierskamerad, zusammen kämpfen bis in den Tod. Kher war kein Deserteur.

Später, viel später, war er plötzlich in Hamburg aufgetaucht.

Er hatte ihn einen dreckigen Denunzianten genannt. Sie hatten gestritten, hier am Hafen.

Ludwig versuchte sich aus den Bildern der Vergangenheit zu befreien. Die anderen standen immer noch da, als würden sie auf etwas warten. »Was ist? Was wollen Sie noch?«, fragte er irritiert.

Der junge Mann starrte ihn an wie einen Geist. »Was wir wollen? Wir wollen, dass Sie aufhören, Leute umzubringen! Wir wollen, dass Sie aufhören, auf uns zu schießen. Sie sind ja komplett durchgeknallt!«

Ludwig schüttelte den Kopf. Warum tischten sie ihm Lügen auf? Sie wollten ihn verwirren, aber das würde er nicht zulassen. »Schießen? Was für ein Unsinn. Ich musste nur verhindern, dass er aussagt.« Er zeigte auf Kumar. Der Inder rührte sich nicht. »Und das hat sich ja nun erledigt.«

Er wandte sich zum Gehen.

»Aber Sie –«

Die Tochter der Verrückten schien ihn aufhalten zu wollen. Instinktiv spürte er, dass Gefahr von ihr ausging. Aber der Blonde kam ihm zu Hilfe.

»Mattie! Lass ihn. Wir können nichts machen. Wir haben keine Beweise und keine Zeugen.«

Sie riss sich los. »Aber Emma! Ich will nicht, dass er sie weiter tyrannisiert!«

Ludwig wurde langsam ungeduldig. Müde, er war so müde. »Lassen Sie mich in Ruhe, junge Frau. Ich werde Harmsdorf verlassen. Wenn Sie nicht nach mir suchen, werde ich Ihnen nichts tun.«

Er sah ihr an, dass sie ihn bestrafen wollte. Strafe. Er hatte doch immer nach bestem Wissen und Gewissen gehandelt. Sein ganzes Leben lang. Nur mit Charlotte hätte er nicht streiten dürfen.

Charlotte ist tot. Sie haben sie umgebracht. Die Worte schienen jetzt seinen Kopf auszufüllen.

Und dann überkam ihn die Ahnung, dass sie die Wahrheit

gesagt hatte. Die dünne Haut riss und sein Schmerz wurde an die Oberfläche gespült. Ludwig spürte, wie er durch seinen Körper kroch und sich in jeder einzelnen Zelle festsetzte. Plötzlich, unter dem Schock der physischen Empfindung, sah er klar.

Wie lange? Wie lange würde er noch leben müssen, ohne sie, ohne Charlotte? Sie war es, die ihm von nun an den Schlaf rauben würde. Das war seine Strafe.

Ohne ein weiteres Wort wandte er sich ab und ging langsam davon.

82 Gastrolle

»Nick, warum tun wir nichts?«

Mattie zitterte vor Aufregung. So hatte Nick sie noch nie gesehen.

»Ich will, dass er bestraft wird! Ich will, dass er leidet! Wie Emma gelitten hat!« Tränen liefen ihr über das Gesicht, aber sie merkte es gar nicht.

Nick legte den Arm um ihre Schultern und drehte sie um, so dass sie beide wieder vor Kumar standen.

»Da kannst du dich bei ihm bedanken«, sagte er auf Englisch.

»Was? Worüber haben Sie gesprochen?«

Kumar hatte natürlich kein Wort verstanden. Aber Nick hatte nicht die geringste Lust, ihm die vergangenen zehn Minuten zu übersetzen. Mattie wohl auch nicht. Sollte er doch selbst versuchen, sich die Dinge zusammenzureimen.

»Madita. Versetze dich doch einmal in meine Lage.«

Kumar machte einen Schritt auf sie zu. Sie wich zurück.

»Du tauchst nach fast dreißig Jahren aus dem Nichts auf. Als Nächstes ruft dieser Hauser an und droht, mein Leben zu zerstören. Meine Familie bedeutet mir alles. Sie würden es nicht verstehen. In Indien denkt man anders über solche Dinge.«

Nick war sich nicht sicher, ob sie ihm überhaupt zuhörte, aber er redete weiter auf sie ein.

»Gib mir etwas Zeit. Ich werde mir überlegen, wie wir in Kontakt bleiben können, ohne dass sie etwas erfahren. Ich möchte meine Tochter kennenlernen.«

Mattie schüttelte den Kopf. Also hatte sie doch mitbekommen, was er wollte.

Sie wischte sich die Tränen ab und sah ihn an. »Nein danke«, sagte sie, »ich habe bereits einen Vater.«

Nick hätte sie am liebsten mit seinem ganzen Körper umarmt, von allen Seiten. Er wollte sie abschirmen vor dem, was gerade passierte. Mattie nahm seine Hand von ihrer Schulter und drückte sie.

»Nick, ich fahre nach Hause.« Und damit ging sie weg. Ohne sich einmal umzudrehen.

Nick kam sich vor, als stünde er auf einer Bühne und hätte seinen Abgang verpasst.

»Bitte«, Kumar stand immer noch da, »bitte reden Sie noch einmal mit ihr.«

Jetzt hatte er seine Gastrolle in diesem Stück aber endgültig satt.

»Wozu denn?«, fragte er. »Haben Sie es nicht gehört? Sie braucht Sie nicht. Und Sie brauchen sie auch nicht. Alles andere ist doch nur Heuchelei. Fahren Sie nach Hause, Doktor Kumar.«

Matties Vater zögerte. Nick hob die Hand zum Abschied.

Es gab weiter nichts zu sagen.

83 Existenzgründung

Endlich! Du drückst den Einschaltknopf und der TK-35 surrt gleichmäßig los. Draußen ist es jetzt dunkel. An der Wand erscheint ein helles Rechteck. Dein Rücken tut weh vom stundenlangen Hocken. Du streckst dich und trittst ans Fenster.

Er steht noch da, direkt gegenüber unter der Laterne. Rot und lang, das Licht spiegelt sich in den großen, hochgezogenen Scheiben. Als du die Fotoanzeige in der Zeitung gesehen hast, war dir sofort klar, dass er dein neues Zuhause sein würde.

Das restliche Geld von dir und Nick hat gerade für den Bus gereicht. Die Technik und der Umbau mussten anderweitig finanziert werden. Die Frau bei der Bank hat dich angeguckt, als wärst du nicht ganz dicht. »Frau Junghans! Ein Wanderkino! Haben Sie nicht eine etwas modernere Geschäftsidee?«

Du hast geredet und geredet, über die Schließung von kleinen Kinos auf dem Land und lokale Absatzmärkte. Du hast ihnen Rentabilitätsvorschauen vorgelegt und zwei großen Verleihfirmen, bei denen du Leute kennst, Empfehlungsschreiben rausgeleiert.

Am Ende haben sie dir den Kredit gegeben, eher aus Erschöpfung, vermutest du. Aber egal.

Du siehst dich um. Die Sachen von deiner Oma sind schon weg. Dein eigener Kram passt locker in den Bus. Du denkst an die türkische Familie, die morgen hier einziehen will. Deine Oma würde sich freuen, dass wieder Kindergeschrei durch die Wohnung hallt. Auch wenn es nicht ihre Enkelkinder sind.

Du hast gerade das Telefonkabel aus der Buchse gezogen, als dir einfällt, dass du noch was vergessen hast. Du steckst dich wieder ein und wählst.

»Hinnarck, ich bin's, Madita.«

»Deern! Wo hast du dich denn nun schon wieder rumgetrieben?«

Hinnarck kann es nicht lassen. Du fragst dich, ob er jemals akzeptieren wird, dass du nicht in Harmsdorf leben willst.

»Hinnarck, ich habe ein neues Kino! Es ist wunderschön, ihr müsst es bald mal angucken.« Du schweigst. Die Einzelheiten willst du ihm lieber direkt erzählen.

»Ein neues Kino? Deern, woher hast du denn das Geld?«

Du musst lachen. Hinnarcks erster Grundsatz ist es, niemals Schulden zu machen.

»Weißt du, das meiste stammt aus einer Art Existenzgründungsförderung. Nicht rückzahlbar.«

Hinnarck brummt. »Und was sagt dein Freund Nikolaus dazu?«

Du wartest einen Augenblick, bis dir die richtige Antwort einfällt. »Der Nick, ja also, der ist gerade nicht da. Muss seine Kamera abholen.«

Bevor Hinnarck weitere Fragen stellen kann, bittest du ihn, mit Emma sprechen zu dürfen, die heute aus dem Krankenhaus gekommen ist.

»Ja? Madita?« Ihre Stimme klingt schleppend, wie immer.

»Mama!« Du hoffst, dass sie versteht, was du ihr sagen willst. »Hör mir genau zu. Was ich dir jetzt erzähle, bleibt unser kleines Geheimnis. Sag nur ja, wenn du mich verstehst, okay?«

Du lauschst Emmas schnaufenden Atemzügen.

»Mama, ich habe mit dem nassen Mann gesprochen. Du musst keine Angst mehr haben. Er ist weg. Hörst du das, Mama?«

»Jaaa«, raschelt Emma und dann, ganz leise, hörst du das Lied, das sie summt.

84 Achter Song

Ein Schiff wird kommen, Instrumentalversion.

Mattie fährt in ihrem Bus über eine Landstraße. Man sieht die ersten Anzeichen des Frühlings.

Cut. Im Rhythmus des Liedes setzt die Tabla ein. Eine indische Hochzeitsfeier. Tänzerinnen aus Rajasthan. Klirrende Fußkettchen. Der Bräutigam geht auf die Tänzerinnen zu, die Reihe öffnet sich. Dahinter erscheint die junge Braut, den Blick gesenkt, im roten Hochzeitssari. Auf zwei thronartigen Sesseln sitzen Anand Kumar und seine Frau. Das Hochzeitspaar kommt und berührt ihre Füße.

Cut. Mattie fährt über einen langen Damm vom Festland auf eine Insel.

Cut. Durch den Sucher der Kamera gefilmt. Die Ankunftshalle des Flughafens Bombay. Nick mit Plattenkisten und einem Koffer erscheint im Bild. Er kommt auf die Kamera zu. Immer näher. Unscharf.

Cals Stimme. »Bist du verrückt? Die Leute!«

Das Sucherbild kippt zur Seite und zeigt einen unmöglichen schiefen Ausschnitt. Gesichter von Passanten tauchen auf, die den Kopf schütteln.

Cut. Mattie klettert in einem kleinen Dorf aus dem Bus. Auf den Feldern blüht der erste Raps. Neben der Kirche steht eine Tafel mit Ankündigungen hinter Glas. Mattie klebt ein Plakat mit Motiven von Luis Buñuel dazu. *Wanderkino auf der Insel Poel. Nur drei Tage lang* steht auf einer weißen Banderole. Sie tritt zurück und hebt den Kopf. Über ihr zieht ein Schwarm kreischender Seevögel vorbei.

Das Lied ist zu Ende.

Abspann.

Ich möchte danken

an erster Stelle Philip Scheffner und Anirbaan,
ohne die es dieses Buch nicht gäbe

Urmi Juvekar für ihre Freundschaft und lange Nächte voller
Drehbücher, Bollywood und Utopia

meinen Freunden, meiner Familie und meinen
Mitbewohnern für ihre Geduld

den Mitgliedern von dogfilm für zehn Jahre gemeinsames
Filmemachen und »Gucken auf die Welt«

Stefan Geene von b-books für die langen Sessions
von Anfang bis Ende

Vinay Choudary, Madhusree Dutta, Familie Dhar,
Smriti Nevatia in Indien sowie Alexander Dekcer,
Tina Ellerkamp, Haytham el Wardany, Micz Flor, Salar Ghazi,
Ron Kellermann, Gerlinde Kröger, Astrid Marschall,
Marita Neher, Dieter und Sigrid Scheffner, Susanne Schultz,
Tiger Stangl und Dorothee Wenner in Deutschland
für Gespräche, Hilfe und Anregungen

den Lektorinnen Else Laudan und Iris Konopik
vom Argument Verlag für ihre konstruktive Mitarbeit,
fachliche und psychologische Unterstützung

Merle Kröger bei Ariadne

Havarie

Ariadne Kriminalroman 1224

978-3-86754-224-1

Ein Meer, vier Schiffe, elf Wirklichkeiten: In einer windigen Nacht steigen zwölf Männer in ein Schlauchboot, versuchen Spaniens Küste zu erreichen. Unter dem dunklen Himmel zieht ein gewaltiges Kreuzfahrtschiff dahin. Ein irischer Frachter verlässt den algerischen Hafen mit leeren Containern an Bord. Und in Cartagena liegt ein Kreuzer der Seenotrettung in Bereitschaft.

Das Mittelmeer: Ferienparadies, Wiege der Kultur, Burggraben der Festung Europa. Merle Krögers Roman ist ein messerscharfes Porträt heutiger Lebensweisen und ein seetüchtiger Politthriller.

Kyai!

Ariadne Kriminalroman 1166

978-3-88619-896-2

In Berlin wird das erste Bollywood-Musical geprobt! Regisseur Cal Mukherjee reist aus Bombay an, und Mattie Junghans besorgt das filmische Begleitprogramm. Parallel kommt es zu dramatischen Ereignissen am Ostseestrand: Eine Politikerin legt sich mit der Bundeswehr an, und Mattie deckt eine düstere Realität hinter blühendem Raps und Windenergie auf … Am Ende ist die Nord-Idylle um eine Illusion ärmer, aber das Musical tritt zur Premiere an. Dazwischen Kung-Fu, geheimnisvolle Tote, ein norddeutsches Watergate, Filmschnipsel, Liebe und Songs.

»So beherzt wie überzeugend … Merle Krögers Krimi ist auf der Höhe der Zeit, ihre Figuren sind so rund und bunt wie das Leben.« Sylvia Staude, *Frankfurter Rundschau*

Merle Kröger bei Ariadne

»Gänzlich frei von Klischees. Ein offener Stil, der wie die vielschichtigen Charaktere ganz besonders ist.« *taz*

Grenzfall

Ariadne Kriminalroman 1210
978-3-86754-210-4

»Teils Politthriller, teils Gesellschaftsstudie – gewürzt mit schonungslosem Realismus, großen Gefühlen und der richtigen Prise Bitterkeit.«
Martin Schöne, *3Sat Kulturzeit*

»Die Frage, was in jener Nacht wirklich passiert ist, treibt die Handlung voran. Das echte Verbrechen, um das es geht, besteht darin, dass eine Gesellschaft bereit ist, einen mutmaßlichen Doppelmord zu vergessen.«
Kolja Mensing, *Tagesspiegel*

»Merle Kröger hat ein unfassbares Geschick, Figuren, Situationen, Zusammenhänge leichthändig tiefenscharf zu schraffieren.« Elmar Krekeler, *Die Welt*

»Der europäische Kriminalroman *par excellence*. Grandios.«
Thomas Wörtche, *kaliber.38*

»Merle Krögers Geschichte von den Rändern der europäischen Gesellschaft ist mit viel Witz erzählt und nah am Leben. Der Spott entspringt immer der klugen und aufmerksamen Beobachtung. *Grenzfall* ist vielleicht der beste deutsche Krimi des Jahres.«
Thekla Dannenberg, *Perlentaucher*

Deutscher Krimi Preis 2013
Stuttgarter Krimipreis
Platz 1 der KrimiZEIT-Bestenliste